民国笔记小说粹编编委会

民国笔记小说粹编

眉庐丛话

况周颐 著

山西出版传媒集团 三晋出版社

图书在版编目(CIP)数据

眉庐丛话 / 况周颐著. —太原:三晋出版社,
2022.5

(民国笔记小说粹编)

ISBN 978-7-5457-2246-8

Ⅰ. ①眉… Ⅱ. ①况… Ⅲ. ①笔记小说—小说集—中国—现代 Ⅳ. ① I246.1

中国版本图书馆CIP数据核字(2022)第078701号

眉庐丛话

著 者: 况周颐
责任编辑: 落馥香
责任印制: 李佳音
封面设计: 段宇杰

出 版 者: 山西出版传媒集团·三晋出版社
地 址: 太原市建设南路21号
电 话: 0351-4956036(总编室)
0351-4922203(印制部)
网 址: http://www.sjcbs.cn

经 销 者: 新华书店
承 印 者: 山西人民印刷有限责任公司

开 本: 850mm×1168mm 1/32
印 张: 13
字 数: 263千字
版 次: 2022年5月 第1版
印 次: 2022年5月 第1次印刷
书 号: ISBN 978-7-5457-2246-8
定 价: 55.00元

总　序

黄　霖

承蒙三晋出版社的错爱，我遵嘱为他们在《民国笔记小说大观》的基础上再做的选粹本作了这个序。说实话，当时我一听这个书名就感到有点头疼，因为自从1912年王文濡推出《笔记小说大观》以来，究竟如何认识“笔记小说”这个名目可以说是众说纷纭，非三言两语能够说清，再加上手头的事情实在太多，不想去算这笔糊涂账了。但后来一想，近年来我正从研究近代文论的圈子里跨出来，在关注现代的“旧体”文学与文论，“笔记小说”这个名目作为一种文类或文体亮相并引发了争议，也正是从近现代开始的，因此也不妨乘此机会来梳理一下吧。

显然，要辨说“笔记小说”，首先要将“笔记”与“小说”这两个概念简要地说一说。好在古代对这两个概念，大家的认识本来就大致相近。

假如从《庄子·外物》《论语·子张》《荀子·正名》分别所说的“小说”“小道”“小家珍说”算起，“小说”之名是出现得比较早的。到汉代桓谭《新论》所提的“小说”就与20世纪前一般学者所认识的“小说”比较一致了。它指出其特点是"丛残小语，近取譬论，以作短书"。尽管"小说"于"治身理家，有可观之辞"，但据《论衡·谢短篇》等篇的解释，这类"短书"，写的都是"小道"，"非儒者之贵也"。到《汉书·艺文志》就明确在史志目录中将"小说"归为一类，并列出了具体的书名，从中可见，"小说"中既有"史官记事"之作，也有"迂诞依托"之书，另有阐发哲理的议论、风俗逸闻的记载，等等，内容庞杂，范围广泛。以此可见，"小说"这个概念的出现，先是从内容着眼，强调它写的是有别于经传"大道"之外的杂七杂八的"小道"，与此相适应的是在形式上都是"丛残小语"。简言之，所谓"小说"，就是并非正面、集中阐述"大道"的杂、碎文字。

至于"笔记"之名，当后起于文笔相分的六朝。刘勰《文心雕龙·总术》云："今之常言，有文有笔，以为无韵者笔也，有韵者文也。"笔记，当属用无韵之笔随记而成的、有别于经年累月、深思熟虑写就的杂、碎文字。当时之所以起用"笔记"之名，主要是从写作的方式与形式的角度上来考虑的。一时使用这个概念者也较多，如刘勰在《文心雕龙·才略》中明确地提出了有"笔记"之作："路粹、杨修，颇怀笔记之工"，"温太真之笔记，循理而清通，亦笔端之良工也"。差不多同时的萧子显在《南齐书》卷五十二《文学·丘巨源传》中也提到了"笔记"之名。到宋代就有了以"笔记"为名的书籍，如宋祁的《宋景文公笔记》、苏轼的《仇池笔记》等等，久盛不衰。假如也用一语而言之，则所谓“笔记”,就是随笔而记的无韵杂、碎文字。

于此可见,“小说”与“笔记”之别,主要是在起用这两个概念时的着眼点、出发点不同,一是从内容出发,一是从写作的方式出发,在20世纪以前的文献学意义上,它们的实际内涵与外延应该是大致相同的,所谓“笔记”或“小说”,都是指经(正)史之外的,包括各类内容与多种形式的零简短章。它们一般都用的是文言,所以到现代,有人在“小说”之前加了“笔记”,用来与“白话小说”相区别;它们一般成集,但也有单篇或零星几章的,特别是在报刊兴起之后,单篇之作也很多。正因为“小说”与“笔记”两个名目,有异有同,古人又似未见对此有所辨析,只是在各自的著作中自做不同的分类或赋予不同的名目,于是就分分合合,弄得缠夹不清了。

不过,据我粗略的检视,在20世纪以前的漫长历史中,文人墨客或用“小说”之名,或称“笔记”之作,绝大多数并没有将这两个名称合在一起,没有把“笔记小说”或“小说笔记”作为一个文体或文类的名称来使用的。偶尔有之,也是为了文气的连贯而将两者作为相近文体或文类而并列在一起而已。假如当时有标点符号的话,应该是写成“笔记、小说”更为确切,只是当时没有标点符号,就将两者并写在一起了,如宋代史绳祖在《学斋占毕》卷二“蔆蓤二物”条中说:“前辈笔记小说固有字误,或刊本之误,因而后生末学不稽考本出处，承袭谬误甚多。”[①]再如清代王杰所编的《钦定重刻淳化阁帖释文》中有一文写道，“各有专书以纠其失，其他见于古今诗、文及说部、笔记者指摘不胜枚举”。[②] 这里的诗与文、说部与笔记之间都是应该加顿号的，它们都是并称的。再如江藩在说钱大昕治元史时说：“搜罗元人诗文集、小说笔记、金石碑版，重修元史，后恐有违功令，改为《元诗纪事》。”[③]其“小说笔记”也只能看作是性质相近的两类文字并写在一起，也并没有将“小说笔记”四字合在一起看作是一个文体或文类。

时代跨进了20世纪，在新的文学思潮影响下，1902年梁启超在正式发行中国第一本小说杂志《新小说》之前两个月，在《新民丛报》第十四号上发了一篇《中国惟一之文学报〈新小说〉》，对将要发行的《新小说》的宗旨、形式、内容、发行等问题做了介绍，特别详细地对将要发表的各类小说做了分类说明，指出有历史小说、政治小说、哲理科学小说、军事小说、冒险小说、探侦小说、写情小说、语怪小说等不同，这些显然都是从内容上分类的。接下来就从形式上、或者说从文体上指出还有“札记体小说”与“传奇体小说”。在这里，“札记”与“笔记”义同。他特别在“札记”与“小说”之间加了一个“体”字，意义非

---

① 史绳祖《学斋占毕》卷二，文渊阁四库全书本。

② 王杰等辑《钦定石渠宝笈续编》卷二十三，清乾隆末年内府朱丝栏抄嘉庆增补本。

③ 江藩《国朝汉学师承记》卷三，清嘉庆十七年刻本。

凡。这表明在新潮的西方文学观念影响下，他所认识的"小说"已不再是传统的不论在内容上还是形式上都是包罗万象、混沌模糊的一个概念，而是开始将"小说"看作"文学"中的一种自具特色的文体，而"笔记"也只是一种特殊的表现形式与手段。正是在转变了小说观念之后，他在"笔记"与"小说"之间加了一个"体"字，以示这类小说是"笔记"类文体或形式的小说。后在《新小说》正式发行时，他又将"札记体小说"略称为"札记小说"。这种"札记小说"的代表作就是"随意杂录"的"《聊斋》《阅微草堂》之类"。这也就是说，"札记小说"乃是一种用随意笔记的形式写就的如《聊斋志异》《阅微草堂笔记》一类的有故事、有人物，乃至有虚构的文字，也就是"札记体小说"。现在看来，梁启超在新潮的纯文学观念影响下，他心中的"小说"已不同于桓谭、班固到刘知几、胡应麟及四库馆臣笔下的"小说"了。他已将"小说"作为"文学"中的一种独立的文体，不再与"笔记"混同一体，而认为古代作品中"笔记"与"小说"这两者的关系，只能是"笔记体小说"或"小说体笔记"，因而在他主编的《新小说》中发表诸如《啸天庐拾异》《反聊斋》《知新室新译丛》等作品时所标的"札记小说"四个字的含义，实际上已经与古人所用的"笔记小说"之义大相径庭，赋予了"笔记体(类)小说"的新意。这是一次历史性的跨越。自此之后，"札记小说"或"笔记小说"四字的含义，就不再只是"笔记与小说"或者是"笔记加小说"一解，而是另有了一种新义了。而且在这里也清楚地告诉了人们，“笔记”与“小说”两者是不能相混的：在“笔记”中有一类是“小说”，还有许多并不是小说；在小说中有一类是“笔记体”，还有很多是非笔记体的；所谓“札记体小说”或“札记小说”，就是用笔记的手法写成的小说，或者说是归于“笔记”类中的“小说”。

梁启超的看法立即产生了影响。继《新小说》之后，不久发行的一些小说杂志，如《竞立社小说月报》《月月小说》，乃至如以学术为主的《东方杂志》之类也都在这样理解“札记小说”四字的基础上安排了这一专栏，发表了一系列的“笔记体(类)小说”。同时，商务印书馆出版的规模宏大的“说部丛书”，也据梁氏的分类标准，在每一部的封面上大都醒目地标明了是属于某类小说，如政治小说、军事小说等等，其中也有《海外拾遗》《罗刹因果录》等标明是“笔记小说”。此二书，都是分八则，写了各色人等的故事。这里的“笔记”与“小说”之间虽无一个“体”字，但实际就是“笔记体(类)小说”的意思，都是用随笔的形式写成的有故事、有人物、有虚构的作品。乃至在1929年4月2日的《新闻报》的广告栏中刊载大华书店发售的小说，也标明了不同的分类，除了从内容上区别“武侠小说类”“香艳小说类”及新与旧的不同外，另就形式而言也有“笔记小说类”。显然，这个“笔记小说类”也就是“笔记中的小说”或“小说类的笔记”，与梁启超的认识是一脉相承的。

但到民国年间出现了新问题，好编丛书的王文濡，接连编印了《古今说部丛书》《笔记小说大观》《说库》等将传统笔记与小说混在一起的丛书。其用“说部丛书”“说库”之名当无问题，而其于1912年用进步书局之名出版的《笔记小说大观》一书，共分八辑，收220余种作品，体量极大，尽管其书的《凡例》称“所选趋重小说”，但同时又说，“然关于讨论经史异义，阐发诗文要旨”等“古人笔记中往往有之”之作品也不忍“割爱”。且开宗明义第一条就说：“本编纂辑历代笔记，起六朝，迄民国，巨人伟作，收罗殆遍。”其书在报纸上刊载的“预约广告”也说：“《笔记小说大观》，系集汉魏以来笔记二百余种之汇刊，都五百余册。”[①]都是将“笔记”覆盖了“小说”。可见王文濡心目中还是将“小说”与“笔记”混在一起的。这样一来，同样“笔记小说”四字，自古至今出现了三种理解：一种是古代个别学者将“笔记”与“小说”并称而合在一起；另一种是如梁启超们将“笔记”中可称“小说”的一类称之为“札记体小说”或略称为“札记小说”；再者就是王文濡将“笔记”与“小说”混为一类的“笔记小说”。

由于当时的小说界普遍接受了新潮的小说观，而对古人曾经有过的零星将“笔记”与“小说”并称的情况没有注意，所以一见王文濡将“笔记”与“小说”混为一类就多有不满，如在当时文坛上比较活跃的姚赓夔就撰文说：

---

① 《新闻报》《民国日报》1928年6月19日同载。

“笔记小说”四字，最不可解。笔记自笔记，小说自小说，岂可相混？笔记而名之以小说，是何异画蛇而添足乎？[①]

署名玉衡者也发文说：

笔记与短篇小说，体裁既异，结构亦不自同。而今之作者，往往互相混淆，是无异于孙周之兄不能辨菽麦。[②]

《海上繁华梦》作者漱石生也说：

笔记有笔记体裁，小说有小说绳墨，二者绝不相混也。[③]

与此同时，小说界开始注意辨析“笔记”与“小说”的异同。如《申报》1921 年 3 月 20 日载《笔记与小说之区别》，列举了九条，如云：“笔记须有记载之价值，次之趣味；小说须有百读不厌之精神，次之勿使阅者意懈，目不终篇。”“笔记重实叙，故曰记；小说可虚绘，故曰说。”“笔

① 《小说杂谈》，《星期》1922 年第 29 期。

② 《小说管窥》，《星期》1923 年 7 月 29 日。

③ 《余之古今小说观》，《新月》1925 年 11 月 1 日。

记叙人物、地址皆有名，示翔实焉；小说多以‘某’代之，或并某字而无之，如‘生’‘女’皆成名称，不妨虚衬也。”为了避免将“笔记”与“小说”混淆，一些学者重拾梁启超的旧话，用“笔记体的小说”[1]“笔记式的小说”[2]或“笔记的小说”[3]等提法来取代容易混淆的“笔记小说”。应该说，假如大家都遵循这样的提法的话，后世就不会产生歧义了。

但问题比较麻烦的是，实际上从梁启超始，既创用“札记体小说”之名，又将之略称为“札记小说”，自乱了阵脚。现经《笔记小说大观》热炒畅销之后，特别经过一些“笔记+小说”类的“笔记小说”选本与丛书的不断亮相（选本与丛书中也有一些是只收“小说”的或只称“笔记”的），还是有相当一部分人将“笔记小说”看成是“笔记+小说”的。“笔记小说”一个名目、两种理解状况就始终存在着。

更使人缠夹不清的是，尽管自20世纪二三十年代后，大多数小说史家与文学史家笔下的“笔记小说”的实际含义已是“笔记类小说”，但他们还是乐此不疲地沿用“笔记小说”来论文与著史。最典型的如郑振铎先生，他在1930年写的专论小说分类的《中国小说的分类及其演化的趋

---

① 叶楚伧《中国小说谈》，《民国日报》1923年7月24日。

② 赵芝岩《小说闲话》，《半月》第3卷第14号。

③ 周群玉《白话文学史大纲》，上海群学社1928年版，第123页。

势》长文中，一方面指责《笔记小说大观》收之太滥，强调“笔记小说”丛书应当编成“故事集”，另一方面还是沿用“笔记小说”之名。他说：

> 第一类是所谓“笔记小说”。这个笔记小说的名称，系指《搜神记》（干宝）、《续齐谐记》（吴均）、《博异志》（谷神子）以至《阅微草堂笔记》（纪昀）一类比较具有多量的琐杂的或神异的“故事”总集而言；范围固不能过于狭小，内容的审查，固不能过于严格，然也不能如前之滥，将一切“杂事”“异闻”“琐语”都包括了进去，有如近日出版的通俗本的“笔记小说大观”。我们应该将他们限于“故事集”的一个标准之下，或至少须是具有大多数的故事的。所谓“琐语”之类的东西，像《计然万物录》（编者注：托名计然著，东汉时成书，原书佚，清茆泮林辑）、《博物记》（汉唐蒙）、《博物志》（晋张华）、《清异录》（宋陶谷）、《杂纂》（唐李商隐）、《幽梦影》（清张潮）、《板桥杂记》（清余怀）；所谓“异闻”之类中的《山海经》《海内十洲记》《神异经》；所谓“杂事”之类中的《摭言》（唐王定保）、《云溪友议》（唐范摅）、《北梦琐言》（宋孙光宪）、《归田录》（宋欧阳修）、《侯鲭录》（宋赵德麟）等

等，都是不能算作“笔记小说”的。[①]

在民国时期另作专论“笔记小说”的是王季思先生。他写的《中国的笔记小说》《中国笔记小说略述》两文内容大致相同。其基本意思也同郑振铎。他说：“就笔记说，凡是纯属学术的讨论与考订的，如《困学纪闻》《日知录》《廿二史札记》《十驾斋养新录》，虽是笔记，却非小说。”除此之外，笔记的“轶事、怪异、诙谐”三类中，不论所写“幻想幻觉”还是“所见所闻”，凡有故事，有人物，“最可见作者及所记人物个性”的，就是“笔记小说”。[②]

民国时期两篇有关“笔记小说”的专论，都是认同用四个字来表达笔记中的小说是一种独立的文体。这样的认知与表达实际上也反映了民国以来绝大多数的文学史、小说史作者的看法。不但如此，以后的文学史、小说史作者大都也是如此，一直到20世纪90年代所出的几本具有代表意义的“笔记小说史”，乃至目前最流行的袁行霈先生主编的《中国文学史》与袁世硕先生主编的《中国文学史》，都是将“笔记小说”理解为“笔记体小说”而不是“笔记与小说”的。苗壮先生的《笔记小说史》定义“笔记小说”时说：“以笔记形式所写的小说，它以简洁的文言、短

---

① 郑振铎《中国小说的分类及其演化的趋势》，《学生杂志》1930年第17卷第1期。

② 王季思《中国的笔记小说》，《战时中学生》1939年第9期；《中国笔记小说略述》，《新学生》1947年第4卷第2期。

小的篇幅记叙人物的故事。”[1]而袁行霈先生主编的《中国文学史》说“笔记小说”是“采用文言，篇幅短小，记叙社会上流传的奇异故事、人物的逸闻轶事或其片言只语”。[2]显然，他们都将“小说”之外的“笔记”排斥在“笔记小说”之外。但是，时至今日，人们在沿用这个歧义的“笔记小说”的名目时，已经很少有人再想起历史上曾经用过的“笔记体小说”“笔记式小说”“笔记类小说”这类比较确切的提法了。

从梁启超到郑振铎、王季思，到当代的文学史、小说史作者们，为什么明明心里想要表达的是“札记体小说”，要将“笔记”与“小说”区别开来，认为混入了不少笔记的《笔记小说大观》收得过滥，而最后还是没有鲜明地表示“笔记自笔记，小说自小说”，还是用了一个容易混淆视听的“笔记小说”呢？我想可能主要是汉字构词的特点所造成的。我们的汉字富有弹性，构词时常常留下了活络的空间。“笔记小说”四字，的确可以包容“笔记与小说”“笔记体小说”“笔记小说这一类小说”这三种不同的理解。谁都可以用这四个字来表达，谁都不能算错。再加上传统写诗作文，用四字构词比较上口，特别如梁启超，在为未出的《新小说》做广告时拈出了“札记体小说”，而当《新

---

① 苗壮《笔记小说史》，浙江古籍出版社1998年版，第4页。

② 袁行霈主编《中国文学史》第三版，第二卷，高等教育出版社2014年版，第153页。

小说》正式付印时，考虑与“历史小说”“政治小说”“科学小说”等并称，就略称为“札记小说”。当时在他心目中，肯定觉得这“札记小说”就等于“札记体小说”，殊不知“札记小说”也可理解成不是“札记体小说”的呢！

再看，从《笔记小说大观》问世以来，陆陆续续用“笔记小说”之名出版的一些选本或丛书，其总体数量虽不能与一些史著与研究著作相比，但其混乱的程度却非常突出。当然，其中也有一些选本或丛书用“笔记小说”或“小说笔记”之名来编选作品时，基本上都是选录了一些有小说意味的作品，如1934年江畬经编选的规模不小的《历代小说笔记选》就是一例。1949年后，如2004年天津古籍出版社出版的《唐宋笔记小说释译》就明确说，“所选篇目以故事性、趣味性的轶事为主”。对于“笔记小说”概念的辨析最为清楚的，要数严杰先生在他编选几种“笔记选”时所写的前言中说的：“笔记小说只是笔记中的一大类”；“笔记大致可以分为三类”，“第一类以记载短小故事为主”，“第二类以历史琐闻为主”，“第三类以考据辨证为主”；“把笔记划分为三大类，并确定笔记小说的范围，需要注意的是，其间界限并不是非常清楚的，只能划出大略的轮廓而已。在确认第一类笔记为笔记小说的同时，也应该承认第二、第三类中也存在着相当数量的小说。笔记小说毕竟不能算是有意识创作的产物，其中的文学成分不是很纯净的”；“我们就不便再把唐传奇当作笔记小说看待了，尽管它同笔记小说有着渊源关系”。[1] 但是，毋庸讳言，还有编选者对于“笔记小说”的概念是缠夹不清的。比如，自《笔记小说大观》之后，1978—1987 年台北新兴书局出版的《笔记小说大观丛刊》，1990 年、1994 年先后由周光培编辑出版的《历代笔记小说汇编》（辽沈书社）、《历代笔记小说集成》（河北教育出版社），1999—2007 年上海古籍出版社出版的《历代笔记小说大观》，规模都很庞大，然其所收的没有小说意味的笔记触处可见，显然它们都是受王文濡的影响，将笔记与小说混为一类的。还有的，甚至将传奇、通俗长篇小说都纳入“笔记小说”之内，如有《清代笔记小说类编》一书，其《总序》说：“全书以传奇体小说为入选重点，从清人所作的约一百五十部笔记中选取二百余位作家创作的约一千九百篇作品，按类分编成十卷。”[2]我真不知道他选的究竟是传奇还是笔记。还有的竟然将《岭南逸史》《儒林外史》这样的长篇通俗小说也归入“笔记小说类”。[3] 此外，还有不少人将“笔记小说”与从语言上分类的“文言小说”混为一谈。如江西人民出版社 1984 年出版的《历代笔记小说选》称：“我国古代短篇小说，可分为两种：一是笔记小说，一是话本小说。前

---

① 严杰《唐五代笔记小说选译前言》，《唐五代笔记小说选译》，巴蜀书社 1990 年版，第 1—6 页。

② 陆林《〈清代笔记小说类编〉总序》，《清代笔记小说类编》，黄山书社 1994 年版，第 3 页。

③ 《新闻报》1929 年 4 月 2 日载大华书局广告。

者是用文言写的，后者是用白话写的。”诸如此类，可见对于“笔记小说”的理解真是五花八门，难怪程毅中、陶敏等先生站在不同的角度上大呼“笔记小说”的提法“于古于今都缺乏科学依据”，[①]“造成了许多混乱”。[②] 的确，这种混乱的局面再也不能继续下去了。

如今，我们要厘清“笔记小说”这个概念，就应该既要尊重历史演变的实际，又要解开一个结。这个结，就是要在正确认识传统的“大文学观”与目录学的基础上，去顺应近现代中西文学交流下的文学观念的通变，接受新的“小说”观，从而重新审视传统的“笔记”与“小说”。我们不能简单地认为接受新的小说观就是“以西律中”，抛弃传统。事实上，中国传统的包括叙事文学观在内的文学观本身也是在不断地发展变化，对于“文学”不同于学术乃至其他所有“文字著于竹帛”者而自具特性的认识也在不断发展与深化。就“小说”而言，对于这一文体的叙事、写人、虚构等特质的认知也是在一步一步地从混沌走向明晰，所以当西方的小说观传入后就能一拍即合，相互融合，形成了一种新的“小说”文体观。20 世纪以来逐步形成的所谓“小说”，乃至“笔记小说”“传奇小说”“话本小说”“章回小说”等名目，都是在立足本土、借镜西方、反复

---

① 程毅中《略谈笔记小说的含义及范围》，《古籍整理研究学刊》1991 年第 2 期。

② 陶敏、刘再华《“笔记小说”与笔记研究》，《文学遗产》2003 年第 2 期。

讨论的过程中形成的具有中国特色的新概念。这种新的小说文体观的确立与分类的细化,正标志着中华民族文化的进步,也显示了我们民族具有包容与消化世界先进文化的胸怀与能力。实际上,我们对于古代与西方的文化,都应该以一种辩证的、发展的、现实的眼光来看待,站在当代的、中国的、科学的立场上来接受与扬弃。承传中华民族文化的优秀精神,不是要倒退,而是要向前。假如今天不接受百年来形成的新的小说观,再将古今两种小说观搅在一起的话,"笔记"与"小说"的糊涂账将是永远算不清楚的了。

当我们辨明"笔记小说"四字的前世今生,再面对现实的发展态势,我相信将来的发展可能不用学者们过多辩说,事实上会"约定俗成"地形成这样的情况:"笔记小说"四字即表达了"笔记体小说"或"笔记类小说""笔记式小说"的意思。这已为自梁启超以来的百余年历史所证明,绝大多数小说家及文学史、小说史专家,以及多数"笔记小说"的选本、丛书等出版物,都是将"笔记小说"理解为用笔记体写成的、大致符合现代文体分类中具有"小说"意味的作品。它是"笔记"的,也就是不同于有完整故事的传奇,更不是通俗长篇之作,而是一些随意编录的零简短章;它是含有现代所理解的"小说"意味的,其核心是记事的,或实或虚,或真或幻均可,而不同于传统习用的内容没有边界、相互纠缠不清的"小说""笔记""说部""杂说"等名目了。

至于将“笔记”与“小说”混成一体的、甚至再羼杂“笔记”“小说”之外作品的“笔记小说”观,虽然在一些选本与丛书中偶然还看到,但实际数量是并不多的。而且我们还应该注意到,不少选本与丛书的选家,为了避免混淆“笔记”与“小说”,就干脆只用“笔记”之名而摒弃了因古今理解不同而容易引起歧义的“小说”两字,在《笔记小说大观》之后,就出现了为数不少的唯名“笔记”的选本,如姜亮夫编的《笔记选》(北新书局 1934 年版)、陈幼璞编的《古今名人笔记选》(商务印书馆 1938 年版)、叶楚伧主编的《历代名家笔记类选》(正中书局 1943 年版)、吕叔湘编的《笔记文选读》(文光书店 1946 年版)、刘耀林编的《明清笔记故事选译》(中华书局 1962 年版)、《历代史料笔记丛刊》(中华书局于 1979 年起编刊)、周续赓等编的《历代笔记选注》(北京出版社 1983 年版)、福建师范大学历史系华侨史资料选辑组编的《晚清海外笔记选》(海洋出版社 1983 年版)、卉子编的《中国古代笔记文选读》(四川少年儿童出版社 1986 年版)、偬仕编的《魏晋笔记选》(中国文学出版社 1999 年版)、黄飙编的《历代笔记选析》(海峡文艺出版社 2015 版)、倪进编的《唐宋笔记选注》(上海教育出版社 2016 年版)和《元明笔记选注》(上海教育出版社 2018 年版)等等,其中有的甚至主要或全部收的是“笔记体小说”,也宁可用“笔记”之名而不带“小说”两字了。这与 1983 年江苏广陵古籍刻印社重刊《笔记小说大观》的序言提到的一种看法完全相同:“笔记就是笔记,联带上‘小说’有点不伦不类，不如叫《笔记大观》为好。”[①]这的确既遵循了传统，又避开了混乱，可谓是明智之举。以后欲将“笔记”与“小说”混为一类的选家，不妨都照此办理，只用“笔记”或“说部”之类中国传统的概念来标名，恐怕不失为一条坚守传统的老路吧！

至于有时要将“笔记”与“小说”放在一起并称的，那就比较简单，只要中间加个顿号就解决了。

这样，用三种方法来表示三类本来纠缠不清的“笔记小说”，就不会相混了。我相信，历史的发展必然会继续沿着百余年来已被多数学者所认同和走过的这条道路继续前进。

行文至此，话归正传。我们打开山西古籍出版社1995年始出版的《民国笔记小说大观》，共有四辑52种，其中除《曾胡治兵语录》一编外，大致都有现代意义上的“小说”味。如今又出《民国笔记小说萃编》凡24种，已无《曾胡治兵语录》一类的笔记了，但其中有三部书也可能会产生一些不同的看法。第一部是刘成禺的《洪宪纪事诗本事簿注》。假如从传统文献分类来看，它的基本性质是一部诗注。但它是用“笔记小说”类的文字来注的，其注98篇文字编撰了丰富而生动的故事，说它是笔记体小说也应该是可以的。第二部是《寒云日记》。“日记”本身

---

① 高斯《重刊〈笔记小说大观〉序》，《笔记小说大观》，江苏广陵古籍刻印社1983年版，第2页。

就是一体。这本日记又夹杂了不少有关诗词的著录、名物的考辨等，然“日记”作为按日所记之笔记，作者又以自己作为中心，用其简约、隽永的文字，逐日记事写情，还是具有一点“小说”因素的。第三部就是缪荃孙之《云自在龛随笔》。从此书的主要成分看，实是一部学术随笔，所记多为金石书画、版本目录之学，但中间亦可见多篇记事写人、饶有文趣之作。所以这三部书，虽然显得各有一点另类的味道，但就其实，用比较宽松的眼光来看，不妨也可列于“笔记小说”之中吧。

至于其他著作，几乎都是记述一些社会生活中的大小事件、人物轶事之类，作者当时往往将它们视为“掌故”“杂史”“稗史”之类的史著，未必认同这也是“小说”。本来，在古代笔记中有小说味的作品主要是两类，一类是记鬼怪，另一类是记人事。记人事的也有虚、实之别，当然是写实的居多。凡所谓稗史、掌故、野史、琐记、轶闻等等，名目繁多，都是以记人叙事为主。在晚清民国时期，倡导科学，因而多视记鬼怪者为迷信，不少作者有意回避。与之相应，此时做笔记者大都自命其作是为了补翼正史。作者又多生于高官世家，或本身就是名流学者，熟稔朝廷内外及学界文场的种种故实，所记多自亲睹亲闻，有的还到图书馆里翻阅书刊查证。笔下虽有一些是梳理了历史上的陈迹，但最可宝贵的是触及了晚清民国时期诸如宫廷斗争、外交风波、官场倾轧、吏治腐败、名臣功过、史事曲折、遗老姿态、名士趣闻等方方面面，且多标榜信实，自诩为良史。固然，这些笔记，从作者的写作意图来看，他们主要是想写“史”，而不是要创作小说。后来的历史研究者们，引用这些民国笔记中的片段时，也往往将它们作为故实来证史。它们“史”的本质毋庸讳言。

强调信实的历史著作，与可以虚构的文学创作，从现代学科分类来看，当然是两个门道。但是，它们最重要的一个内核，即记事，是相同的。古代朝中史官之记事，当然是一件十分严肃的事情，所谓“圣人之记事也，虑之以大，爱之以敬，行之以礼，修之以孝养，纪之以义，终之以仁”（《礼记·文王世子第八》）。但后来到民间记事，就未必如此郑重其事了，所记未必都是国家大事，也有的来自道听途说，再有的加些油盐酱醋，甚至有的还故意幻设了一些故事，于是就出现了所谓“稗史”“野史”“外史”，乃至“谐史”“趣史”之类，虽也称之为“史”，但此史已不同于彼史了。更何况，就是一些纪传体、纪事本末体之类的所谓“正史”之作，所记之事，所写之人，也有的富有文学意味，人们也常将它们当作文学作品来欣赏。一部《史记》，不是在“中国文学史”著作中也有着崇高的地位吗？与此同理，民国间那些用笔记的形式，所记的大大小小的故事、形形色色的人物，不也可以当作文学中的一类“小说”来欣赏吗？

事实正是如此。我们就以颇有代表性的瞿兑之来说吧。他在民国期间大力提倡“掌故学”，其主要精神是为了在“正史”之外用“杂史”来保存与发掘真实而完整的史料。有人称他是继王国维、梁启超之后，可与陈寅恪相颉颃的“史学大师”。[①] 他认为，自宋以后，在“正史”中已找不着“政治社会制度之实际情况”了，这是因为“自来成功者之纪载必流于文饰，而失败者之纪载又每至于湮没无传。凡一种势力之失败，其文献必为胜利者所摧毁压抑”。所以治史者“为救济史裁之拘束，以帮助读史者对于史事之了解”，必须“对于许多重复参错之琐屑”加以综合审核之后，“存真去伪，由伪得真”，所以“杂史之不可废”。更何况到了清末，“文字之禁骤然失效，从前闷着不敢说的一切历史上疑案”，人们都敢说敢写了，再加上私家印书方便，报章杂志风行，笔记杂事轶闻之作就纷然而起，以求在“史学上”做出贡献。同时，从文字表达的角度来看，他认为先前的《史记》《汉书》，“叙述一个重要人物每从一二节上描写，使其人之性情好尚，甚至于声音笑貌跃然纸上，即一代兴亡大事，亦往往从一件事故的发生前后经过著意叙述，使当时参加者之心理，与夫事态之变化都能曲折传出，而其所产生之果自然使读者领会于心。”但“后来史家每办不到而渐趋于官样文章之形式。所以然者，秉笔之人多少有一点公务的史职在身，而后代的文网较为苛密，加之私家的传说太多，不是公认的话不敢说，不是官式的史料不敢依据，因此虽然极好的史裁也受

① 周劭《瞿兑之与陈寅恪》，《闲话皇帝》，上海书店 1994 年版，第 113 页。

了限制，不能像《史记》那样活泼泼地了。”[①]所以现在他要从“杂史”中找回“正史”中早就不存在的那种“活泼泼”的文字，这也就使他们的“笔记”“掌故”等杂史之作带有了文学味、小说味。他们写的既是史著，但又可视之为“小说”了。且看其《杶庐所闻录》中有一则记张之洞曰：

> 张文襄虽主新政，而思想陈旧，亦出人意表。其在鄂督任时，公文不用新语，必苦思所以代之者。及入管学部，一日稿中偶有新名词。公批曰："新名词不可用。"部员某年少好事，戏夹签于内曰："新名词亦新名词，亦不可用。"次日更定上之，而忘去此签。公见而惭怒，竟日不语，遍翻古书，欲有以折之，卒不可得，乃霁颜谢焉。[②]

此短短数语，将虽主新政、思想仍旧的张之洞，围绕着“新名词”一词，对于属下批评后的神情变化，表现得惟妙惟肖。另见其《辛丑和约余闻》一则，就李鸿章签订和约事，写张之洞与李鸿章因两人所处的地位、经历不同而各持己见，各有意气，只用了一二语，即神情毕现：

---

① 瞿兑之《〈一士类稿〉序》，《一士类稿》，《民国笔记小说大观》第二辑，山西古籍出版社 1996 年版，第 17—27 页。

② 瞿兑之《杶庐所闻录》，《民国笔记小说大观》第一辑，山西古籍出版社 1995 年版，第 27 页。

> 辛丑议和之役，李鸿章一手主持，不免有徇外人之意太过者。当时急于求成，亦无人起而抗争。惟与俄国单独订密约一事，众议哗然，中外皆不以为然，卒未画押。张之洞、刘坤一争之尤力。相传刘、张联衔电李争持，实出张之手。李愤甚，电致军机处，谓："不意张督任封疆二十年，仍是书生意见。"张闻之亦惭怒，谓人曰："李相办和议事二三次，便为交涉老手耶？"①

与瞿兑之同道的有徐一士，写的笔记小说也多，他们两人一吹一唱，所持的观点完全一致。徐一士也认为笔记首先当写得"不违乎事实，而有益于知闻"，同时要有文采，"或为工丽之章，或具闲逸之致"。但在"专制之朝，王者为防反侧"，迭兴文狱，"故以当时之人而为私家之著作，处境綦难，有时饰为颂扬，良非得已。至清之既亡，则野史如林，群言庞杂，秽闻秘记，累牍连篇，又过于诞肆，楚则失矣，齐亦未为得也。"至于民初设清史馆，所编《清史稿》之类，"取材循官书文件之旧，评赞多夷犹肤饰之词"，根本无当于"史笔"。因此，他要将"有清一代，专三百年中华之政，结五千年专制之局，为世界交通新陈代谢之窦键"中的"是非得失"，"爬梳搜辑"，通过"随笔之体"

① 瞿兑之《杶庐所闻录》，《民国笔记小说大观》第一辑，山西古籍出版社 1995 年版，第 194 页。

来“贡一得之愚”。[1] 他自幼就好读《三国演义》《水浒传》《西游记》《封神演义》《聊斋志异》《儒林外史》《隋唐演义》《儿女英雄传》《三侠五义》等“闲书”，以听故事为乐，这种熏陶，就使他的笔记更有小说味了。其他收入此编的诸作，虽然文风有异，繁简有别，但大都如这样的一些文史兼备之作，读来皆有兴味。所以此编名之为《民国笔记小说粹编》，也可谓是名副其实，不知读者以为然否？

2022 年 1 月 2 日

① 徐凌霄、徐一士《〈凌霄一士随笔〉自序》，《凌霄一士随笔》，《民国笔记小说大观》第三辑，山西古籍出版社，1997 年版，第 8、9 页。

编纂凡例

《民国笔记小说粹编》，选编民国时期笔记小说名家名作，呈现民国笔记小说主要面目，以利阅读和研究。

一、命名。笔记小说是对文史掌故笔记著作的传统称谓。《四库全书总目提要》将掌故著作归于杂家及小说家等类，20世纪20年代有集古代掌故笔记著作之大型丛书《笔记小说大观》出版。至90年代，本社出版《民国笔记小说大观》凡四辑52种49册。本次整理选其精要，亦收新品，精编精校，名之曰“民国笔记小说粹编”。

二、收录范围。本丛书主要收录民国时期(1912—1949)撰写或出版过的文史掌故著作。兼收个别清末出版的重要掌故笔记，因这些清末著作实质上是民国笔记的先声，对民国笔记的繁荣发展起过巨大的推动作用；但只限于其作者为入民国后仍从事创作活动并有相当影响者。丛书所收民国笔记均在万字以上，个别有特殊价值的不受字数限制。

三、排版、文字。简体横排。

四、点校、加注。凡有多种版本的，择一善本为底本，他本作参校，需要时出校记；手稿或单一版本的采取自校。整理时原则上保持底本文字原貌，异体字一般统一为规范字（涉及古地名、人名、译名等的字不在此限），凡明显错讹缺衍之字、词，均做改正并加以标示，符号为：原稿残缺或无法辨识的字用“□”标示；错别字后跟改正字外加“（ ）”标示（以下情形不做标示：人名前后不一致的，径改为正确人名；词形不一致，原文即混用的，直接统一改为现代汉语规范字，如“看作”“看做”统一改为“看作”）；缺脱字直接补充字外加“〔 〕”，衍文外加“〈 〉”。丛书正文不加注释，需特殊说明之处，做脚注，或于导言中予以说明。

原书未分段、标点者，均分段并以新式标点标点。如有整段引文或整首诗词等，亦分段。

特别说明：书稿中用语、用字、用法具有时代特征，与现行规范不合的，保留原貌，如“的、地、得”的使用；“右述”“如左”等原有格式标指文字，保留原貌；特殊的公文（如法律条文等），原文未标点，保留原貌；音译外国人名、地名等，保留原貌。

五、撰写导言，拟小标题。本丛书每部书前均由编者撰以导言，对作者生平、版本流变及内容特点等予以简介。对未予随事标题之笔记，凡有条件者，均酌情拟小标题（此种情况须在导言中说明），以便索引及阅读。

六、原书中有“胡清”“发逆”“拳匪”“蛮”“夷”等歧视性称谓，以及某些不当观点，为保存原著全貌，保存原著作者观点，均未予删节或更改，特此申明。

由于时隔久远、资料不足，加之其他种种原因，本丛书虽纠正了原著诸多误载，但绝难尽善尽美，敬希读者予以指正。

民国笔记小说粹编编委会

2022年2月

目 录

导　言

况周颐（1859—1926），广西临桂（今桂林）人。原名周仪，因避溥仪讳改今名。字夔笙，号蕙风，别号二云、梅痴、玉梅、餐樱，室名兰云菱梦楼、眉庐、餐樱庑主等。光绪五年举人，授内阁中书。南归后，先后入张之洞、端方幕府，并一度任自强学堂教习。晚年居上海，以清室遗老自命，卖文为生。

况周颐是清末民初大词人、掌故大家。他与缪荃孙、王鹏运等相友善，博稽古籍，湛深经学，声名遐迩。与王鹏运、朱祖谋、郑文焯并善作词，被誉为“四大家”。著作有《蕙风词》《蕙风词话》《蕙风丛书》等。况周颐是清末民初著述大家，当时《国粹学报》《大陆报》《小说月报》《大中华》等报刊竞相刊载其词作及掌故零拾，拥有大批读者。如《臼辛漫笔》《蕙风簃随笔》《选巷丛谈》等。其中《眉庐丛话》《餐樱庑随笔》是其掌故笔记代表作。

《眉庐丛话》发表于《东方杂志》（第11卷第5号至

第13卷第2号），共五百一十五则，是当时颇负盛名的掌故笔记著作。况周颐自清室覆灭后，寂寞寡欢，穷愁著书。乙卯年（1915）所作文颇能反映当时心境：

> 癸丑、甲寅间，蕙风赁庐眉寿里，所撰丛话，以“眉庐”名。乙卯四月，移居迤西青云里。客问蕙风：“《丛话》殆将更名耶？”蕙风曰：“客亦知夫眉寿之谊乎？眉于人之一身，为最无用之物，此其所以寿也。蕙风之居可移，蕙风之无用，宁复可改？抑更有说耶：《洪范》：‘五福：一寿二富。’蕙风之旨，将使二者一焉，其知青云非黄金何？孔子曰：‘富而可求也，虽执鞭之士，吾亦为之。’如不可求，续吾《丛话》。

通观全书，内容十分庞杂，涉及宫廷遗事、官场轶闻、士林逸话、宗教风俗、金石字画、典章制度、机巧发明等，林林总总，蔚为大观。凡所记述，或为资料独特，为世所罕见者；或为披沙拣金，为心得之言者；或为雅谑琐谈，可横生趣味者。如“洪秀全等诗文”“李鸿藻受孝哲皇后跪拜”“丁宝桢斩安得海秘闻”“曾文正自撰墓碑铭词”“日藏先秦本《孟子》之说”“顾千里黄荛圃拳脚相加”“改敕书点金成铁”“汪容甫致毕灵岩书”“王鹏运戏谈文不对题”“咸丰戊午科场案始末”“满人工于应对”“结拜兄弟相残”等资料性、可读性俱全的轶事俯拾皆是。兹引数则如下：

咸、同间，都门有斌半聋者，旗人，工篆刻，不轻为人作。半聋不聋，意谓时人之言，太半不堪入耳，故以“半聋”自号，惜其名记忆不全。（《时人之言太半不堪入耳》）

又：

孝钦显皇后盛时，每逢由宫还海，文武百官跪迎，皆在西苑门外，唯总管太监李莲英，三品冠服，独跪于西苑门内。远而望之，觉其宠异无比。（《孝钦皇后独宠李莲英》）

又：

慈舆由宫还海，各官先在宫门外跪送，旋由间道驰赴西苑门跪迎，望见前驱卤簿，立刻鸦雀无声，呼吸可闻，非复寻常之肃穆。夹道笙簧，更觉悠扬入听。迨驾过不数武，则跪者起，默者语，眼架镜，手挥扇，而关防车方络绎不绝也。（《百官迎送慈舆图》）

如上所引，或记述、或描写，皆如随意道来，而刻画无不历历在目，分析无不条理明晰，足见蕙风先生为人之风趣、学术功底之深厚、见闻阅历之广博、运用笔墨之神妙。总观其内容及风格，《眉庐丛话》是偏重学术考证、典章记述的那一类掌故笔记。

然而作为大词人、大学问家，撰写《丛话》，特其余事，记事述人虽多心得之言、罕见之事，也难免良莠不齐；作为遗老遗臣，所述内容及观点，也有不尽合今人兴趣与观点之处，如乐道美人之香艳、集猥亵语入史书者，并偶涉怪力乱神，皆属品位不高。至于考证之疏漏、记事之失实，也或有之。

《眉庐丛话》曾于1995年入选我社“民国笔记小说大观（第一辑）”加以印行，此次重加整理刊印，以民国年间文海出版社有限公司印行之“近代中国史料丛刊续编第六十四辑”（沈云龙主编）为底本，校以他本。底本中所引诗词文与正文混为一体，今则分行另排，并将引诗中之原注顺序摘出，置于诗下。整理过程中，还纠正了大量误载及错别字，并随事拟了小标题，便于读者阅读。

落馥香

一　举止安详，攸关福泽

举止安详，攸关福泽。常熟翁文端未达时，家贫乡居，偶与二三父老为叶子戏，适雨著钉鞋，竟夕坐博。验其履印，曾不一移。南皮张文襄督江鄂日，士有呈赠诗文者，当时未即阅看。俟其人来谒，寒暄毕，辄命侍者取出，即于座间从容展诵，自首至末，一字不遗。遇有佳处，一一奖许；稍涉称颂，必致谦词。虽文系长篇、诗至百韵亦然。阅毕，仍交侍者，并谕以存贮某处毋忽。即此二事征之，如文端者，所谓安也；如文襄者，所谓详也。二公皆富贵寿考，极遇合之隆，是其验也。

二　以翎枝为冠饰

以翎枝为冠饰，自明时已有之。江彬等承日红笠（遮阳帽）之上，植靛染天鹅翎为贵饰，贵者三翎，次二翎。兵部尚书王琼得赐一翎，自谓殊遇。是翎之名始于明，但植立于笠上，与曳于冠后者，其式异耳。

三　为官但多磕头少开口耳

道光朝，曹太傅（振镛）当国，陶文毅（澍）督两江，兼盐政。时以商人藉引贩私，国课日亏，私销日畅，至有根窝之名，谋尽去之，而太傅世业鹾，根窝殊夥，文毅又出太傅门下，投鼠之忌，甚费踌躇。因先奉书取进止，太傅覆书，略曰：“苟利于国，决计行之，无以寒家为念，世宁有饿死宰相乎？”文毅遂奏请改章，尽革前弊，其廉澹有足多者。惟其生平荐历要津，一以恭谨为宗旨，深恶后生躁妄之风。门生后辈，有入谏垣者，往见，辄诫之曰：“毋多言，豪意兴。”由是西台务循默守位，寖成风气矣。晚年恩礼益隆，身名俱泰。门生某请其故，曹曰：“无他，但多磕头，少开口耳。”道、咸以还，仕途波靡，风骨销沉，滥觞于此。有无名氏赋〔一剪梅〕词云：

仕途钻刺要精工，京信常通，炭敬常丰。莫谈时事逞英雄，一味圆融，一味谦恭。　大臣经济在从容，莫显奇功，莫说精忠。万般人事要朦胧，驳也无庸，议也无庸。

其二云：

“八方无事岁年丰，国运方隆，官运方通。大家襄赞要和衷，好也弥缝，歹也弥缝。　无灾无难到三公，妻受荣封，子荫郎中。流芳身后更无穷，不谥文忠，便谥文恭。

损刚益柔，每下愈况，孰为之前，未始非太傅盛德之累矣。

四　牛奇章毕灵岩怜才

牛奇章镇维扬，每冬，令街卒卫杜书记（牧之）夜游，报帖盈箧。尚书灵岩毕公抚陕，孙渊如居幕府。渊如好冶游，节署地严，漏三商必下键，公自督视之。渊如则夜逾垣出，翌晨归，以为常。或诇以告公，弗问也。二公相距千余年，晚节蹉跎，后先一辙，论者惜之。然其雅意怜才，则固有未容湮没者。

五　何绍基典衣偿饭钱

道州何蝯叟（绍基）书名重海内，达官殷贾，赍重金求之，弗可得。一日，之永州，访杨息柯（翰）。距城数里，忽饥疲，因憩食村店。食已，主人索值，时资装已先入城，乏腰缠，无以应。请作书为偿，主人弗许。竟典衣而后行。息柯闻之，笑曰："何先生法书，亦有时不博一饱耶？"

六　杀吾君者吾仇也，诛吾仇者吾君也

清之初年，洪文襄以胜朝魁硕，翊赞新猷，幕府超珣，极一时之选。洎薨于位，行述之作，诸名士各殚所长。于其仕明、仕清，前后勋绩，咸能称述烂然，惟于中间去故就新，措词极难得体。商略再三，莫衷一是。爰醵重金为濡润，募有能圆其说者。某名士落拓京师，闻之，褒然往，约字一，直金百，先索金而后秉笔。略云：

> 岁甲申，闻贼陷京师，烈皇帝殉国。北廷徇平西王之请，爰举义旗，入关破贼，元凶授首。公于是投袂而起曰："杀吾君者吾仇也，诛吾仇者吾君也。"

下即接叙是年拜某官之命云云。诸名士为之搁笔，稿遂定。按：《公羊·昭公三十一年传》曰："颜夫人者，妪盈女也，国色也。其言曰：'有能为我杀杀颜者，吾为其妻。'叔术为之杀杀颜者，而以为妻。'"是某之说之所本也。

七　以字形决人生休咎

宋陈藏一，名郁，字仲文，所著《话腴》，醇雅可诵，中有一则云："今言命者有曰：'丑为破田，戌为负戈，

丙丁为平头，辛卯、甲申为悬针。’尝以滕强恕命考之，丙戌丙申，丙戌丙申，平头矣，官至侍从而无子；以金辉命考之，甲午辛卯，甲午辛卯，悬针矣，故初为海寇，三遭决配，后为都统制，赠武义大夫。”按：子平《家言》以五行生克决人生休咎，未闻以字形为说者。此说绝新，亟记之。

八　杜鹃新说

杜鹃，一名杜宇，一名子规，一名谢豹。自唐已后，多入诗词，曰啼血，曰劝春归，曰红鹃、绿鹃，与紫燕、黄鹂并用，殆禽类中之绝韵绝怨者也。乃宋车若水云：“杜鹃，鹞属，枭之徒也。飞入鸟巢，鸟见而去。因生子于其巢。鸟归，不知是别子也，遂为育之。既长乃欲噉母。”诚如所云，讵非甚不宜称耶？抑同名而异物耶？

九　习诗赋杖一百

《石林燕语》云：“及第必有赐诗，惟莫俦一榜不赐。政和末，御史李彦章言，士大夫多作诗，有害经术，诏送敕局立法。何丞相执中为提举官，遂定命官习诗赋杖一百，故是榜官家不赐诗而赐箴。未几，知枢密院吴居厚，喜雪御筵进诗，称口号。是后上圣作屡出，士大夫亦不复守禁。或问何立法之意，何无以对，乃曰：‘非谓今诗，乃旧科场诗耳。’”作诗获罪，乃至于杖，诚事之绝可笑者。

一〇 “春荷”献疑

梁吴均《吴城赋》：“不见春荷夏槿，惟闻秋蝉冬蝶。”荷非春花，未知叔庠何所本也。

一一 糟以谕恶

俗谓事势舛盭而决裂者曰糟。糟义甚古，《大戴礼记·少间第七十六》云：“糟者犹糟，实者犹实，玉者犹玉，血者犹血，酒者犹酒。”注：“糟以谕恶，实以谕善，玉者谕善人，血忧色也，酒以谕乐，犹忧其可忧，而乐其所乐。”

一二 “孛相”系吴语

乌程张秋水（鉴）《冬青馆诗》，《山塘感旧》句云：“东风西月灯船散，愁绝空江孛相人。”孛相，吴语，今讹为“白相”也。

一三　董文恪及第前奇遇

富阳董文恪（邦达）少时，以优贡留滞京师，寓武林会馆。资尽，无以给饔飧，馆人藐之甚。不复可忍，乃徙于逆旅，益复不见容，窘迫无所归。有刘媪者，自号精风鉴，奇其貌，谓必不长贫贱也。属假馆余屋，善视之。俾俟京兆试，董日夕孟晋，冀博一第自振拔，且副媪厚期。榜发，仍落第，恚甚，耻复诣媪。徘徊衢市，饥且疲。道左一高门，惘然倚而立，不知时之久暂也。俄有人启门，问为谁，董以实告。其人色然喜，延入。少憩，出红笺，嘱书谢柬，署名则侍郎某也。书毕，持以入，须臾出，殷勤具鸡黍。食次，通款曲，则侍郎司阍仆，以荐初至，适书谢柬，主人亟奖许，因请留董代笔，薄酬资斧。董方失路，欣然诺之。自是一切书牍，悉出董手，往往当意。仆辄掠美以自固，日见信任，不与他仆伍。居顷之，侍郎有密事，召仆至书室，命拟稿。仆惶窘，良久，不能成一字。侍郎穷诘，得实，大骇。亟具衣冠出厅事，延董入见，且谢曰："辱高贤久溷厮养，某之罪也。"因请为记室，相得甚欢。侍郎夫人有细直婢，性慧敏，略通词翰，及笄矣，将嫁之，婢不可。强之，则曰："身虽贱，匹舆隶，非所堪，乃所愿，必如董先生，又安可得，宁终侍夫人耳。"侍郎闻之，听然曰："痴婢，董先生蹑云骥騄，指顾腾上，宁妻婢者？"会中秋，侍郎与董饮月下，酒酣，从容述婢言，且愿作小红之赠，劝纳为簉室。董慨然曰：

“鲰生落魄，尽京师，不获一青睐。见拔于明公，殊非望。彼弱女子能怜才，甚非碌碌者，焉敢妾之？正位也可。”侍郎益重之，谋于夫人，女婢而婿董焉。逾年，董连捷成进士，官至礼部尚书，生子即富阳相国。相国登庸时，太夫人犹健在。知其事者，传为彤管美谈云。

一四　郭嵩焘论治乱得失

湘阴郭筠仙侍郎（嵩焘）学问赅博，明于古今治乱升降之故，尤详究海外各国形势。咸丰朝，随郡王僧格林沁筹防津沽，王于两岸筑炮台，绵数里，博数丈。辇炮三千具以填之，大者逾万斤，小者亦二三千斤。又伐巨木，列栅海口，沉以铁锚，络以铁絙。无何，敌舰至，遗书为媾，王不许。嵩焘曰：“战未必胜，不如姑与之和，徐图自强。”王不听。嵩焘知边祸且亟，言之再四，至于涕洟，王执不听。越日，敌以书来曰：“亟撤尔栅，我将以某日时至。”届期，王率将佐登台望之，敌以三舰来，距栅里许，自相旋绕。顷之，栅皆浮起，王大惊，急发巨炮，弹如雨雹，海水沸腾，竟沉其舰。敌引去。明年复来，遂有北塘之败。嵩焘家居时，好危言激论。攸县龙汝霖作《闻蝉》诗规之曰：

商气满天地，金飚生汝凉。撩人秋意聒，忤梦怨声长。
畏湿愁霜露，知时熟稻粱。隐情良自惜，莫忘有螂螳。

嵩焘和曰：

饱谙蝉意味，坐对日苍凉。天地一声肃，楼台万柳长。
杳冥通碧落，惨澹梦黄粱。吟啸耽高洁，无劳引臂螂。

又：

树木千章暑，山河一雨凉。荫浓栖影悄，风急咽声长。
秋气霑微物，天心饫早粱。居高空自远，尘世转蜣螂。

后十余年，边事日棘，嵩焘以礼部侍郎出使英吉利国，至伦敦，上书李文忠，论列中外得失利病，准时度势，洞见症结，凡所谋画，皆简而易行。其论当时洋务，谓佩蘅相国（宝鋆）能见其大，丁禹生能致其精，沈幼丹次之，亦稍能尽其实。又自言平生学问皆在虚处，无致实之功，其距幼丹尚远，皆克知灼见，阅历有得之言。全书四千二百余言，兹不具录。

一五　以水洗水奇闻

扬子江中泠水，世所称第一泉，其质轻清，非他水所及。然或运致远方，舟车颠顿，则色味不免稍变，可以他处泉水洗之。其法以大器贮水，锲志分寸，而入他水搅之。搅定，则汙浊皆下沉，而上浮之水，色味复故矣。其沉与浮也，其重与轻为之也，挹而注之，不差累黍。以水洗水之法，世鲜知之。

一六　补子胡同

和珅当国时，京朝官望风承指，趋跄恐后。襜帷所至，俊彩星驰，织文鸟章，夹道鹄立，此补子胡同所由名也。无名氏《咏补子胡同》云：

绣衣成巷接公衙，曲曲弯弯路不差。
莫笑此间街道窄，有门能达相公家。

一七　以秽物退敌

道光壬寅，粤海戒严，果勇侯杨芳为参赞，慑敌舰炮利，下令收粪桶及诸秽物，为厌胜计。和议成，不果用。有无名氏作诗嘲之曰：

杨枝无力爱南风，参赞如何用此公。
粪桶当年施妙计，秽声长播粤城中。

一八　咸丰驾幸热河

咸丰庚申，车驾幸热河，变起仓卒，警卫不周，从官、宫人，极流离困瘁之状，诏天下勤王，讫无应者。汉阳黄文琛《秋驾》诗云：

秋驾昆仑疾景斜，盘空辇道莽风沙。
檀车好马诸王宅，翠褥团龙上相家。
剩有残磷流愤血，寂无哀泪落高牙。
玉珂声断城西路，槐柳荒凉怨暮鸦。

此诗声情激越，骨干坚苍，置之老杜集中，骎骎不复可辨。

一九　凌波塘

宋谈钥《吴兴志》："菱湖，在归安县东南四十五里，唐崔元亮开，即凌波塘也。"又德清县永和乡管，有雅词里，地名并韵绝。

二〇　魏明帝乐府诗

魏明帝乐府诗："种瓜东井上，冉冉自逾垣。与君新为婚，瓜葛相结连。”世谓戚谊较疏者为瓜葛，与诗意不甚合。

二一　由詹事赐同博学鸿儒科

乾隆朝，高文恪（士奇）由詹事赐同博学鸿儒科，文恪得君最深，当出特赐。未审他人有同受此赐者否。

二二　卿怜诗辨

“色即是空空是色，卿须怜我我怜卿。”某说部谓是平阳中丞诗句，为卿怜作，余疑非是。上句尤不称，特卿怜命名，本此下句耳。相传某太史得京察一等，当简道员，顾高尚不屑就，旋擢卿曹，空乏不能自给。友人某戏为诗赠之，有句云：“道不远人人远道，卿须怜我我怜卿。”语殊工巧。

二三　顾亭林理财

昆山顾亭林先生本明季诸生，国变后，间关襆被，谒南北两京旧陵。所过访山川险要，郡国利病，纳交其魁杰。时或留止耕牧，致富巨万，辄复弃去，人莫测其用意。按：此与陶朱公已事略同。理财为百度之根本，亭林固留心经济者，亦为是牛刀小试，自考验耳。

二四　清室相国起居之制

清之季年，某相国总制闽浙，政体开通，人才乐为之用，刷新涤旧，百废具兴。相国以龙马之精神，备鸳鸯之福禄。虽忧劳于国是，公尔忘私，而颐豫其天和，兴复不浅。相国勤民如蚡冒，经武如陶公，力矫大僚简重之习，不数日必驾出。迨其归也，炮声砰訇于辕，鼓声渊填于堂，节署各色人等，无崇卑疏戚外内，故事必班而迎，二堂东班，则文案委员，内而京曹，外而监司已次，咸鹄立，必补服数珠。西班稍前，则内文案委员，洋务委员，电报房学生等；稍后则衙官、材官，戎装剑佩，仡仡之勇夫咸出一膝，去地不能以寸。相国拾级尽，略伫立，与东班首员周旋数语，略回顾西班首员，仍目注东班，若为皆颔之者，徐行而入。一十三四龄童子肃掖之。二堂东班及西班稍前者，唯朔望谒庙则然。其西班稍后，及在三堂、四堂者，则每出皆然。然而当时冀幸承颜之辈，往往不以为优异而以为疏逖，因而不自慊者有之。三堂则司阍典签，纪纲之仆，面必田，须必泽，一视听，屏气息，或伛偻呈敬恭，或矜作表干练。倍其盥漱，时其冠服，部领其次，奔走给使令者如干人，各以其职司。孖而立，皆鞠跽至地，相国夷然入，目不属。然设有迟误不到者必知之，以故无敢或脱疏。四堂则粉白黱绿者，珥瑶碧，曳绮罗，为数逾数十。肥者环，瘦者燕，澹者妆，浓者抹，南洲翡翠，北地胭脂，如筝雁之成行，若梁鸳之戢翼，莫不鞞袖低鬟，曼立远视。相国及阶，略伫立，掖者童子肃退休。首班者亭亭捧杖进，左掖之，右拄杖，步益徐。自兹已还，燕寝深闳，如何如何，外间仅得之传闻，未必能历历如绘矣。于斯时也，相国之风度，庄者和，肃者温，敛者舒。进咫，立于咫者随之；进尺，立于尺者随之。鱼贯而鸿翩，花团而锦簇，鬓影如雾，衣香成风。履整则前者却，巾堕而后者蹴。赢屏乍转，麝薰微闻。有精室焉，俗称内签押房，相国之所憩也。相国之杖，未至精室数武，即已授之随而右者，则左掖者若为逾谨。相国固矍铄，无须杖，并无须掖，而必杖必掖，亦故事也。入室，则自脱其冠，授掖者，置之架，展红巾谨覆之。由是而数珠，而褂，而杂佩，而带，而领，而袍，皆解者、接者各一人。或一人摄二事，唯承侍日深体便手敏者为能，往往新进持慎，弗敢兼也。其以亵服进者，人之数，视衣服之重数。同时巾者，茗者，淡巴菰者，尤争先恐后，以有事为荣。则就养和坐，脱鞋者，左右各一人，又一人以舄进。而巾者，茗者，淡巴菰者，荑其手，兰其息，亦盈盈而前。相国或先巾，或先茗，本无所为厚薄，而先焉者若为色然喜，则从容就榻坐。榻设阿芙蓉，相国夙不嗜此，而具乃绝精，不嗜而必设之，亦故事也。相国自驾出至是，或逾一二时矣。当是时，自四堂来者，咸集此精室，立者，坐者，所事已毕而如剧者，宜身至前而乍却者，若喜而浅笑，倦而轻颦者，同辈相关而喁喁私语者，面窗而徘徊，近案而徙倚者，位置笔砚，拂拭书牍，为殷勤者，弄姿而掠鬓丝，选事而拨炉灰者，非雾非花，温馨四塞。相国若欠伸，微呼某名，指烟具谓之曰：“若曷整理此。”又呼某名，谓之曰：“曷相助整理此。”则二人者独留，其余皆出。精室之窗，皆嵌白颇黎，浅色绸为衣。迨相助整理烟具者亦出，则窗衣之弛者张，疏者密矣。时则愔愔午梦，帘垂柳絮风前；隐隐春声，门掩梨花雨外。燕欲归而讵待，香未散而仍留。后出者只伺于窗外。久之，又久之，见窗衣启者，约一方颇黎之半，则款步入，捧匜沃盥，进燕窝汤。先是，相国驾出时，传谕庖人整备者，汤凡三进。相助整理烟具者，亦在朵颐之列。盖此人即下次整理烟具者。若旧制，简授差缺，此次拟陪者，下次必拟正，亦故事也。已上各节，或目验所经，或耳邮所得，不必皆据为事实，而又无秘辛焚椒之笔，足以传之。言之无文，负此雅故已。

二五　张船山之妒妇

遂宁张船山太守（问陶）移疾去官，侨寓吴阊，别营金屋藏娇，夫人不知也。一日，携游虎丘，而夫人适至，事遂败露。大守戏作一诗云：

秋菊春兰不是萍，故教相遇可中亭。
明修蜀道连秦陇，暗画蛾眉斗尹邢。
梅子含酸都有味，仓庚疗妒恐无灵。

天孙应被黄姑笑，一角银河露小星。
（见王端履《重论文斋笔录》）

此诗近人传为韵事，或谱院本以张之，不知船山夫人林氏乃奇妒。相传船山纳姬后，其夫人索诸查小山家，不得，适船山之弟旂山携妇归视兄嫂。旂山妇见林盛怒，因劝之曰："如此男子，谓之已死可耳。"因而一室大哄。故船山有句云："买鱼自扰池中水，抵雀兼伤树上枝。"旂山之友某寄船山句云："苦为周旋缘似续，更无遗行致讥弹。"皆为此事而发。船山有《二月二日预作生子》诗云：

三十生儿乐有余，精神仿佛拜官初。
频年望眼情何急，他日甘心我不如。
爪细难胜斑管重，发稀轻倩小鬟扶。
绕床大笑呼奇绝，似读生平未见书。
（见《船山诗补遗》）

其后船山卒无嗣，则亦家庭教豁，乖戾之气，有以致之。才人风味，讵悍妇所能领略。可中亭之诗，略同粉饰太平之具，"仓庚疗妒恐无灵"，行间句里，流露于不自觉矣。

二六　汪容甫老羞成怒

江都汪容甫（中）尝江行，与洪北江同舟论学。北江专崇马、郑，容甫兼涉程、朱。辩争良久，容甫口舌便捷不逮北江，屡为所屈，愤甚，捽北江堕水，舟人救之，仅乃得免。吴县张商言（埙）《碧箫词》自序云："故人蒋舍人心余乞假还，过吴门，饮予舟中，喜读予词，纳于袖，以醉堕江，寒星密雾，篙工挽救，群呼如沸鼎。既得无恙，而此卷亦不就漂没。明日心余词所谓'一十三行真本在，衍波纹绉了桃花纸'也。"洪、蒋二公，一则意气忿争，一则兴会泰甚，其不与波臣为伍几稀，然至今思之，殊饶有风味也。汪洪倞争之烈，视黄荛圃、顾千里世经堂用武，尤为奇特。

二七　以杂剧讽刺贪官

道光间，有侍郎平恕者，蒙古人，督学江苏，贿赂公行，贪声腾于士论。当时或编杂剧，付梨园以刺之。托姓名曰干如，其上场科白云："忘八丧心，下官干如是也。"拆字离合，甚见匠心。

二八　浙东三杰

乾隆季年，朱文正督学浙江，以古学见赏拔者，临海洪地斋（坤煊）、萧山王畹馨（绍兰）、东阳楼更一（上层）齐名，称为“浙东三杰”。楼君姓名及字就唐人诗一句错综为之，求之载籍中，不能有二。

二九　唐三脏尚可活，夔一足庸何伤

无锡钱础日（肃润）别号十峰主人，明诸生，甲申后弃去。县令以事夹其足胫至折，础日笑曰：“夔一足，庸何伤。”遂为跛足生，自号东林遗老，年八十三卒（见渔洋《感旧集小传》）。艾子好饮，少醒日，门人谋曰：“此未可口舌争，宜以险事怵之。”一日，大饮而哕，门人密袖彘膈置哕中，持以示曰：“凡人具五脏，今公因饮而出一脏矣，何以生耶？”艾子熟视而笑曰：“唐三脏尚可活，况四脏乎？”（见明谢肇淛《五杂俎》）“唐三脏尚可活，夔一足庸何伤”，属对工绝。

三〇　以不洁为高者

名人有洁癖者夥矣，亦有以不洁为高者。钱塘陆丽京（圻）文采昭烂，吐属闳雅。客有诣之者，尘羹粗饭，扪虱而谈，亦不觉其秽也。羽琌山民（龚定盦先生自号）垢面而谈诗书，不屑盥漱，尝作竹西之游，下榻魏氏絜园（默深先生别业，在扬州钞关门内仓巷）之秋实轩。默深先生给两走祇伺之。一日晨兴，呼主人急。出则怒甚，曰："若仆嬲我，吾不习睆沐。畴则不知，乃以匜水数数溷我，是轻我也，贤主人乃用此仆乎？"默翁笑谢之。比闻吴郡某方伯，自其太夫人三朝洗儿以还，未尝试槃浴。其里衣自新制乃至于朽敝，未或经浣濯。方伯嗜书，尤嗜宋元本。其观书也，少以案，多以榻。寻常之书，经摩挲循览者，如覆酱瓿代线夹久，趾之雪者黝，角之楞者垸（音完，以石磨平之也），字之银钩铁画者，如雾花云月，无复分明朗晰，唯宋元本不可知，容或信有而皆秘之，不可得而见也。向来劬学妮古之士，其心力有所专壹，朝斯夕斯，往往不暇自洁治，然而若是其甚者，亦仅其诸以告者过欤。

三一　续立人以谤言传名

林文忠抚苏时，有续立人者，官苏州同知兼厕幕僚，颇见信任。或忌之，黏联语于其门云："尊姓本来貂不足，大名倒转豕而啼。"续恚愤，白文忠请究，文忠笑曰："苏州设同知久矣，官此者，宁无胜流佳士，顾姓名孰传焉？君托此联，庶几不朽。且属对工巧，不失为雅谑，何愠为？"续默然退。今事隔数十年，苟无此联，世孰知续立人者？文忠之言，有至理存焉，何止释纷之佳妙而已。

三二　王鹏运《四印斋笔记》

同孙王半塘（鹏运）微尚清远，博学多通，生平酷嗜倚声，所著《袖墨》《味梨》《蜩知》等集，及晚年自定词均经刻行，其他著述，身后乏人收拾，殆不复可问。曩见其《四印斋笔记》，褒然巨帙，详于同、光两朝轶闻故事，稍涉愤世嫉俗之言，偶忆一则，略云：

> 翰林院衙门在前门内迤东，世所称木天冰署也。大门外有垒培，高不逾寻。相传中有土弹，能自为增减。适符阁署史公之数，或有损坏其一，则必有一史公赴天上修文者。是说流传已久，至于土弹之有无，有之究作何状，要亦未经目验。惟是环栅以卫之，置隶以守之，则固慎之又慎也。某年伏阴，大雨破块，竟有数土弹被冲决而出，余询之往观者，其形盖如卵云。

三三　“土匪名士”与“斗方名士”

道、咸间，京朝士夫太半好名，犹善俗也。或有科目进身，以不治古文为耻，乃捃摭帖括浮词，杂以案牍中语，牵合成篇，当时目为“京报古文”。曾文正督两江时，开阁延宾，群才云涌，清奇浓澹，莫名一格。有同乡某太史，记问极博，倚马万言，惟矜才使气，自放于绳尺之外，文正戏以“土匪名士”称之。同、光以还，朴学凋谢，小慧之士，粗谙叶韵，辄高谈风雅，自诩名流。间或占一绝句，填一小令，书画一扇头，快然自足，不知井外有天，于是乎有“斗方名士”之目，出于轻薄者之品题，要亦如其分以相偿也。土匪名士，斗方名士，皆可与京报古文作对（十兆曰京，十升曰斗，皆计数之名，属对尤工）。

三四　刚毅嗜钱

梁萧宏有钱癖，百万一黄榜，千万一紫标，当时有“钱愚”之目。然以厚封殖，非以供赏鉴也。光绪季年，刚毅南下，调查江、鄂等省财政，怙势黩货，贿赂公行。刚尤酷嗜纸币，盈千累万，装潢成册，暇辄展玩，若吾人对于法书名画者然。往往省局银数皆同之币，亦务累牍连篇，以多为贵。盖其贪鄙之性，与生俱来，有未可以常情衡论者。相传，刚为刑部尚书，初莅任，接见诸司员。谈次，称皋陶为“舜王爷驾前刑部尚书皋大人皋陶”（“陶”读若“桃”）。又提牢厅每报狱囚瘐毙之稿件，辄提笔改“瘐”为“瘦”，而司员且以不识字受申斥。盖入于彼必出于此，二者无一，不成其为刚毅矣。

三五　“相思病”考

“相思病”三字，元人制曲，有用之者。以曲之为体，不妨近俗也。按：《周易》疏：“损卦六四，损其疾，使遄有喜。”正义曰：“疾者，相思之疾也。”元曲中语乃与经疏暗合，当然雅训，何止非俗。

三六　王梦楼有五云

王梦楼有五云，曰素云、宝云、轻云、绿云、鲜云，年皆十三四，垂髫弓足，善歌舞。越数年，轻、绿、鲜三云各遣嫁，自携素、宝二云至鄂，以赠灵严毕公。谛审，则美男耳。为返初服，署为小史，绝警慧解人意。

三七　王可庄大才小用

闽县王可庄（仁堪），文勤之孙，丁丑状元。造科名之极峰，兼勋旧之嫡裔。传闻玉音褒美，指顾“大用可期”。会馆课，赋题《辅人无苟》，中有一联云：“危不持，颠不扶，焉用彼相。进以礼，退以义，我思古人。”触阅卷者之忌，以竟体工丽，得置一等末。王固知名士，下月课题，名士如画饼赋，则为王而发也。未几，外放苏州遗缺知府，终镇江府知府，论者以未竟其用惜之。（本则轶事参见《春冰室野乘》第七十八则“王可庄太守失欢

于宝文靖”——编者）

三八　苏州机神庙

织业盛于苏、杭，皆有机神庙。苏州祀张平子，庙在祥符寺巷。杭州祀褚登善，庙在张御史巷。相传登善子某（按：《新唐书》：“登善二子，彦甫，彦冲。”）迁居钱塘，始教民织染，后遂奉为机神，并其父祀之。今犹有褚姓者为奉祀生，即居庙侧。阮文达撰《褚公庙碑记》，详载此事，当必有本。惟苏州祀张平子不知其由。史称平子善机巧，尝作浑天仪、候风地动仪等。崔瑗为撰碑文，称其制作侔造化。又云，运情机物，有生不能参其智。意者，机杼之制当时或有所发明。而载籍弗详，未可知耳。按：唐时以七月七日祭机杼，奉织女为机神，则尤名谊允叶，所谓礼亦宜之也。

三九　沈德潜轶事

长洲沈文悫（德潜）少时家贫，无僮仆，每晨必携一筐自向市中购物，售者索值若干，悉照付，无稍争执。久之，市人知其宽厚，亦无复敢欺者。吴县某巨公未达时，每晨沽米于市，辄脱破帽，如盂仰而盛之，捧持以归。衣敝而貌癯，离褷如病鹤也。未几，廷对首选，官至大学士。晋秩师傅，其贵盛视文悫有加。乃至世易沧桑，犹安富尊荣如故。阊门父老，多有能言其轶事者。凡此皆士林佳话，独惜名德硕学，未免文悫专美于前耳。

四〇　称谓之误用

某太守加道衔，有贻书称观察者。一小史粗谙文义，见之，愤然曰："彼藐吾官已甚。观察者，捕役之别名也。"众皆不解，则检《水浒传》"缉捕使臣何观察"云云为证，众亦不能非之。盖元、明之际固确有此称也。按：世俗称谓，一经研究，舛戾良多。如中丞为唐女官之名（唐文宗朝，内人郑中丞善弹小忽雷，巡抚称中丞与古官制不合。全谢山曾辨其误），宗伯非礼部尚书（见《汉书·平帝纪》注），司空非工部尚书（见《汉书·陈咸传》注），沿用皆为未合。至大帅尤贼渠之称（《吴志·周鲂传》："钱唐大帅彭式等蚁聚为寇。"又云："黄武中，鄱阳大帅彭绮作乱，攻没属城。"绮事别见《魏志·刘放传》注），而可属之疆圻长吏乎？又小姐二字，古者以称宫人侍姬，（《玉堂逢辰录》："有宫人韩小姐。"《桯史》："洪恭顺有妾曰小姐。"《陶朱新录》："陈彦修有侍姬曰下姐。"）下至于乐妓（《夷坚志》："有散乐林小姐。"），今时为宦女之美称，失之甚矣。

四一　嘲缙绅曲

咸丰朝，变起金田，东南鼎沸，练兵筹饷，日不暇给，疆臣节帅，握吐求贤，缙绅先生咸出而相助为理。向所谓仰望林泉者，亦复手版脚靴，随班听鼓。大约为乡闾计者十之二三，为身家计者十之七八，或作《字字双》曲嘲之曰：

花翎红顶气虚嚣，阔老。
打恭作揖认同僚，司道。
厘金军务一包糟，胡闹。
果然有事怎开交，完了。

四二　《荆钗记》奇字

刘葱石属校《荆钗记》，见一字绝新，左从骨，右从上皮下川，在第二十九齣钱孙交哄曲文中叶韵处。此字各字书所无，云斋博洽（《荆钗记》，明宁献王权撰。王别号云斋），必有所本。

四三　宋代神弩弓，明代连发枪

宋有神弩弓，亦曰克敌弓。立于地而踏其机，可三百步外贯铁甲。元灭宋，得其式，曾用以取胜，至明乃失传。《永乐大典》载其图说。又纪文达笔记，载前明万历时，浙江戴某有巧思，好与西洋人争胜，尝造一鸟铳，形若琵琶，凡火药铅丸皆贮于铳脊，以机轮开闭。其机有二，相衔如牝牡，扳一机，则火药铅丸自落筒中；第二机随之并动，石激火出，而铳发矣（此与后膛毛瑟略同），计二十八发，火药铅丸乃尽。据此，则制造枪炮之法，吾中国旧亦有之，特道德之蓄念，仁厚之善俗深入人心，由来已久，或尼以好生恶杀、因果报施之说，遂不复精研扩充之，尤不肯传之子孙。其人往，其半生精力所寄，乃与之俱往，为可惜耳。戴某曾官钦天监，以忤南怀仁坐徙。

四四　王昶亲历之世态炎凉

青浦王述庵侍郎（昶）少时家綦贫，体貌不逾中人，瘦削而修长，玉楼峻耸。乡人无亲疏，以寒乞相目之，遭白眼者数矣。未几，捷南宫，入词林，谒假锦旋，则曰："王公鹤形，故应贵也。"二十年前旧板桥，薄俗炎凉，又奚责焉。其后荐历清华，益复敛抑。某年，省亲珂里，肩舆过外馆驿，适值某典史到任，舆卫俨然，钲镆镗而盖飞扬也。亟命停舆让道，而驺从或呼之出，重谯呵之。公于是跼蹐路隅，而珊珠孔翠与青金练雀相照映也。典史骇绝，亟降舆，蒲伏泥途，俟公登舆去远，而后敢起。吾谓典史或过矣，典史虽末秩，地方命官也，述庵诚巨公，在籍荐绅也，停舆让道，即谓礼亦宜之，可也，为典史者当坦然乘舆行，抵署，亟惩责此冒昧之从者，以谢王公，庶不失卑亢之宜焉。述庵通人，为里闬计，得如是风力之典史，方契赏之不暇，而顾有意督过之乎？吾知述庵必不然矣。

四五　误书谐语

有致书何秋辇者，误书“辇”为“辈”；书中用“研究”字，又误“究”为“宄”。秋辇友人某君，戏撰联语云：“辇辈同车，夫夫竟作非非想；究宄各盖，九九还将八八除。”又某君为之改定云：“辇辈同车，人尽知非矣；究宄各盖，君其忘八乎。”改联尤隽妙，然而虐矣。

四六　为俄兵辟地纳妓

癸卯日俄之战，战地属中国领土，而中国乃以中立国自居，诚千古五洲未有之奇局也。明年，有俄国兵舰三艘，一名阿斯哥，一名奥斯科，一名满洲，为日本春日舰所迫，驶入吴淞口。当道严守中立，尽收其器械军火及舰中行驶紧要机器，存制造局，而任保护其舰队。是时南洋大臣为周玉山（馥），苏松太道为蔡和甫（鋆），洋务律法官为罗诚伯（贞意）。一日，洋务局得俄领事公牍，略谓“该舰兵士等离家日久，归国尚未有期，比以阴阳失调，多生疾病，非医药所能奏功。敝国向章，凡海军士卒，每月准其上岸游戏运动数次，所以便卫生，示体恤也。夙仰贵国尚武恤兵，凡可以加惠赤籍者，无微不至。王道不外人情，区区法外之意，用敢为兵请命。查《万国国际公法》，彼国一切人等，居留此国，营业之暇，出入行院，例所弗禁。从前贵国广东省滨海地方闻有一种土妓，名曰蜑户，颇能熟习外情，外国商民孑身旅寄者，常有与之往还。现在上海地方，有无前项蜑妓，能否设法暂时招集，以应急需？贵国昔在姬周时代，晏婴相齐，设女闾七百，以招徕远人。今推而仿之，至于交通中外，仅范围加阔耳，于政体无伤也。敝领事为优待军人、慎重卫生起见，事虽琐屑，情实迫切，为此商请贵洋务局，查照办理。实为公便，立候惠覆施行。”牍文到局，自法律官已下咸骇笑。继思之，亦属实情。不得已，商同沪道，具禀南洋大臣，并抄录原牍黏附。未几，奉准南洋批饬，遵于东清码头迤南，觅隙地一区，圈拓广场，为该兵士练习之所。并搭盖芦棚，俾资憩息，惟不许越界他往，以免日人啧有烦言。建设甫毕，一时蜑妓寓沪者，闻风麕集，不待洋务局之罗致也。彼于思弃甲者流，不得为跋浪之鲸，差幸为得水之鱼，凡为留髡而来者，莫不缠头而去，绝无嗔莺叱燕、扌寿麝拗莲之举，殆势绌情见使然耶。是诚海邦师律之异闻，而亦震旦外交之趣史矣。

四七　日藏先秦本《孟子》之说

某名士游寓日本有年，近甫归国。据云，曩在彼都，曾见秦火已前古本《孟子》，与今世所传七篇之本多有不同。因举其首章云："孟子见梁惠王，王曰：'叟，不远千里而来，仁义之说，可得闻乎？'孟子对曰：'王，何必仁义，亦有富强而已矣。'"

四八　跪礼虽一，其义有别

中国以跪拜为礼，礼无重于跪者，跪亦有可传者。松陵吴汉槎兆骞，以事戍宁古塔，其友锡山顾梁汾贞观极力营救，尝赋〔金缕曲〕二阕寄之，词意惋至。纳兰容若成德者，相国明珠公子，亦善汉槎，见顾词，殊感动。顾因力求容若，为言于相国。而汉槎遂于五年内得赐环（还）。既入关，过容若所，见斋壁大书顾梁汾为吴汉槎屈膝处，不禁大恸。此跪之攸关风义者也。句吴钱梅溪泳，藏汉"杨恽"二字铜印，歙汪讱庵启淑欲得之，钱不许，汪遂长跪不起。钱不得已，笑而赠之。此跪之饶有风趣者也。

四九　某知县鲁莽

乡先生林贞伯（肇元）官贵州臬使时，有即用知县某，到省未久，诣抚军衙参，误入两司官厅。值藩司先在，贸然一揖。时丁国制，彼此着青袍褂无少异，而于其顶珊瑚，则未遑措意也。旋促坐，问姓字，藩司以实对，某亦不甚了了，唯曰："兄乃与藩台同姓乎？"又问贵班，藩司怫然曰："余布政司也。"某骇绝，亟趋出，适贞伯至，甫及门，某力阻之，曰："老兄切不可入，藩台在内，弟顷冒昧获重咎，决非欺兄。"贞伯曰："吾正欲见藩台，吾入，无妨也。"某仍力挽之，再申前说，意若甚诚恳者。伯贞不得已，实告之。某益惶骇，释手，大奔。贞伯亟呼之，欲稍加慰藉，不复闻。此事余闻之贞伯之公子，当时能举其姓名，非杜撰也。寒士甫膺一命，来自田间，末节少疏，抑又奚责？其人天良未斫，本色犹存，得贤长官因材造就之，深之以阅历，而后试之以事，以视工颦妍笑，轻身便体者，宜若可恃焉。勿以其僿陋而遽弃之如遗也。

五〇 金矿与银矿

乾隆丙戌，甘肃高台县民胡煖、杨洪得等，于武威县山中掘得金山一座，经山西民任天喜引验缴官。此即金丱（"矿"的古体字——编者）也。当时风气未开，几诧为祥异矣。宋彭百川《太平治迹统类》云："北汉鸿胪卿刘融于伯谷置银冶，募民凿山取矿烹银，北汉主取其银以输契丹，岁千斤。因即其冶，建宝兴军。"此即银丱也。烹银二字绝新。吾中国丱政旧矣，曩撰《蕙风簃二笔》，尝谓畴若予上下草木鸟兽，上下是“卝”字误写令横，又误分两字。

五一　特异功能

吴孙休时，乌程人有得困病。及瘥，能以响言者，言于此而闻于彼。自其所听之，不觉其声之大也；自远听之，如与对言，不觉其声之自远来也。声之所往，随其所向，远者至数十里。其邻有责息于外，历年不还，乃假之使责让，惧以祸福，负物者以为鬼神，即畀还之。其人亦不自知所以然也。事见《晋史》。此必电气之作用，不俨然无线电话乎？顾何以必得之困病之后？世之精研电学者，必能推究其故矣。

五二　三科状元策如出一手

中外交通之初，西国某文学士游寓北京，于厂肆购新科状元策，译而读之，佩仰甚至。谓中国状元诚旷世鸿才也。及次科又购之，则大同小异焉。次科又购之，亦大同小异也。于是诧绝，谓三科状元策，何如出一手也？同治癸亥殿试，南皮张之洞策，尽意敷奏，不依常格。先是，江苏贡生吴大澂应诏上书，言殿试对策，或有傥论，试官匿不以闻，请申壅蔽之罚。及见张策，读卷官颇疑怪。久之，乃拟第十进呈，及胪唱，则拔置第三人，盖特达之知也。

五三　辜鸿铭撰《叶成忠传》

辜鸿铭部郎（汤生）居张文襄幕府久，向知其精通西国语言文字。及见所作《尊王篇》及《叶成忠传》，则于国文亦复擅长。其叶传之作，以讽世为宗旨，尤卓然可传。传曰：

> 自中国弛海禁，沿海编氓，因与外人通市。而暴起致赀财者不一而足。然或攻剽椎埋，弄法买奸，宗强比周，欺凌孤弱，类皆鄙琐龌龊不足道。独沪上富人叶氏，初赤手棹扁舟，而卒起致巨万。又慷慨好义，清刻矜已诺，犹是古之任侠，隐于商且隐于富者也。叶氏名成忠，字澄衷，先世居浙之慈溪，后迁镇海沈郎桥，遂家焉。父志禹，世为畎之邱氓。后因成忠，三代皆赠荣禄大夫。成忠六岁失怙，母洪氏抚诸孤，刻苦仅以自给。成忠九岁始就学，未几，以贫故，仍从母兄耕。年十一，受佣邻里。居三年，主妇遇之酷，成忠慨然曰："我以母故，忍此辱，丈夫宁饿死沟壑耶？"遂辞去，欲从乡人往上海。临行，无资斧，母指田中秋禾为抵，始成行。时海禁大开，帆船轮舶，麕集沪渎。成忠自黎明至暮，棹扁舟往来浦江，就番舶贸有无。外人见其诚笃，乐与交易，故常

获利独厚。同治元年，始设肆虹口，迎母就养。肆规綦微，然节饮食，忍嗜欲，与佣妇共操作，又能择人任事。越数年，肆业益扩充，乃推广分肆，遍通商各步。又在沪北汉镇创设缫丝、火柴诸厂，以兴工业。且养无数无业游民。既饶于资，自奉一若寒素，绝无豪侈气象，若构洋楼、集珍玩之类。言必信，行必果，交友必诚。与巨公大人言，訚訚如也，绝无谄谀意。又好引重后辈，善体人情，各如其意之所欲，故人乐为用。性好施予，无倦容，无德色。客外虽久，戚倘有缓急，罔不佽助。待族人尤笃，捐金置祠田，建义庄，以赡贫乏。附以义塾、牛痘局，蒇事，则曰："是吾母之志也。"凡里中善举，必力任其成。购大地沪北，立蒙学堂，教贫穷子弟，拨十万金充经费，又倡捐二万金建怀德堂。凡肆业中执事，身后或有孤苦无告者，必岁时存问，俾免饥寒。各省有水旱偏灾，必出巨资助振款。疆吏高其义，请于朝，屡邀宠赐。光绪己亥十月，在沪病笃。诏其子七人曰："吾昔日受惠者，各号友竭诚助吾任事者，汝曹皆当厚待勿替，以继吾志。"卒年六十。先是，由国子监生加捐候选同知，赏戴花翎，荐升候选道，加二品顶戴。余谓王者驭贵驭富之权，操之自上，日渐陵夷，则不驯至一商贾之天下而不已，悲乎。然世之贤豪不能立功名、布德泽于苍生，若富而好行其德者，此犹其次耳。故司马迁曰："无岩处奇士之行。"而长贫贱，好语仁义，亦足羞也。

云云。蕙风曰：据余所闻，叶氏起家贩果蓏。其致富之由，无辜传殆犹有未尽。若如辜氏所云，则亦唯是勤奋敦笃，积累而底于成，无甚异闻奇节也。

五四　曾文正力荐左文襄

骆文忠抚湖南，左文襄居幕府，言听计从，将吏惮而忌之。曾文忠严劾总兵樊燮，燮疑出自文襄主持，诉之京师，复构之督部。事竟上闻，几陷文襄于罪。赖南书房翰林郭嵩焘、大理寺卿潘祖荫斡旋之力，仅乃得免。其后曾文正力荐之，授太常卿，督兵浙江。初，文忠疏辩文襄无罪，奉有“劣幕把持”之谕，不逞者或署左门曰：“钦加劣幕衔帮办湖南巡抚左公馆。”及闽、浙敉平，文襄骎骎大用，声誉日隆。昔之谤之者，群起而趋承恐后矣。

五五　左文襄腋气重

左文襄体貌魁梧，丰于肌，腋气颇重。某年述职入都，两宫召对，文襄陈奏西北军务情形及善后方略，缕析条分，为时过久。值庚伏景炎，兼衣冠束缚，汗出如沈，仅隔垂帘，殊蒸腾不可耐。语次，玉音谓：“左大臣殊劳苦，宜稍憩息。未尽之意，可告军机王大臣。”随命内监扶掖之。文襄不得已，退出，意极愤懑，谓身为大臣，乃不见容倾吐胸臆，而不知其别有所为也。

五六　嘲交游诗

道光时，疆圻大吏犹知宏奖风流。有湖南广文某，博学工诗，撰《湘沅耆旧集》，文名藉甚，交流綦广。无名氏嘲之以诗曰：

藩司昨日拜区区，顷接中丞片纸书。
南省无如卑职者，东斋敢说宪纲乎①。
一联春海②传家宝，两字如山③镇宅符。
惟有新来陶太守，揭开手本骂糊涂。

原注：
①盖训导也。
②程恩泽。
③冠九旗人。

五七　缪祐孙出国轶事

光绪初元，以曾惠敏言，选派部员傅云龙、缪祐孙等出洋游历。丁丑归国，云龙、祐孙各著有日记，可资考镜。祐孙阶主事，游历俄国。甫抵俄境，谒某总督，已出见矣，忽返身入，遣侍者语翻译曰：“此人戴白顶，官太小，我见之何为？曩吾在中国，见金将军（顺）执水菸桶之侍者，亦皆戴白顶矣。”翻译为辩明：“此人之白顶，系由考试得来，与金将军之侍者之白顶，迥乎不同。”乃复出见。语次，犹屡以屈在下位，为祐孙惜。盖当时交通未久，吾中华制度文为，外人犹未深知也。

五八　张文襄雅量

张文襄督鄂时，提倡学堂不遗余力。某年，某学堂行毕业礼，阖省官僚、各学堂教员、学生毕集。某书院监督、粤人太史某特制长篇诵词，道扬盛美，令毕业学生刘某朗诵之，环而肃听者数百人，虽咳唾弗闻也。诵甫毕，忽有狂生某，应声续曰：“呜呼哀哉，尚飨。”闻者莫不骇笑，群集视于发声之一隅。顷之，亟敛笑收视，肃立如初。某监督则赩然变色者久之。唯文襄夷然自若，若充耳不闻者，亦未尝旁瞬也。

五九　翁同龢潘文勤雅趣

常熟翁叔平相国，少时由监生应乡试。某年，同潘文勤典试陕西，内廉正副考官分住东西房，每日同在堂上阅卷。至第三日，叔平曰：“吾明日在房阅卷，不到堂上矣。”文勤问其故，叔平曰：“君阅卷，见不佳者，则曰：‘此监生卷也。’弃之。又见不佳者，则又曰：‘此监生卷也。’弃之。吾亦监生也，岂监生而皆不佳者乎？”相与一笑而散。明日，仍同在堂上阅卷。不时许，文勤见不佳者，又如昨者之言矣。老辈真率，不斤斤于世故，风趣可想。

六〇　鲍忠壮事曾文正始末

咸丰军兴，鲍忠壮超本胡文忠部曲，其乡人李申甫，曾文正门人也，荐之于文正。未几，由文忠给咨，率所部，诣文正大营。初进见，文正以两营相属。鲍少之，退而言于李曰：“曩胡帅之遇我也，推心置腹，视诸将佐有加。兵若干，饷若干，凡吾陈乞，不吾稍靳也。吾兵有功，则赏赉随颁；有疾，则医药立至。吾乏衣甲，帅解衣衣我；我阙鞍马，帅易骑骑我。以是感激，遂许吾帅以驰驱，而所向亦往往克捷。今吾观曾帅，未若胡帅之待人以诚也。且两营何能为役？君爱我，速为我办咨文，愿仍归胡帅。”李温语慰劝之，为言于文正。文正曰：“鲍某未有横草之劳，何遽嫌兵少？姑先带两营，傥稍著成效，虽十倍之，吾何吝？”李再三言之，乃得加一营，覆于鲍，且语之曰：“吾帅待人，未遽不如胡公。公独初至，未款洽耳。姑少安，观其后。”鲍仅不言去，意殊未慊也。明日，文正招鲍饮，文正嗜肚脍（俗呼猪脾曰肚），宴客则设肚脍，佐以家常鸡鹜而已。席间，鲍首座，屡以兵少为言。文正辄曰：“今日但畅饮，勿言兵，且食肚脍。”于是举杯相属，殷勤劝进，鲍竟不得复言。退而又谓李曰："曩胡帅宴我，皆盛馔，列珍羞。宁为口腹之欲，礼意重也。吾非孟尝食客，弹铗歌无鱼者，而顾以肚脍屡劝进，殆所谓大烹养贤者非欤？幸则晤对，又不令布胸臆。仆武夫，性伉爽，安能郁郁久居此？君爱我，速为我办咨文，愿仍归胡帅。"李又慰劝之，至于舌敝唇焦，而去住之间，鲍犹徘徊歧路也。俄警报至，贼攻扑某城急，文正檄鲍赴援，竟获全胜以归。文正亟奖藉之，立加数营，礼貌优异。自是，始绝口不言去，而文正亦倚之如左右手矣。其后，文正克复金陵，论功行赏，鲍忠壮与彭刚直未得膺五等之荣（鲍封子爵在后）。后人滋遗议焉，谓夫当日者，苟无刚直水师及忠壮游击之师，则金陵之克复，或犹需以岁时也。

六一　曾文正挽门生妇联

挽联之作，有措词极难得体者。曾文正挽其门生某妇云："得见其夫为文学侍从之臣，虽死何恨；侧闻人言于父母昆弟无间，其贤可知。"语庄而意赅，斯为合作。

六二　弈山兄弟与刘韵珂驻守海防

道光壬寅，海氛不靖。弈山以靖逆将军驻广东，弈经以扬威将军驻浙江，拥兵自卫，久而无功。二弈，兄弟也。时浙抚刘韵珂竭蹶筹防，毕殚心力，舆论翕然。浙人某制联云：“逆不靖，威不扬，两将军难兄难弟；波未宁，海未定（宁波、定海），一中丞忧国忧民。”

六三　饶知县善谀

友人某君告余：某年，谒某大府，同见者六人。有知县饶某与焉，昔为大府幕僚，今选安徽池州府属某县者也。坐间，各问对数语。次及饶，问何日赴任，则鞠躬对曰（对语不更易字面，以存其真）：“卑职情愿伺候大帅，不愿到任，专候大帅分示，求大帅栽培，不作赴任之想，故尚未有期也。”（既不愿到任，何必请假到京投供。其为矛盾，不自觉也。）顷之，六人者皆辞毕，已举茶送客矣。饶忽作而言曰：“卑职尚有要话回大帅。”则又皆坐。饶乃继续言曰：“卑职此次投供在京，见日本小田公使，渠佩仰大帅甚至。”大府辄曰：“渠佩仰我者何也？”饶于是历举兴学、练兵、理财、外交各大政，洋洋洒洒，舌本澜翻，其辞不能殚述。大府为之掀髯笑乐，欢惬而散。某君出而诧骇者久之，谓夫某大府，信非不学碌碌者，而顾可罔非其道若是，所谓大人不失其赤子之心者非耶？好腴恶直，贤直不免，而况其下焉者耶？

六四　唐人饮酒贵新不贵陈

唐人饮酒贵新不贵陈。白居易诗："绿蚁新醅酒。"储光羲诗："新丰主人新酒熟。"张籍诗："下□远求新熟酒。"皆以新酒为言。杜甫诗："尊酒家贫只旧醅。"且于酒非新醅，深致歉仄。李白诗："吴姬压酒劝客尝。"白以饮中仙称，而尝吴姬新压之酒，尤为酒不贵陈之确证。白又有句云："白酒新熟山中归。"

六五　鸿儒一名值二十四两

康熙朝，举行鸿博特科，一时俊彩星驰，得人称盛，乃《郑寒村集》云：时新任台省者，俱补牍续荐，内多势要子弟。闻有鸿儒一名，价值二十四两，遂作《告求举博学鸿儒》二诗云：

博学鸿儒本是名，寄声词客莫营营。
比周休得尤台省，门第还须怨父兄。

补牍因何也动心，纷纷求荐竟如林。
总然博得虚名色，袖里应持廿四金。

按：郑寒村，名梁，字禹湄，慈溪人，黄梨洲弟子，所著见黄集，为受业梨洲已后作，有《晓行》诗最佳，称为“郑晓行”。此二诗虽讽切时事，难免打油钉铰之诮。

六六　武人善校勘之学者

校勘之学，近儒列为专门，非博极群书，而性复沉静能伏案者不办。故遐稽载籍，以武人而多藏书者有之，以武人而能校书者未之闻焉。余旧藏《百川书志》二十卷，明古涿高儒子醇撰。其自序作于嘉靖庚子，有云：“叨承祖荫，致身武弁。”此武人多藏书者也。其武人能校书者，唯康熙朝武进士杨恺，仪征人，以文学受特选之知，召入南书房，同蒋文恪、何屺瞻诸名辈校雠书史，时论荣之。恺后提督荆湖，许登濂作联赠之云：“天禄校书名进士，岳阳持节老将军。”

六七　割裂试题而褫职

某学使喜割裂试题，某场试两属，以“牛未”（“见牛未见羊也”句中之二字）“马皆”（“至于犬马皆能有养”之“马皆”二字）为题。一卷《牛未》题，破云：“物有生于丑者，可以观其所冲也。”一卷《马皆》题，破云：“午与戌合，纯乎火局矣。”并用子平家言（丑属牛，丑未相冲；午属马，戌属狗，寅午戌三合，为火局，上句带补上文“犬”字），新颖殊绝。某场，以“鳖生焉”为题。一卷破云：“以鳖考生，生真不测矣。”（补上文及其不测）此场盖试生员者，破题语涉机锋，亦出题者有以自取矣。又咸丰朝，某学使以试题割裂褫职。其最触忌讳者，尝试某属，以“贤圣之君六”为题。其他题虽割裂，罪犹不至褫职也。

六八　《双梅景阁丛书》首列异书三种

南阳铨部刻《双梅景阁丛书》，首列异书三种，曰《素女经》，曰《玉房秘诀》，附《玉房指要》，曰《洞玄子》，皆绝艳奇丽之文。求之古人，非庾、鲍以次克办，而至理所寓，尤玄之又玄，通乎天人性命之故，合大易微言、黄庭内景而一以贯之，其殆庶几乎。刻成，以赠某尚书，尚书语人曰：“南阳之才信美，独惜其不庄耳。”南阳之友闻之曰：“不庄者见之谓之不庄。”曩余得见是书于十鞬斋，求之南阳，至于再三，弗可得也。

六九　百文敏轶事三则

曩阅各说部，见百文敏菊溪轶事三则。其一云：

总制江南时，阅兵江西，胡果泉中丞初与之宴，百严厉威肃，竟日无言。自中丞以下莫不震慑。次日再宴演剧，有优伶荷官者旧在京师，色艺冠伦，为百所昵。是日承值，百见之色动，顾问：“汝非荷官耶，何以至是？年稍长矣，无怪老夫之鬓皤也。”荷官因跪进至膝，作捋其须状，曰：“太师不老。”盖依院本貂婵语。百大喜，为之引满三爵，曰：“尔可谓荷老尚余擎雨盖，老夫可谓菊残犹有傲霜枝矣。”荷官叩谢。是日，四座尽欢。核阅营政，少所推劾。

其二云：

有女伶来江宁，在莫愁湖亭演剧，闻者若狂，皆走相告。公饬县令驱之出境，并占一绝示僚属云：

宛转歌喉一串珠，好风吹出莫愁湖。
谁教打桨匆匆去，煮鹤焚琴笑老夫。

其三云：

乾隆五十八年，公陈臬浙江，李晓园河帅知杭州府，两公皆汉军，甚相得也。忽以事龃龉，李大愠，至一月不禀见，告病文书已具矣。时届伏暑，公遗以扇，并书一诗，有句云：“我非夏日何须畏，君似清风不肯来。”李见诗释然，遂相得如初。

闲尝综而论之，其第二事，若与第一事相反，其实无足异也。一则春明梦华，偶然之枨触；一则宪司风纪，当然之维持。而且禁令之具，即寓风雅之贻，其于道德齐礼，庶乎近焉。其第三事，尤为温厚和平，非晚近巨公所及。尝谓“薄俗”二字相连，“厚雅”二字亦相连，不雅不能厚也。文敏之为人，要不失为贤者，风趣亦复尔尔。

七〇　护印夫人

滇、黔、蜀、粤各土官，娶妻以五色璎珞盛印为聘，过门时悬之项下，谓之挂印夫人。娶后印即掌于其妻，呼为护印夫人。筑高楼以居之，曰印楼。民间税契，例价千钱外，折钱百五十，名印色钱，护钱夫人之花粉钱也。光绪朝，两淮都转某公，其先官汉黄德道。某年，道署不戒于火，时夜逾半，而觉察又甚迟，振臂一呼，熊熊者烛霄汉矣。群惊起睡梦中，太半索裤履弗及。其文孙甫周岁，由乳媪倒抱而出，其匆遽可想。当是时，火正炽于上房，亲丁毕集于大堂，查点未竟。俄幕府某君疾趋至，问印救出否，众无以应，都转惶急不知所云。盖印若被毁，则处分弥重也。先是，都转长公子娶于延陵，有媵婢艳而慧，觯袖低鬟，辄顾影自负，谓必不久居人下也。是日以印故，自都转已下，举相觑无策，则亭亭自众中出，近都转立，从容出印怀袖中，庄肃而奉上之，黄袱宛然，芗泽温馨，微闻鼻观。都转喜极，若无可为之奖藉者，第高举其印，以示众人，甚为欣慰，殆并未熄之火，而亦忘之。凡所损失，一切金玉锦绣，耳目玩好，微尘视之弗若矣。钱塘某尚书，都转儿女姻也。方枋枢要，道署之火，印与大堂皆未毁，枢臣复为之地，仅予薄谴。未几，擢都转两淮，而昔者护印之功人，始犹肃抱衾裯，继且荣膺珈服。盖都转久虚嫡室，至是竟敌体中闺。其后数举丈夫子，皆成立，女亦作嫔名门。每年都转揽揆之晨，祝百龄，称双寿，以及元辰令节，舞彩称觞，延陵少夫人，当然领子妇班行，不能独异，亦无可如何也。扬人士作《护印缘》院本张其事，谓夫以护印得夫人，非寻常护印夫人比。夫人性慷慨，乐施予，御下以宽，而内政殊井井，持满戒溢，绝无骄奢侈靡之习。飞上枝头变凤凰，要亦其德有以致之。其护印一节，《参同契》所谓神明告人，心灵自悟，偶然而非偶然也。

七一　清末财政紊乱

清之季年，财政紊乱。如某省官报局、某省官书局皆冗散之尤，而虚糜绝巨，弊窦甚多。往往盘踞数年，因而致富者有之。某太守起家翰林，为某省官书局总办，而总纂则某绅也。一日，某书刻成，呈样本于总办，甫幡帋，见第一卷弟字，不作“第”，遽加寸许红勒，并于书眉批“白字”二字。总纂大愠，白之中丞。中丞不得已，改委某守某府厘金局总办。约计每岁所入，视官书局相差五千金，总纂笑语局员曰：“俗云，一字值千金。今吾一白字，乃竟值五千金耶。”

七二　妙对

托活洛忠敏官霸昌道时，有直隶顺德府知府重阳谷，与端午桥作对，天然巧合。又灞、扁二字，昔人以状隶书者，或以对忠敏之名，亦工。

七三　孙渊如匡正毕灵岩

灵岩毕公抚陕，孙渊如居幕府。渊如素狂，灵岩实能容之。然亦有时匡正灵岩，非唯阿取容而已。有长安生员某，揭咸阳生员某伪造妖书，结党谋逆，已捕置狱中矣，并搜获妖书及名册，刑幕纵臾穷治之，将兴大狱。渊如闻有妖书，约洪稚存同往，就请假观，则皆剽袭佛门福利之说，为诱胁箕敛计，并无悖逆字样，名册乃编造门牌底稿也。时方隆寒，炉火甚炽，二公出其不意，遽杂烧之。刑幕以白中丞，中丞坦然，事竟冰释。

七四　审贼妙法

嘉庆朝，四川简州牧宋霭若，佚其名。有积案猾贼，不畏严刑，以不能得其实事，乃于公案取锦笺十幅，诗韵一部，前列四役，旁侍一童，以讯贼事。贼无言，先作绝句二首。再讯之，贼无言，继作五七律各一首。又讯之，贼无言，乃作短古一首。贼竟无言，更作长七古一首，朗诵不已。遂不复讯贼。时漏已三转，役倦如醉，童痴如木，而贼不觉泣下，自言贼不畏严而畏清也，乃具言所事。大兴舒立人（位）作《折狱篇》，而为之序如此。余意此案得其情实信有之，此贼殆意气豪迈者，静夜闻咿喔声，其为不可耐，有甚于桁杨刀锯，故不惜倾吐底里，藉免目前之阨，安所谓不畏严而畏清者。且公案吟诗，亦何与于清也。

七五　李香君小影述闻

钱塘陈退庵（文述）《颐道堂诗·题李香小影序》云："丙寅冬日，梅庵宫保（铁保）勘河云梯关，于安东行馆壁间得明李香小影，写在聚头扇面上。长身玉立，著澹红衣，碧襦，白练裙。图中梅树二，映以奇礓。凭梅伫立，眉宇间有英气恨色。"后署"辛卯四月，为香君写照"。款曰"洛生"，印曰"马振"。按：余澹心《板桥杂记》云："李香身躯短小，肤理玉色，慧俊婉转，调笑无双，人名之为香扇坠。"澹心赠诗，有"怀中婀娜袖中藏"之句。此云身躯短小，彼云长身玉立，讵初时娇小，后乃苗条耶？辛卯，香君年约十九二十。（上海黄协埙《锄经书舍零墨》云："尝见李香君小像一帧，颜曰南朝胜粉，并题诗二律云：'长板桥边第几楼，溪声淮水尽西流。将军白马沈瓜步，义士黄冠哭石头。当日寡人能好色，只今天子惯无愁。中原三百年陵寝，只下孱王一酒筹。''彩云仙队化为尘，一曲清歌一美人。燕子演成亡国恨，桃花唱尽过江春。中兴战鼓留名士，南部烟花葬主臣。终古繁华旧明月，照谁哀怨向谁论。'")

此香君小像，又别是一本。

七六　柳如是劝钱牧斋殉节

柳如是劝钱牧斋殉节，牧斋不听。牧斋卒，如是殉焉。方芷生归杨龙友，劝龙友殉节。陈退庵《秦淮杂咏》有云："劝郎殉国全忠义，更有当年方芷生。"（《板桥杂记》载龙友侍姬殉难者，名玉耶，而芷生事失载。）葛嫩，字蕊芳，归桐城孙克咸。江上之变，克咸移家云间，间道入闽，授监中丞杨文骢军事，兵败被执，并缚嫩。主将欲犯之，嫩不从，嚼舌碎，含血噀其面，将手刃之。克咸见嫩抗节死，乃大笑曰："孙三今日仙登矣。"亦被杀。何旧曲之多烈媛也。意者，明之季年，士大夫敦尚气节，一时眉妩西家，燕支南部，舞余歌阕，多闻忠义愤发之谈，有以潜移默化于不觉耶。

七七　王翘云轶事

秦淮校书王翘云尝以舌血染绢素，赠汪紫珊。松壶道人仿《桃花扇》故事加点缀焉。郭频伽、陈竹士并有词纪之。陈退庵《后秦淮杂咏》云：

画笔空劳点染工，尚留余恨在春风。
桃花潭水深千尺，不及罗巾一捻红。

七八　甘文焜杀妾啖士

睢阳杀妾，后人或议其忍，不图后世乃有仿而行之者。甘文焜，辽东人，康熙十二年为云贵总督。吴三桂反，致书贵州提督李本深，慷慨数千言，约共剿御，而本深以安顺应贼。甘知贵阳不可守（时总督驻贵阳），遂驰下镇远，杀其妾以飨士，冀招楚兵扼隘。而副将姜义先已从贼。甘知事不可为，乃自缢于吉祥寺。事闻，赠兵部尚书，谥忠果。

七九　嘉庆张铁枪

五代时，梁将王彦章以铁枪称，虽屡建奇功，跻身将帅，而不令其终。嘉庆初，淮宁有张铁枪，名永祥。丁巳二月，白莲教贼妇齐王氏自楚掠豫，势将南趋襄城叶。贼五千人，张以乡兵三百，破之于卢氏。贼遂溃窜秦蜀间，而中州无贼矣。当事者给张把总衔，弃之而去。又十年，仪征文达阮公抚河南，乃罗致麾下。洎文达再抚浙，命从行，教习温宁营枪法。文达内召，张送别至仪征，乃应仪征知县屠孟昭之聘，捕缚蒋光斗等若干人置诸法，皆十余载漏网之戎首也。其他渠枭积猾，擒治略尽。张诸技皆长，而枪法尤绝，其人则恂谨若书生，忠信出于天性。大兴舒立人赋诗赠之，当是时，盖犹在仪征县署也。夫王铁枪见用而非其时，张铁枪怀才而不见用，其为不尽其才，一也。夫张铁枪挟不可一世之概，落拓风尘，至乐为仪征县令之用，若犹有知己之感然，讵不重可悲夫？

八〇　文镜堂官道遇合之奇

光绪戊子，满洲文镜堂（光）以潼商道兼权陕西巡抚。越十年戊戌，在川臬任，值将军出缺，总督藩司，均新简，未到任，文又得护督篆。向来臬司首道，护理督抚，亦事之常，无足异者。惟至于再则仅见，亦遇合之奇也。

八一　误书致嘲

某督部初莅任，凡候补道禀见，延入厅事，必令先写履历呈阅，然后出见。某道曾榷盐纲，所写履历于“盐”字“卤”中之四点，布置不匀，几不成字。无名氏作诗嘲之云：

盐差①原不是盐差，卤莽涂成草草鸦。

一个臣兮犹简便，何如点尔怪纷拿[②]。

毫挥苦恨𪨊田窄，汗出应沾半面麻。

属吏风流乔太守，鸳鸯簿[③]上也交加。

原注：

①差委之差。

②怪字，北语多用之。

③《乔太守乱点鸳鸯簿》，见《今古奇观》。此书有明本，亦已古矣。

八二　张之洞幕僚多才俊

光绪乙未、丙申间，张文襄权江督，幕僚多才俊。值暮春佳日，观察数公相约踏青，访随园故址，谒简斋先生墓，七姬墓亦在焉。随园大门外有石碣，刻王梦楼先生撰序，姚姬传先生题名，或摩挲凭吊久之。归途集顾石公寓园，纵谈游事，石公亦秣陵耆宿也。某观察者夙有通才之目，席间谓石公曰："袁公七姬，其一姓姚，顷见石碑上有姚姬传（去声）字样。此传公曾读过否？"石公瞠目不能答，越日而此事乃盛传白下。

八三　古钱币见闻

曩余少时，往往于行用制钱中得古小平钱佳品，如平当五铢，永安五铢（幕穿上土字，四出），二面乾封泉宝，二面天启（元徐寿辉钱，与明钱不同）之类，占毕之余，以为至乐。自铜元盛行，孔方戢影，此乐不复可得。比阅某官书（考币制者）有云："广东雷州府向来行用古钱。"就令其说信然，今亦未必然矣。

八四　潘文勤论书

曩寓京师，于厂肆得旧钞三册，皆考论金石书画之作，太半未经刻行。内有潘文勤与诸侄论书数叶，老辈风趣，流露于楮墨之表，兹录一则如左：

> 天凉后，吾欲令侄辈看吾写大字。凡此七人，吾当各为写一扁一对一屏，须用碏（原不作蜡）笺、白碏黄碏均可，勿用生纸，纸由尊处（此书盖寄其弟者）备，墨由尊处研，若伺候则兄带人来。盖尊处人，向不惯伺候写字。兄写字易怒，如《儒林外史》末卷，季君一怒，则不能写。虽在懋勤殿写字，亦未尝改乎此度，而太监等亦服者。盖伺候三十年，深知之也。若不知者，越巴结，越怒；越怒，则一字亦不能写。吴人自以为机灵，其实大愚也，但能放胆作契耳，此外何能哉！侄辈小字可以言说，大字必须目睹，乃能得其旨也。虽不必好，亦胜于盲人瞎写焉。若不须，则亦不必，兄非以此求售。侄辈即能书，亦无用，人之勋名不在书，且亦貤封不到我。

八五　戏嘲名士

《板桥杂记》云："刘元佻达轻盈，有一过江名士与之同寝，元避面向里帷，不与之接。拍其肩曰：'汝不知我为名士耶？'元转面曰：'名士是何物，值几文钱耶？'相传以为笑。"皋兰朱香孙（克敬）《暝庵二识》云："某官素恶名士，尝曰：'名士名士，能辟谷乎？'余闻之，戏为诗曰：'名士原无辟谷方，贵人休替达人忙。冰山我有天公在，胜似人家沈部堂。'"同一鄙夷名士之言，受之美人可忍，闻之俗吏不可耐。彼拍肩人，博得刘元一转面，宁非幸乎？

八六　和珅善揣摩圣意

纯庙晚年，每多忌讳。当修乾清宫上梁之日，预敕奏事处："是日凡直省章奏，不必进呈。"盖恐有触忌语也。时和珅管奏事处，独进直隶总督一折，折中皆吉祥事，督臣梁肯堂也。即日和与梁皆蒙嘉奖。和之揣摩迎合，大率类此。

八七　购先人书进呈

庚寅正月某日，中班入直，过厂肆东火神庙，匆匆入内浏览。见地摊有篆隶书一册，用极精竹纸，间黏高丽笺。篆径不逾四分，隶称是。所书或古文一段，或陶诗、杜诗一二首，必两段相同，后段末署“臣汪由敦书”，前段盖宸翰也。议定价五金，约翌日往取，因未携资，又不能返寓，迨下直则向夕矣。明日以午前往，甫抵庙门，值常熟相国自内出，手携此册，询其价，则十金矣。常熟行走毓庆宫，购此册以进呈，甚为得体也。

八八　缪嘉蕙供奉慈禧轶事

缪嘉蕙，字素筠，云南人，善篆隶书，尤工画。归于陈，早孀。光绪十五年五月四日，奉特宣入储秀宫，供奉绘事。庚子西幸，随驾至长安，仍居宫中。太后几暇无事，辄召入寝宫，赐坐地上，闲论今古。内监皆称为缪先生。有兄嘉玉，由举人教习某官学，期满可得知县，嘉蕙为言不胜外任，冀特予京秩，讵竟以教职用。未几，入资为内阁中书舍人，事在壬辰、癸巳间。嘉蕙随驾至秦，有侄留滞北都，侄妇年二十余，嘉蕙携以自随，居于太后寝宫东偏小室中，终日不得出户。嘉蕙参承禁闼，入陪清宴，出侍宸游，垂二十余年，国变后不闻消息矣。有《供奉画稿》，武进屠寄为之叙。

八九　潘曾沂习虚静而成通照

大凡中人以上之姿，大都具有慧根焉。能善葆其清气，涵养其性灵，可以通于神明，彰往察来，而知变化之道。吴县潘功甫舍人（曾沂），文恭冢子，值文恭当国，深自韬匿，就所居凤池园，构一椽曰船庵，键关谢人事，终日焚香读书，浇花洗竹，一家如在深山中。一童子应门，客至受柬门隙，无贵贱一不报。中间省视京邸者再，往返数千里，亦不见一客。俗所用署名小红笺，摈不具者二十余年。中岁以后，长斋礼佛，究心内典。生平不为术数之学，而自言梦辄验，仿东坡《梦斋》，作正续《三十六梦龛图》。弟曾莹举京兆，从子祖荫捷南宫，咸预知次第不爽。壬子春，趣工治义井，凿新渫旧，凡四五十区，人莫测也。无何，秋八月不雨，至冬十有一月，城中担水值百钱，远近赖以得饮，始大异之。殆佛家所谓习虚静而成通照耶？抑吾儒所谓至诚之道，可以前知耶？见冯桂芬撰墓志。又石埭杨仁山（文会）生平耽悦内典，寓江宁碑亭巷有年，专以刻经为事。辛亥八月十八日，置酒集亲朋䜩饮。谈次，屡示话别之意，皆以为暮年人常态也。翌日，竟无疾而逝。其属纩之时，即革命起事之时，亦云异矣。

九〇　阎文介性喜朴质

阎文介性喜朴质。管户部日，吾邑谢春谷（启华）官主事，云南司主稿，兼北档房。一日，文介谓谢曰："取名何必用华字，谢固别有奥援者。"从容对曰："中堂以华字为嫌，然则取名当用夷字耶？中堂异日若奉命转文华殿，抑亦拜命焉否耶？”文介默然，未尝以为牾也。某司员工于揣摩，故用旧宪书，夹名片置袖中，于堂见时，误坠于地。文介问携此何为，则对曰：“买一护书，需京钱数千，为节费计，以此代之。”文介奖藉有加，自后屡予乌布（京曹谓差使为乌布）。相传其抚晋时，属吏中有以衣冠华整及带时辰表名列弹章者，官无大小，皆着布袍褂。有知县某，独绸袍缎褂，文介大不谓然，亟以崇俭去奢诫之，词色俱厉。某鞠躬对曰：“卑职非敢不俭也，近来布袍褂，未易购求。有之，价亦绝巨，以购者众也。卑职贫寒弗克办，绸缎者，属旧有，故用之。”文介亦无以难也。嗟乎！其在于今，华服带表之风，亦已古矣。采采西人之衣服，荧荧宝石之约指，不知文介见之，又将何如。

九一　慧由静生

慧由静生，一切不学而能。释敬安，字寄禅，楚人，农家子。幼誓出家，然指求法，精进甚苦。初识字无多，未几，忽通晓经论，尤工吟咏，以《白梅》诗得名，诗十首，录其六云：

一觉繁华梦，惟留澹泊身。意中微有雪，花外欲无春。

冷入孤禅境，清于遗世人。却从烟水际，独自养其真。

而我赏真趣，孤芳只自持。澹然于冷处，卓尔见高枝。
能使诸尘净，都缘一白奇。含情笑松柏，但保后凋姿。

寒雪一以霁，浮尘了不生。偶从溪上过，忽见竹边明。
花冷方能洁，香多不损清。谁堪宣净理，应感道人情。

了与人境绝，寒山也自荣。孤烟澹将夕，微月照还明。
空际若无影，香中如有情。素心正宜此，聊用慰平生。

绝壑无寻处，高寒是我家。苦吟终见骨，冷抱尚嫌花。
白业宜薰习，清芬底用夸。却怜林处士，只解咏横斜。

人间春似海，寂寞爱山家。孤屿淡相倚，高枝寒更花。
本来无色相，何处著横斜。不识东风意，寻春路转差。

诗境清空冲穆，非不食人间烟火不办。有《八指头陀诗集》二册刻行，其他作亦称是。王湘绮为之序，以贾岛、姚合比之，非溢美也。惜乎行间字里，间有某中丞、某尚书、某布政、某考功，为明镜之尘埃耳。

九二　沈文肃夫人乞援书

沈文肃夫人，林文忠之女也。咸丰丙辰，文肃守广信，时发逆杨辅青连陷贵溪等县，郡城危在旦夕。文肃适赴河口劝捐，归恐无及，夫人刺臂血作书，乞援于饶总兵廷选。饶得书，星夜驰赴，甫抵郡而文肃亦归，城赖以全。向来闺媛工诗词者夥矣，能文者不数觏。夫人此书，尤为义正词严，不能有二之作，亟录之：

将军漳江战绩，啧啧人口，里曲妇孺，莫不知海内有饶公矣。此将军以援师得名于天下者也。此间太守，闻吉安失守之信，预备城守，偕廉侍郎往河口筹饷招募。但为势已迫，招募恐无及；纵仓卒得募而返，驱市人而战之，尤为难也。顷来探报，知昨日贵溪失守，人心皇皇，吏民铺户，迁徙一空，署中童仆，纷纷告去。死守之义不足以责此辈，只得听之，氏则倚剑与井为命而已。太守明早归郡，夫妇二人荷国厚恩，不得藉手以报，徒死负咎，将军闻之，能无心恻乎？将军以浙军驻玉山，固浙防也。广信为玉山屏蔽，贼得广信，乘胜以抵玉山，孙吴不能为谋，贲育不能为守，衢严一带，恐不可问。全广信即以保玉山，不待智者辨之，浙省大吏不能以越境咎将军也。先宫保文忠公奉诏出师，中道赍志，至今以为心痛。今得死此，为厉杀贼，在天之灵，实式凭之。乡间士民，不喻其心，以舆来迎，赴封禁山避贼，指剑与井示之，皆泣而去。太守明晨得饷归后，当再专牍奉迓。得拔队确音，当执爨以犒前部，敢对使几拜，为

> 七邑生灵请命。昔睢阳婴城，许远亦以不朽。太守忠肝铁石，固将军所不吝与同传者也。否则贺兰之师，千秋同恨，惟将军择利而行之。刺血陈书，愿闻明命。

云云。光绪甲申，江西抚臣潘霨奏请以夫人附祀广信府文肃专祠，报功也。（文肃开府江南，夫人以八月十五日殁于任所。其生也，亦以是日。有某公挽联云："为名臣女，为名臣妻，江左佐元戎，锦伞夫人参伟业；以中秋生，以中秋逝，天边圆皓魄，霓裳仙子证前身。"）

九三　谐联

同治、光绪间，宝文靖当国，有内阁中书苏州人吴鋆，因与文靖同名，改名均金。适其婿某捷礼闱，得内阁中书，无名氏撰联云："女婿头衔新内翰，丈人腰斩老中堂。"相传以为笑。

九四　晚清时势与书法风尚

道光朝，风尚柳诚悬书法，时称翰林院为柳衙，南书房为深柳读书堂，清秘堂为万柳堂。当时士夫犹稍知名节为重。迨同治朝，则专取光圆。光绪朝，尤竞尚姿媚，而风骨日见销沉，仕途为之波靡，勿谓艺事罔关风会也。

九五　清太庙树木鸟类保护有加

清太庙在午门内，庙内树木阴森，历二百数十年。不惟禁止翦伐，即损其一枝一叶，亦有罪。树上栖鸦，亦托芘蕃育，为数以万亿计，日饲以肉若干。有成例：凡鸦晨出暮归，必在开城之后、闭城之前，由禁门内经过，绝无飞越城垣之上者。余尝目验之，信然。自辛亥已还，未知鸦类亦革命否耳。

九六　动植物寄生趣谈

桑有寄生，葡萄、枇杷有寄生，皆入药。吾广右兴安、全州一带有红兰，寄生古松树上，开时香闻数里，奇矣。此植物类之寄生也。鳗乃寄生乌鳢鬣上，春深有细虫即鳗，稍能游泳即脱去，银鱼亦蚬蚌口上寄生，此动物类之寄生也。

九七　光绪帝以社稷坛牧羊

德宗某年谒东陵，带二山羊回京，不知何所用也，以牧养之处问御前太监。某监以社稷坛对，谓地方空旷，且多青草。时福相（锟）为内务府大臣，以羊付之，福唯唯遵旨，牵羊至坛，交九品坛官德某。德毅然曰："社稷坛何地，乃可牧羊乎？有上谕否？"福以仅奉玉音对。德不受，福无以难之，遂置羊他所，羊旋毙。后有旨索羊，福辄购二头以进。此坛官殊可传，惜其名记忆不全矣。（按：此二羊当是御前猎获品。）

九八　李莲英藐视福相

光绪中叶，内监李莲英怙宠滋甚。仪鸾殿侧有斗室，为大臣内直憩息之所。一日，李在此室，于颇黎窗中见福相将至，故含余茶于口俟福至。甫及帘，李骤揭帘，对福喷茶，若吐漱然，淋漓满面，亟笑谢曰："不知中堂到此，殊冒昧。"福无可如何，徐徐拭干而已。李之藐视大臣，所以示威福，福尤其所狎而玩之者也。

九九　公主尊贵，视亲王有加

公主尊贵，视亲王有加。京朝官遇亲王于途，停车让道而已；惟遇公主杏黄轿，则车若向东，必须勒回向西。凡执御者知之，无庸车中人为之区别也。相传公主下嫁，阃闼之内礼节烦苛，绝无伉俪之乐（额驸纳妾，例所不禁）。惟九公主（宣宗之女）力矫此习，对于额驸，悉脱略繁文，夫唱妇随，与寻常家庭无以异。宫眷或嘲笑之，不以为意也。

一〇〇 王陈二人同考异遇

清时云贵两省公车例得驰驿。人各一车票，若二人共乘一车，则其一车票可转售与人，得资贴补旅费，计甚得也。道光间，有贵州王生肇桂、陈生浚明，平素交情款洽，乡闱同捷，遂同车北上，不第，仍同车南旋。次科复同车北上，则乙巳恩科也。甫头场，陈忽于号舍自缢，于试卷上写冤单，略谓："己与王举人肇桂交谊甚深，前科北上南旋，及本科北上，皆同车，事诚有之。讵有不逞之徒，捏造秽亵不堪之言，横加诬蔑，至谓吾二人互相待遇，有同余桃断袖之为。肇桂惭愤至极，因而自缢。其鬼有灵，来索同死。吾二人情同胶漆，肇桂死，某原不愿独生。"云云。一时外帘各官莫不传闻此异。明日，二场点名，至贵州省，乃竟有王肇桂其人。当事者大异之，亟举陈事以问。肇桂对曰："姑无论事之有无，举人固生存，何尝自缢也，何庸辩？"榜发，肇桂竟中式，旋以殿试怀挟，褫革贡士，交刑部枷杖。此事诚奇绝古今。王、陈方同应会试，安得有王之鬼索陈之命，而陈固真死。荒唐中之荒唐，诚百思不得其解。曩阅某说部载有一事，某甲与某乙积憾甚深，甲之膂力强于乙。某日向夕，相遇于某桥。甲四顾无人，亟挤乙堕水，惶遽而归。越数日，下流数里，有尸浮出，男也，面目已不可辨。甲闻之殊忐忑，而人固未有疑之者。未几，甲忽发狂疾，时时自挝扑，甚至刀劙锥刺，几无完肤，并诵言其隐事，谓乙之鬼来索其命也。乙家乡僻寒微，本无力诉讼，乡愚之见，谓甲已罹冥罚，必不久于人世，益复姑置之，乃乙忽挟青蚨数贯归。盖堕水后，被救于舟人，第委顿不遽能语。载至二十里外某村，值农忙，遂留于彼佣工。田事毕，始告归，青蚨则佣资也。闻甲病状，亟自往见之，讲解明白，甲病亦寻愈，彼此释夙怨焉。此与王、陈事略相类，然较王、陈事为有因，而王、陈事尤离奇。其殆晚近新学家所谓关涉心理者非耶？又某医案，谓凡病人昏瞀中见神鬼，无论如何奇特（于绝未闻知之人之事，能言其人之隐微、事之源委之类），皆不可信，仍是脏府发见之疾，其消息至微，于此等事可参。

一〇一　科场之幸与不幸

黟县俞理初（正燮）博学多通，久困胶庠，夙蜚声誉。道光辛巳，江南乡闱监临苏抚某公，遍谕十六同考官，某字号试卷切须留意（试卷红号，外帘有名册可稽，故监临得而知之）。是科正主考汤金钊，副主考熊遇泰，同考某，呈荐于副主考，并面禀中丞之言，熊公大怒曰："他人得贿，而我居其名，吾宁为是！中丞其如我何？"竟摈弃不阅。同考不敢再渎，默然而退，以为卷既荐，吾无责焉矣。填榜日，监临主考各官毕集至公堂，中丞问两主考："某字号卷曾中式否？"汤公曰："吾未之见也。"熊公莞尔而笑曰："此徽州卷，其殆盐商之子耶？"中丞曰：

"鄙人诚愚陋，亦何至是。乃黟县俞正燮，皖省绩学之士，无出其右者也。"熊公爽然，亟于中卷中酌撤一卷，易以俞卷，未尝阅其文字也。凡人意气太盛，往往误事。熊公诚侃侃刚直，惜乎稍未审慎出之。向使监临以面问为嫌，不几屈抑真才耶？越十二年，癸巳会试，阮文达以云贵总督入为总裁，异数也。理初卷，同考王菽原（藻）荐于曹文正，文正素恶汉学，抑之。文达以未得见，深为扼腕。菽原为刻所著《葵巳类稿》十五卷，而为之序（序作于癸巳六月）。夫科第虽微物，信有命焉。文达以未见理初卷为惜，就令见之，安知不为东坡之目迷五色者？唯是当理初时，有一文达而不克遇为可惜耳。若并无文达之可遇，不更无怨无尤哉？

一〇二　通人韵士不掩贫

在昔通人韵士，未尝以贫为讳，往往形诸楮墨，藉可考见其清德，而亦流传为佳话。明王雅宜借银券文曰：

> 立票人王履吉，央文寿承作中，借到袁与之白银五十两。按月起利二分，期至十二月，一并纳还，不致有负。恐后无凭，书此为证。嘉靖七年四月日，立票人王履吉押，作中人文寿承押。

钱竹汀为赋七言长篇，有云："诗人多穷乃往例，四壁萧然了无计。雅宜山色难疗饥，下策区区凭约契。”朱竹垞《析产券》云：

> 竹垞老人虽曾通籍，父子只知读书，不治生产，因而家计萧然，但瘠田荒地八十四亩零。今年已衰迈，会同亲族分拨付桂孙、稻孙分管，办粮收息。至于文恪公祭田，原系公产，下徐荡续置荡七亩，并荒地三分，均存老人处办粮，分给管坟人饭米。孙等须要安贫守分。回忆老人析箸时，田无半亩，屋无寸椽，今存产虽薄，能勤俭，亦可稍供饘粥，勿以祖父无所遗，致生怨尤。傥老人余年再有所置，另以续析。

此可与苏文忠《马券》，香光居士《鬻田契》并传不朽矣。

一〇三 缪莲仙所辑文章游戏

仁和缪莲仙（艮）所辑文章游戏多至四十余卷，虽无关大雅，而海内风行。莲仙工艳体诗，有《春日郊行即事》云：“阿谁行露手双携，窄窄弓鞋滑滑泥。愿化此身作筇杖，替伊扶过板桥西。”为时传诵，有“缪板桥”之称，或曰当改“缪筇杖”，可与“苏绣鞋”作确对也。曩余赋〔临江仙〕词（《玉梅后词》）有句云：“愿为油壁贮婵娟，愿为金勒马，宁避紫丝鞭。呼我为马，应之曰马，可耳。”

一〇四　谜诗四首

先辈有言，文艺之事，惟灯谜与围棋。今人突过古人，机心胜也。先大父花砫公有《灯谜》二巨册，大都浑雅有余，尖巧不足。录谜诗四首如左：

永嘉徐照与徐玑，翁卷还连赵紫芝。
解奉唐人为轨范，是何名誉在当时。
（《礼记》一句，谓之四灵。）

卤汁杬灰细酌量，抟沙不惜屡探汤。
黄金变作琅玕色，白玉凝为琥珀光。
圆象浑成丸可拟，花纹隐映画难方。
纵然融化如胶漆，也合黎祈与共尝。
（物一，皮蛋。）

楮生满腹贮粃糠，野艾从兹不擅长。
既有微云生气焰，全无利喙肆锋芒。
解嘲权比梅花帐，谬奖居然龙脑香。
昔日高邮如爇此，露筋何至叹红妆。
（物一，纸蚊烟。）

又一字至七字诗云：

好，工。
是宝，非铜。
堪拂拭，谢磨砻。
分临秋水，近隔眉峰。
边随长缆系，上有小桥通。
说者名为叆叇，看来不复朦胧。
助彼绿窗挑绣姥，资予棐几读书翁。
（物一，眼镜。）

诗体平正稳成，虽余事末技，亦具先正风格。

一〇五　名字绝对

李季，宋人，见《广川书跋》。林材，明人，著《福州府志》七十六卷，见《千顷堂书目》。二人姓名，可称绝对（季增李一笔，材减林一笔），不能有二。

一〇六　半臂非胡服

半臂非胡服也。叶石林云："即褙子，古武士之服，后又引长其两袖。"云云。

一〇七　祖孙同日而亡

江阴炮台官吴祖裕以营谋得差，对于所部军队尝以利歆动之。未几，台兵哗变，祖裕竟被戕，时四月十三日也（新历）。先是，祖裕之祖名瑛，字仲铭，于咸丰庚申督乡兵御发逆殉难，亦四月十三日（旧历）。无名氏制联云："正款一万二千，杂款一万二千，好兄好弟大家来，青天鹅肉（江阴谚语）；阴历四月十三，阳历四月十三，乃祖乃孙同日死，泰山鸿毛。"

一〇八　王相国尸谏议和

道光壬寅，朝议与英吉利媾和。蒲城王相国文恪力争不获，遂仰药死，以尸谏。遗疏力荐林文忠，痛劾琦善。其门人渭阳张文毅芾以危词恫喝其公子溉，竟匿不上。溉官编修，以此事为时论所轻，迄不复能显达。芾后守江西最有功，江西人作庙祀之，比于许旌阳。而兹事实为盛德之累，论者惜之。

一〇九　黎培敬因左宗棠及第

咸丰时，骆文忠抚湖南，左文襄居幕府，适总兵樊燮以贪懦被严劾，燮疑文襄所为，因荧惑某督部，构文襄急。值庚申会试，亟入都以避之。闱中各考官相约毋失文襄。未几，得湖南一卷，文笔绝瑰玮，皆决为文襄，亟取中之。及揭晓，乃湘潭黎培敬也。后由编修官贵州学政。时贵州大乱，培敬募壮士百余人，击贼开道。三年按试皆毕，朝廷以为能，授贵州布政使，经营战守十余年。贼平，擢巡抚，尽心民瘼，黔人至今思之。

一一〇　与缪荃孙戏谈字误

偶与艺风缪先生谈“而”字典故，有两事绝可笑。某甲作八股文一篇，自鸣得意。其友请观，不许；请观其半，亦不许。乃至小讲、承题、破题，至于一句，皆不许。请观其第一字，许之。及其郑重出示，乃是“而”字。又道光戊戌科，江南乡试，首题“博学而笃志，切问而近思”。解元郑经文，平分四比，抛荒两“而”字，似“博学笃志、切问近思”题文。殿军甘熙文纯用交互之笔，于四项之首，一律作转语：似“而博学而笃志而切问而近思”题文。说者谓解元文，题目中两“而”字移置殿军文题目二句之首矣。昔有人读《大学》：“知止而后有定定（句），而后能静静（句），而后能安定（句），而后能虑虑（句），而后能得。”谓句末少一“得”字。迨后读《论语》：“少之时，血气未定，戒之在色；及其壮也，血气方刚，戒之在斗；及其老也，血气既衰，戒之在得。”谓衍一“得”字。忽恍然悟曰：“原来《大学》中所少‘得’字，错简在此。”因第二事牵连记之。

一一一 阮元轶事

曩阅某说部有云：

> 阮元初入翰林时，和珅为掌院学士。一日，玉音从容谓珅曰：“眼镜别名叆叇，近始知之。”珅退以语元，且曰：“上不御此也。”未几大考，诗题即“叆叇”，元诗独工，得蒙睿赏，拔置第一。不数年，遂跻清要。
>
> （已上某说部原文）

余意此殆当时薄夫嫉忌，诬蔑文达之辞。眼镜别名叆叇未为僻典，渊博如文达，宁有不知，即其诗句“眸瞭奚须此，瞳重不恃他”（一作“四目何须此，重瞳不用他”，较胜）云云，亦非理想所万不能到。诗家咏物，用笔稍能超脱，命意略有翻腾，安见弗克办者。谓之无心巧合则可，讵必受之于和珅。文达夙赋雅性，对于庸庸视肉者流，或不免为青白眼。即如晚岁恒貌聋以避俗，唯龚定庵至，则深谈竟日夕。扬人士为之语曰：“阮元耳聋，逢龚则聪。”若斯之类，出于少年，即招尤府怨之道矣。

一一二 八旗会馆壁上谐诗

友人某君告余，光绪壬寅、癸卯间，于役吴门，偶游八旗会馆，见壁间黏绝句二十首，惜记忆不全，仅记其较有风趣者。诗云：

进士居然以大称，南天仗钺势崚嶒。
三吴自昔推繁盛，铲地长镵也不胜。
（此是第一首。已下随忆随书，非原诗之次第。）

又：

低昂价值视漕粮，州县繁多费审详。
一任贪声腾众口，奥援赖有庆亲王。

又：

专差妥速走京华，十万腰缠办咄嗟。
此次并非因节寿，寻常盘盒送亲家。

又：

今朝南汇昨阳湖，几辈寒酸合向隅。
侍婢匆匆传谕帖，专差上海买珍珠。

又：

口脂面药学红人，几辈争妍巧笑颦。
毕竟承恩难恃貌，也须腰橐富金银。

又：

纷纷新政绝张皇，警察征兵办学堂。
入告总言经费绌，几多膏血润贪囊。

又：

千万缠腰饱更馋，天威不畏况民岩。
全凭独断成公事，那许兼圻不会衔。

又：

银烛高烧签押房，牙牌端正未登场。
芙蓉香雾氤氲里，高唱时闻京二簧。

又：

此事由来甚画眉，断无兄弟可怡怡。
剧怜草草埋香日，冠玉陈平泪暗垂。

又：

名花召到近黄昏，小轿直穿东角门。
归去娘姨传好语，大人恩典会温存。

又：

脸儿小白辫长青，袖窄腰纤态鲫伶。
直恁风流似张绪，教人掩鼻是铜腥。

又：

漂亮谁如大纨绔，轻儇合作小司官。
才庸尚是南中福，只够贪顽不够奸。

一一三　曾文正自撰墓碑铭词

曾文正尝自言：“百岁之后，墓碑任人为之，唯铭词则自撰：不信书，信运气。公之言，告万世。”云云。文正斯言，可谓穷理尽性，以至于命者矣。命者，转移运气者也。运气者，命之否泰之所流行也。凡人智慧具足，事理通达，假我斧柯，乌在弗能展布者。是故阮籍穷途之哭，非哭穷途也，时命不犹，所如辄阻，虽有裁云镂月之才华，补天浴日之襟抱，亦唯置之无用之地，甚至俯仰不能以自给。俾吾生有用可贵之光阴，长销磨于穷愁抑塞中，宁不图尺寸之进稍自振拔，其于运气何哉？是则感士不遇，昔人所为废书而三叹也。

一一四　王之涣《出塞》诗可作词读

唐王之涣《出塞》诗可作长短句读，唯末句之下，须叠首三字方能成调：黄河远（句），上白云间一片（句），孤城万仞山（句），羌笛何须怨（句），杨柳春风（句），不度玉门关（句）。“黄河远”，近人有仿之者，即以〔黄河远〕名调，亦可诗、词两读，见张玉穀《昭代词选》。

一一五　和珅侍姬卿怜

和珅侍姬卿怜，吴姓，苏州人。（按：陈云伯《卿怜曲》云：“卿怜本是琴河女。”则常熟人也。）先为浙江巡抚王亶望妾，亶望字味隒，平阳人。官浙蕃时，曾刻“米帖”凡四集，梁山舟为之跋，亦大僚中风雅者也。后擢巡抚，适丁忧，应回籍。朝廷以海宁改建石塘，王在浙肯担当事务，令其在工督办。与李质颖共事，意见不合。李赴京奏王居丧携眷，安住杭州。旋奉谕旨，有云：“伊父王师，品行甚正，不应有此等忘亲越礼之子，褫王职，仍留工效力。”未几，甘肃收捐监粮案发，竟服上刑，卿怜为蒋戟门侍郎锡棨所得。时和珅方枋用，以献于珅。嘉庆己未，珅败，卿怜没入官。作绝句八首，叙其悲怨云：

其一

晓妆惊落玉搔头[①]，宛在湖边十二楼[②]。

魂定暗伤楼外景，湖边无水不东流。

原注：

①正月初八日，晓起理鬟，惊闻籍没。

②王中丞抚浙时，起楼阁，饰以宝玉，浙人相传，谓之迷楼。和相池馆，皆仿禁苑。

其二

香稻入唇惊吐日[①]，海珍列鼎厌尝时[②]。

蛾眉屈指年多少，到处沧桑知不知。

原注：

①和府查封，有方餐者，因惊吐哺。

②和处查封，庖人方进燕窝汤，列屋皆然，食厌多陈几上。兵役见之，纷纷大嚼，谓之洋粉云。

其三

缓歌慢舞画难图，月下楼台冷绣襦。

终夜相公看不足，朝天懒去倩人扶。

其四

莲开并蒂岂前因，虚掷莺梭廿九春。

回首可怜歌舞地，两番俱是个中人。

其五

最不分明月夜魂，何曾芳草怨王孙。
梁间燕子来还去，害杀儿家是戟门。

其六

白云深处老亲存，十五年前笑语温。
梦里轻舟无远近，一声欸乃到吴门。

其七

村姬欢笑不知贫，长袖轻裾带翠颦。
三十六年秦女恨，卿怜犹是浅尝人。

其八

冷夜痴儿掩泪题，他年应变杜鹃啼。
啼时休向漳河畔，铜雀春深燕子栖。

以诗考之，卿怜归王时年十四，和珅籍没时，年二十九。自兹以往，处境奚若，不复可考。诗笔隐秀，亦贺双卿、邵飞飞之流亚，闺阁中未易才也。时命不犹，曷胜可惜。陈云伯《卿怜曲》云：

卿怜本是琴河女，生小玲珑花解语。
十三娇小怨琵琶，苦向平阳学歌舞。
平阳歌舞醒繁华，移出雕阑白玉花。

幸免罡风吹堕溷，从今不愿五侯家。
侍郎华望殷勤顾，移入侯门最深处。
欲使微名达相公，从今却被东风误。

言先归王后归和也。又云：

独有红闺绝代人，网丝尘迹吊残春。
将军西第凝红泪，阿母南楼梦白云。
哀词宛转吟香口，珠啼玉泣嗟谁某。
昨日才歌相府莲，今朝已叹旗亭柳。

言和籍没后赋诗悲怨也。曲长不具录。

一一六　相国陈宏谋

桂林相国陈文恭宏谋，乾隆三十二年三月授东阁大学士，始奏请将原名上一字改用“宏”字（见《年谱》），前此扬历中外，一切折奏书名，均未改避。乾隆朝政体较雍正为宽大，此其一验也。文恭精研宋学，著述闳富，《培远堂全书》为册百（内有精刻《司马温公传家集》十二册，字稍大，仿颜体），余家旧有之，后闻书板归岑襄勤家，稍有残缺，襄勤为之修补。襄勤逝后，其后人不知爱惜。广右地湿易蠹，今殆不复可问矣。

一一七　出国公使笑话

自海禁开通已还，吾国出使大臣往往离奇怪诞，腾笑异邦。某大臣自负工诗，尝用西法摄影，以正坐不露翎顶，因而侧坐，并自题绝句云：

巍巍一柱独擎天，体自尊崇势自偏。
正是武乡侯气象，侧身谨慎几多年。

又过某国时，暂驻使馆，与某大臣唱和，诗中有一“夜”字，“夜”下一字，写法在“邑”与“色”之间，自云：“典故本此字不清，作邑作色皆可，故两从之。”清之季年，官场办公以模棱为要诀，此公更通之于吟事矣。

一一八　苏轼以神智体诗难北使

苏东坡诗有神智体《晚眺》一首：

长亭短景无人画，老大横拖瘦竹筇。
回首断云斜日暮，曲江倒蘸侧山峰。

（按：宋桑世昌《回文类聚》卷三云：“神宗熙宁间，北朝使至，每以能诗自矜，以诘翰林诸儒。上命东坡馆伴之，北使乃以诗诘东坡。东坡曰：‘赋诗亦易事也，观诗稍难耳。’遂作《晚眺》诗以示之。北使惶愧莫知所云，自后不复言诗矣。”)

其法：“亭”字写极长，“景”字写极短，“画”写作“畫”，“畫”无人，“老”字写稍大，“拖”字横写，“筇”字竹头写极细，“首”字反写，“云”字上雨下云，中间距离稍远，“暮”字下日斜写，“江”字写作“氵工”，“蘸”字倒写，“峰”字山旁侧写，与“暮”字下日同式。此体后人未有仿之者。先大父花矼公尝撰《春景》一联云：“青山绿水红桥小，紫燕黄鹂白日长。”“山”用青色写，“水”用绿色写，“桥”用红色写小，“燕”用紫色写，“鹂”用黄色写，“日”用素纸双钩写长，此拟神智体别开一境也。

一一九 灯谜之绝巧奇拙者

灯谜有绝巧者，亦有奇拙者。以“惨睹”二字，隐《四书》人名六，即唐诗一句：“襄阳回望不胜悲。”此谜底不能有二。按：《惨睹》，乃《千钟禄》院本之一出，演明建文帝出亡事。虽据野史，近于不经，然词笔甚佳也。此出情景，建文飘泊襄阳，回首南都，极伤心惨目之致。原曲云：

〔倾杯玉芙蓉〕收拾起大地山河一担装，四大皆空相。历尽了渺渺程途，漠漠平林，垒垒高山，滚滚长江。但见那寒云惨雾和愁织，受不尽苦雨凄风带怨长。雄城壮，看江山无恙。谁识我一瓢一笠到襄阳。

〔尾声〕路迢迢，心怏怏，何处得稳宿碧梧枝上。忽飘来一杵钟声，错听了野寺钟鸣当景阳。

曩寓京师，一夕过某胡同，见一家门首设有灯谜，亟下车观之，有人揭去二条。其一云："身为万乘之尊，还挑破铜烂铁担子。"底《书经》一句："朕不肩好货。"余尝谓宋人词拙处不可及，此谜拙处亦不可及。

一二〇　改敕书点金成铁

孝钦显皇后六旬万寿，内阁撰拟谕礼部敕书，有云："爰从归政，始遂安贞。萃五福于三辰，届六旬之万寿。"呈稿于宗室相国（麟书）。麟曰："贞字是孝贞显皇后尊谥，不可用。"遽提笔改"荣"字，点金成铁，令人辄唤奈何。向来撰拟文字以平正矞皇为得体，字句稍涉奥衍，即在摈弃之列，本不容有佳构也。

一二一　孝钦皇后拟试帖诗

孝钦显皇后万机之暇，留意风雅，精绘事，工吟咏，尤擅长试帖诗。每岁春闱及殿廷考试，辄有拟作。相传同治乙丑科会试，诗题“芦笋生时柳絮飞”，得“生”字，拟作云：

南浦篙三尺，东风笛一声。
鸥波连夜雨，萍迹故乡情。

又同治癸酉科考差，诗题“江南江北青山多”，得“山”字，拟作云：

雨后螺深浅，风前雁往还。
舍连春水泛，峰杂夏云间。

惜全首不传。

一二二　同治朝赴川考官险遇

同治庚午科，济宁孙尚书文恪典试四川，顺德李若农侍郎（文田）副之。考官例应驰驿，值秦蜀间盗氛未靖，改道溯荆湖西上。由宜昌遵陆赴万县，山路绝险巇，有地名火风箭岭，尤斗峻无伦。文恪肩舆竟于是倾跌。舆夫后二人，坠崖致毙。幸舆前有牵夫十六名，并力撑持，赖以不坠，舆前二夫亦幸免。其后，顺德尝语人：“当时情形奇险，幸山神有灵，双手托住军机大臣，仅乃无恙。”是夕驻节荒村，庖人无以为馔，于山家得一鸡，醢以煮粥，顺德食而甘之，自后非鸡粥不饱也。

一二三　姓名笔画最少者

姓名笔画最少者，同治朝，内阁中书丁乃一，三字只五笔，不能有二。

一二四　龚芝麓尚书轶事

合肥龚芝麓尚书（鼎孳）主持风雅，振拔孤寒，广厦所需，至称贷弗少吝。其卒也，朱竹垞挽诗有云："寄声逢掖贱，休作帝京游。"其轶事屡见前人记载中。马世俊未遇时，落拓京华，无以自给。公阅其文，叹曰："李峤真才子也。"赠金八百，为延誉公卿间，明年辛丑，马遂大魁天下。又尚书女公子卒，设醮慈仁寺。一士人寓居僧寮，僧倩作挽对，集梵策二语曰："既作女子身，而无寿者相。"公询知作者，即并载归，面试之。时春联盈几，且作且书，至溷厕一联云："吟诗自昔称三上，作赋于中可十年。"乃大咨赏，许为进取计。久之，以母老辞归。濒行，公赠一匣，窃意为行李资，发之，则士人家书，具云："某年月日，收银若干。"盖密遣人常常馈遗，无内顾忧久矣。乃顿首谢，依倚如初，卒亦成其名。曩阅武进汤大奎《炙砚琐谈》，有云："龚芝麓牢笼才士，多有权术。”嗟乎！何晚近巨公大僚，欲求有是权术者，而亦不可复得耶？尚书姬人顾媚，字横波，识局明拔，通文史，善画兰，尚书疏财养士，顾夫人实左右之。某年，尚书续灯船之胜，命客赌鼓吹词，杜茶村（濬）立成长歌一百七十四句，一座尽倾，夫人脱缠臂金钏赠之。

一二五　吴汉槎恃慧狂态

吴江吴汉槎（兆骞）幼即恃慧狂态。在塾中，辄取同辈所脱帽溺之。塾师责问，汉槎曰：“笼俗人头，不如盛溺之为愈也。”师叹曰：“此子他日必以高名贾奇祸。”后捷顺治丙申北闱，坐通榜，谪戍宁古塔，居塞外念余年。其友人顾梁汾（贞观）为之地，乃得赐环。按：《史记·郦食其传》：“沛公不好儒，诸客冠儒冠来者，辄解其冠，溲溺其中。”此与汉槎事绝类。稍不同者，彼竟解其冠，此则其所自解耳。沛公枭雄当别论，汉槎尤不可为训。

一二六　盛昱得恩遇释祸

宗室祭酒伯熙（盛昱）大雅闳达，立朝有侃侃之节。其母夫人博尔济吉特氏通经术，娴吟咏，有《芸香馆遗诗》二卷梓行。光绪中叶，某学士承要人风旨，摭《芸香馆集》中《送兄》诗，谓为忘本。请旨削板，将以倾昱，朝廷不允所请。文字之祸，浸涉闺闼，亦甚矣哉。

一二七 盛昱劾彭刚直书

彭刚直中兴名将，丰功亮节，世人称道弗衰，未闻有登诸白简者。光绪九年，补兵部尚书，疏辞不允。讲官盛昱以不应朝命劾之，奏云：

> 再（夹片）兵部尚书彭玉麟，奉命数月，延不到任。而在浙江干预金满之事。现在兵制未定，中枢需人，该尚书晓畅戎机，理宜致身图报。较之金满之事，孰重孰轻，无论所办非是，即是亦不可也。该尚书托言与将士有约，不受实官，实则自便身图，徜徉山水耳。古之纯臣，似不如此。且现在握兵宿将各省甚多，该尚书抗诏鸣高，不足励仕途退让之风，反以开功臣骄蹇之渐，更于大局有碍。请旨敦迫来京，不准逗留，以尊主权而励臣节。

云云。《春秋》责备贤者，要亦词严而义正也。

一二八 顾千里黄荛圃拳脚相加

道、咸间，苏州顾千里（广圻）、黄荛圃（丕烈）皆以校勘名家，两公里闬同，嗜好同，学术同。顾尝为黄撰《皕宋一廛赋》，黄自注，交谊甚深。一日，相遇于观前街世经堂书肆，坐谈良久。俄谈及某书某字，应如何勘定之处，意见不合，始而辩驳，继乃诟詈，终竟用武，经肆主人侯姓极力劝解乃已。光绪辛卯冬，余客吴门，世经堂无恙（一单间小肆耳）。侯主人尚存（主人微伛偻，人以“侯驼子”呼之，时年殆逾八十），曾与余谈此事，形容当时忿争情状如绘。洎甲辰再往访世经堂，则闭歇久矣，为之惘然。忆余曩与半塘同客都门，夜话四印斋，有时论词不合，亦复变颜争执，特未至诟詈用武耳，往往拂衣而别，翌日和好如初。余或过晡弗诣，则传笺之使，相属于道矣。时异世殊，风微人往，此情此景，渺渺余怀。

一二九　孝钦皇后独宠李莲英

孝钦显皇后盛时，每逢由宫还海，文武百官跪迎，皆在西苑门外，唯总管太监李莲英，三品冠服，独跪于西苑门内。远而望之，觉其宠异无比。

一三〇　百官迎送慈舆图

慈舆由宫还海，各官先在宫门外跪送，旋由间道驰赴西苑门跪迎，望见前驱卤簿，立刻鸦雀无声，呼吸可闻，非复寻常之肃穆。夹道笙簧，更觉悠扬入听。迨驾过不数武，则跪者起，默者语，眼架镜，手挥扇，而关防车方络绎不绝也。

一三一　午门坐班典礼

午门坐班典礼，犹沿前明之旧，告朔之饩羊耳。各衙门堂派者皆资浅无乌布之员。届时，齐集朝房，俟纠仪御史至。传呼上班，则各设品级垫，盘膝列坐，纠仪御史巡视一周。有顷，退班，各投递衔名（红纸书）而散。

一三二　以楷法工拙去取太医院医士

考太医院医士亦用八股试帖，以楷法工拙为去取。时人为之语曰："太医院开方，只要字迹端好，虽药不对症无妨也。"曩余在京时，值考试医士，题为"知者乐水，仁者乐山"。闻取第一者之文有云："知者何取于水，而竟乐夫水；仁者何取于山，而竟乐夫山。"只此一卷最佳，通场无出其右。

一三三　时人之言太半不堪入耳

咸、同间，都门有斌半聋者，旗人，工篆刻，不轻为人作。半聋不聋，意谓时人之言，太半不堪入耳，故以"半聋"自号，惜其名记忆不全。稍后有宗予美（韶）官兵部主事，亦旗人，善诗词，亦工篆刻，品行端洁。

一三四　入御室吸咽

某大僚述职入都，夙有烟癖。一日，召对候久，瘾作，不复可耐，商之内监，求可以御瘾者，吸烟非所望也。监曰："大人贵重，烟非吸奚可者？即吸烟亦非难，顾赏赉何如耳。"某出千金纸币示之。监欣然曰："重赏若斯，敢不勉效绵薄。"遽导之，稍东北迤逦行，历殿阁数重，路极纡折，间不逢人，逢亦弗问，旋至一精室。室中陈设及榻上烟具，悉精绝，监就榻半卧，为燃灯烧着。烟尤精美，超越寻常。大僚平日所御不逮远甚。顷之，氤氲𤀹满，精神焕然，亟付纸币，匆匆出。中途问监曰："汝曹所吸之烟与夫吸烟之室，何讲究一至于此？"监曰："吾侪安敢有此？此室此烟，吸之者何人，大人若先知之，殆必不敢往矣。"某闻之憬然悟，为之舌挢不下久之。返至原候处所，心犹震悚不宁，幸未误召对。盖驾出时刻早晏，监辈诇之熟矣。

一三五　太和门火灾

光绪己丑，太和门灾。传闻内府貂皮、缎匹、铺垫各库，皆在门之左近，历年库储，盗卖略尽。值大婚典礼，需用各物，典守者惧罹于罪，因而纵火，希冀延烧灭迹。此说未知确否。尝见太和门之柱之巨，约计三四人不能合抱，即辇致薪苏，绕之三匝。拉杂而摧烧之，未易遽焜。

乃以赤熛一怒，曾不一二时顷，顿成瓦砾之场，殆亦不尽关于人事矣。（甲午、乙未间，厂肆精旧瓷器绝夥，间有镌刻御书题咏款识，亦从内府流出，当时售者索价亦不甚昂，太半为外人购去，殊为可惜。今则稀如星凤，价亦兼金不啻矣。）

一三六　四弃香

每岁元旦，太和殿设朝，金炉内所爇香名四弃香，清微澹远，迥殊常品，以梨及苹婆等四种果皮晒干制成。历代相传，用之已久，昭俭德也。

一三七　王鹏运宦途坎坷

王半塘（鹏运）清通温雅，饶有晋人风格。唯早岁放情，增口于群小；中年说论，刺骨于要津。虽遭遇因而屯邅，亦才品资其磨练，官礼科掌印给事中。某年，届试俸期满，百计筹维，得数百金，捐免历俸，截取道员，旋奉旨以简缺道员用。向来京曹截取道府，皆以繁缺用，以简缺用者，不用之别名也，为自有截取之例以来所仅见，半塘泊然安之。是岁樵米所需，转因而奇绌，夫亦甚可笑矣。未几，复严劾某枢相，不见容于朝列，襆被出都，潦倒以没。山阳邻笛之痛，何止文字交情而已。

一三八　李鸿藻受孝哲皇后跪拜

高阳相国李鸿藻以理学名臣自居，饰貌矜情，工于掩著。相传其曾受孝哲皇后跪拜。春明士夫，多有能言之者。当穆宗升遐时，孝哲力争立嗣，孝钦意指已定，殊难挽回。正哀痛迫切间，适高阳入内，孝哲向之泣告，且谓之曰："此事他人可勿问，李大臣先帝之师傅，理当独力维持。我今为此大事，给师傅磕头。"（此二句据曩所传闻，不更易字面，以存其真。）高阳亟退避而已，卒缄默无言。论者谓高阳受此一拜，不知何日偿还也。清季理学名臣，吾得二人焉，曰李鸿藻，曰徐桐，庶几如骖之靳矣。

一三九　赛金花义保琉璃厂

苏州名妓赛金花，有一事绝可传。本名傅彩云，光绪中叶，曾侍某阁学，出使德意志国。（按：唐、宋旧仪：内而禁闼侍从，外而州郡典司，皆有官妓承应，特此制今废耳。扫眉随节，于名谊殊无关系也。）欧西国俗，男女通交际酬酢。赛尤瑶情玉色，见者尽倾。德武弁瓦德西，其旧识中之一人也。庚子联军入京，瓦竟为统帅，赛适在京，循欧俗通郑重，旧雨重逢，同深今昔之感。自后轻装细马，晨夕往还，于外人蹂躏地方，多所挽救。琉璃厂大贾某姓，持五千金为寿，以厂肆国粹所关，亟应保全，乞赛为之道地。赛慨然曰："兹细事，何足道。矧义所当为，阿堵物胡为者。"竟毅然自任，却其金，亟婉切言于瓦。明日，下毋许骚扰之令，而百城缥帙，万轴牙签，赖以无恙，皆赛之力也。（又长元吴会馆，亦赛所保全，以某阁学吴人也。）比者，沪滨栖屑，憔悴堪怜，集菀集枯，如梦如幻，或犹捕风捉影，捃摭莫须有之谈，形诸楮墨，恣情污蔑。嗟嗟！无主残红，亦既随波堕溷。彼狂风横雨，必欲置之何地，而后快于心耶？

一四〇　拱侯奇遇

近撰《辑藏书话》，得一事绝奇，绝可笑（见海宁吴兔床骞《拜经楼诗话》），亟录如左。阅者勿以剿说为罪，经芟繁节要，俾文省事具，非径剿说也。

> 常熟毛斧季（扆）嗜书不减其父（晋），尝手跋赵孟奎《分类唐歌诗》残本，略云："此书乃先君藏本，按照目录仅存十一。因思天下之大，好事者众，岂遂无全书？传闻武进唐孔明（予昭）有之，托王石谷（翚）往问，无有也。先是，托王子良（善长）访于金坛。甲辰二月，子良从金坛来，述于子荆之言曰："唐氏旧有是书，索价百金。因思于与唐，姻娅也，果能得之，鸠工付梓，公之天下，乐事孰逾于此，盍再访诸？"内兄严拱侯（垣）曰："此韵事，

亦胜事，吾当往。”翌日即行。道丹阳，宿旅店。丙夜闻户枢声，鸡初鸣，邻壁大呼失金，诸商旅皆起。将启行，户皆扃镝，不得出。天明，伍伯来，追宿店者二十三人，拱侯居首，与失金者比屋也。匍匐见县令，命客各出囊金，布满堂下，多者数百，最少者，拱侯也。召失金者验之，皆非，遂出。拱侯曰：“可以行矣。”曰：“未也。当质之于神。”舁神像坐广庭，架巨锅炽炭上，倾桐油于中，火熊熊出油上，趣拱侯浴。拱侯叹曰：“毛斧季书癖害人，一至此乎？《唐歌诗》有无未可知，予其死于沸油乎？”一老人曰：“若无恐，苟盗金，必糜烂；否，无伤也。”以手探之，痛不甚剧，醮油涂体殆遍，无恙。以次二十二人验皆毕。拱侯曰：“人谋鬼谋，计殆无复，今可行矣。”又一人亦去，其二十一人与旅店哄。及事白，盗金者店家也。拱侯抵金坛，促子荆寓书孔明，答曰无之，竟不得书以归。予趋迎，问《唐歌诗》，拱侯曰：“焉得歌，不哭，幸矣。”因缕述前事。

云云。按：此事尤奇者，沸油不灼，岂鬼神之说，竟可信乎？拱侯雅人，且身自尝试，宜非虚言也。

一四一　金陵南门现巨人影

光绪戊申某月，金陵讹言聚宝门（即南门）城门上现巨人影如绘，兼目有泪痕，似闻往观者甚众，未详果有所见否也。不数月，两宫升遐，或云兆朕在是矣。洎辛亥国变及癸丑乱事，金陵以冲要必争之地首撄其锋，劫掠淫杀之惨，诚有如昔人所云，虽铁石亦为之垂泪者，尤目有泪痕之应矣。国家将亡，必有妖孽，民之讹言，殆亦古时童谣之类，有触发于几先，不知其所以然而然者耶。

一四二　都门石刻有绝香艳者

都门石刻有绝香艳者。香冢（在陶然亭西北小阜上，相传冢中所瘗，一情人手赠之香巾）碑阴题云：

> 浩浩劫，茫茫月，短歌终，明月缺。郁郁佳城，中有碧血。碧亦有时尽，血亦有时灭，一缕烟痕无断绝。是耶非耶，化为蝴蝶。

又诗云：

> 飘零风雨可怜生，烟草迷离绿满汀。
> 落尽夭桃又秾李，不堪重读瘗花铭。

有绝模棱者，五道庙碑云：

> 有天地然后有万物，五道庙者，万物中之一物

也。人谓树在庙前，吾谓庙在树后，何则？谨将捐资芳名，开列于左。

香艳可爱，模棱尤不俗，细审其笔端，饶有疏宕简劲之致，非不能文者之所为也。滑稽玩世耶？抑有所为而然耶？殆不可知矣。

一四三　内阁翰林院南书房撰文有别

内阁撰拟文字多主于庆，如恩诏、诰命、敕命之类。翰林院撰拟文字多主于吊，如谕祭文之类。唯南书房应制之作，不在此例。

一四四　御前大臣翻穿之皮外褂

御前大臣翻穿之皮外褂有上下两截，用两种皮联缀而成者。远而望之，第见其颜色不同，不获审定其皮之名类也。

一四五　胙肉须带回斋宫

大祀天于圜丘，受福胙后，必须纳之怀中，带回斋宫，以示祗承天庥帝赉。惟时长至届节，北方隆寒，胙肉冰凌坚结，不至沾渍衮衣也。

一四六　銮仪卫卤簿

岁首御殿受贺，銮仪卫陈设卤簿，太半故敝不堪，盖旧制相传，每逢登极改元置备一次，自后不再更新，亦毋庸添补修整。即如光绪中叶所用，已历十有余年，乃至伞扇之属或用缯帛缋画者，仅撑持空架而已。在昔康、乾晚季，六十年前之法物，其为故敝，当又何如？

一四七　屠夫与猪先入东华门

东华门向明而启，屠者驱豕先入，是日膳房所需用也。次奏事御史随之入，次百官及供差人等皆入。入不先豕，由来已久，不知其故何也。曩待漏东华门，宿黄酒馆中，东方未明，反侧无寐，远闻豕声呦呦，则馆人趣起盥漱，馆门之外，车马渐殷填矣。

一四八　内阁中书早班制度

军机直房门帘，非军机处人员，擅揭者罪。内阁早班中书每日到军机处领事，行抵帘次，必先声明职事，然后揭帘而入。直日章京起立，彼此一揖，出黄绫匣，当面启封。谕旨共若干件，一一点交。旋出簿册，俾领事中书签名画押毕，然后捧持而出（中书与章京虽同乡戚友，在军机直房亦不得交谈），回内阁直房，上军机档。少迟，六科笔帖式到内阁领事，亦有簿册，签名画押。按：山阳阮吾山（葵生）《茶余客话》：“明制：六科隶通政司，雍正朝始改隶都察院。”科员到阁领事，盖尚沿明制也。

一四九　晋衔之罕见者

顺治朝，曲阜世职知县孔允醇以居官廉能，加东昌府通判衔，仍任知县事（《东华录》）。道光五年，蒲城王相国文恪以一品衔署户部左侍郎（冯桂芬撰《墓志》）。通判衔、一品衔及衔上冠以地名，今并罕见。（康熙朝，江宁黄虞稷、慈溪姜宸英以诸生荐入馆修史，加七品衔。乾隆朝，先曾祖缨传公讳世荣由世袭云骑尉改七品监生，一体乡试，七品诸生，七品监生，亦皆仅见徐珂《填讳》）。

一五〇　石谷与吴渔山绝交

黄大痴《陡壑密林图》严岫郁盘，云岚苍润。王烟客旧藏，后归石谷，吴渔山久假不归。石谷索之亟，几至变颜。渔山语人曰：“石谷，吾友也；《陡壑密林图》，吾师也。师与友孰重？全友而弃师，吾弗能也。”二人竟因是绝交。渔山名历，又号墨井道人，绘事与“四王”齐名。《琴川志》云：“晚年不知所之。”其人品殆不无遗议，此犹其小焉者耳。

一五一　易哭庵轶事

偶阅近人说部，载龙阳易哭庵所著《王之春赋》，其起联云："石头长巷，绳匠胡同。"谓石头、绳匠，皆妓女集合之所。其实绳匠胡同，绝无妓女。哭庵亦久客京华，此误甚不可解。又一联云："刘坤一，刘坤二，刘坤三，刘坤四；王之春，王之夏，王之秋，王之冬。"杜撰牵合，毫无谊意，何如见身说法，即以魂东集、魂西集、魂南集、魂北集属对乎？哭庵又有《上张文襄短章》云："三十三天天上天，玉皇头戴平天冠。平天冠上竖旗竿，中堂更在旗竿巅。"此诗可谓形容尽致，恭维得体。文襄见之，为之掀髯笑乐。

一五二　张之洞于诗赋喜对仗工巧

张文襄于俪体文、近体诗极喜对仗工巧。曩余购得文襄手书楹联，句云："未忘麈尾清谈兴，常读蝇头细字书。"即此可见一斑。

一五三　两湖节署对联

两湖节署对联，间有佳构，偶忆其一二。大堂联云："蚡冒勤民，筚路山林三代化；陶公讲武，营门官柳四时春。"十桂堂联云："六曲阑干春昼永，万家台笠雨声甘。”又织布局联云：“经纶天下，衣被苍生。”筹防局联云：“财力雄富，士马精妍。”（《芜城赋》句，上句切筹，下句切防，亦妙合，亦豪阔。）

一五四　姓名三字同韵同音

姓名三字同韵或韵近，古有田延年、高敖曹、刘幽求、张邦昌、郭芍药。清光绪中叶有进士蹇念典。比阅浙江道光《缙云志·艺文录》“碑碣”下《元儒学题名碑》（在学宫西庑）有虞如愚，姓名三字同音，尤为罕见。

一五五　洪秀全等诗文

洪秀全、李秀成辈崛起草泽，一无凭藉，蹂躏八九省，奔走天下豪杰垂二十年，仅乃克之，不可谓非一世之雄也。独惜其以逆取，不能以顺守，据有金陵大都，长江天堑之形胜，而无通人正士为之匡弼，日持其天父、天兄之邪说，以寇盗自封，卒乃底于灭亡，而徒贻东南全盛之区，以刻骨剥肤之痛，则不学无术，不谙治体，有以致之。然而狼居虎穴之间，亦犹有艺文之属可资谈柄。且皆渠酋枭桀者之所自为，而非当时胁从诸文士润饰谀媚之笔。兹据得之传闻者，缀录如左。伪天王府正殿联云：

维皇大德曰生，用夏变夷，待驱欧美非澳四洲人，归我版图一乃统；于文止戈为武，拨乱反正，尽没蓝白红黄八旗籍，列诸藩服千斯年。

寝殿联云：

马上得之，马上治之，造亿万年太平天国于弓刀锋镝之间，斯诚健者；东面而征，南面而征，救廿一省无罪顺民于水火倒悬之会，是曰仁人。

又楹联云：

先主本仁慈，恨兹污吏贪官，断送六七王统绪；藐躬实惭德，望尔谋臣战将，重新十八省江山。

相传正殿联及楹联，秀全自撰，寝殿联则秀成手笔。秀成有《国士吟》一卷，其《感事》两章云：

举杯对客且挥毫，逐鹿中原亦自豪。
湖上月明青箬笠，帐中霜冷赫连刀。
英雄自古披肝胆，志士何尝惜羽毛。
我欲乘风归去也，卿云横亘斗牛高。

鼙鼓轩轩动未休，关心楚尾与吴头。

岂知剑气升腾日，犹是胡尘扰攘秋。
万里江山多筑垒，百年身世独登楼。
匹夫自有兴亡责，肯把功名付水流。

每岁值霜降日，建醮追祭阵亡军士，秀成自拟青词云：

魂兮归来，三藐三菩提，梵曲依然破阵乐；悲哉秋也，一花一世界，国殇招以巫咸词。

金陵、苏州同时被围甚急，秀成守苏，不能分兵救援金陵。书一短札寄秀全，略云：

婴城自守，刁斗惊心，沈灶产蛙，莫馈鞠劳之药。析骸易子，畴为庚癸之呼，伤哉入瓮鳖，危矣负嵎虎。金陵公所定鼎，本动则枝摇；金阊公之辅车，唇亡则齿敝。一俟重围少解，便当分兵救援。锦片前程，伏惟珍重。磨盾作字，无任依驰。

札为官军某弁截获。弁故重李，贼平，出札钩勒上石，拓赠戚友。书兼行草，类南宋姜尧章也。又伪翼王石达开亦通词翰，曾文正尝致书劝其归降，石答以诗五首云：

曾摘芹香入泮宫，更攀桂蕊趁秋风。
少年落拓云中鹤，陈迹飘零雪里鸿。

声价敢云空冀北，文章今已遍江东。
儒林异代应知我，只合名山一卷终。

不策天人在庙堂，生惭名位掩文章。
清时将相无传例，末造乾坤有主张。
况复仕途多幻境，几多苦海少欢场。
何如著作千秋业，宇宙长留一瓣香。

扬鞭慷慨莅中原，不为仇雠不为恩。
只觉苍天方愦愦，莫凭赤手拯元元。
三年揽辔悲羸马，万众梯山似病猿。
我志未酬人亦苦，东南到处有啼痕。

若个将才同卫霍，几人佐命等萧曹。
男儿欲画麒麟阁，早夜当娴虎豹韬。
满眼河山增历数，到头功业属英豪。
每看一代风云会，济济从龙毕竟高。

大帝勋华多颂美，皇王家世尽鸿濛。
贾人居货移神鼎，亭长还乡唱大风。
起自匹夫方见异，遇非天子不为隆。
醴泉芝草无根脉，刘裕当年田舍翁。

又洪大全，衡山人，与秀全联宗谊。起事之初，被擒于永安，献俘京师。途中赋〔临江仙〕词云：

寄身虎口运筹工，恨贼徒不识英雄，漫将金锁绾飞鸿。几时生羽翼，万里御长风。　一事无成人渐老，壮怀要问天公，六韬三略总成空。哥哥行不得，泪洒杜鹃红。

又捻酋苗沛霖，亦能画工诗，尝为人画一巨石，自题二绝句云：

星精耿耿列三台，谪堕人间大可哀。
知己纵邀颠米拜，摩挲终屈补天才。

位置豪家白玉阑，终嫌格调太孤寒。
何如飞去投榛莽，留与将军作虎看。

诗笔亦李、石伯仲，故连类书之。

一五六　“四风太守”吴园次

江都吴园次（绮），顺治朝由拔贡生荐授秘书院中书舍人，奉诏谱杨椒山乐府，迁武选司员外郎，盖即以椒山原官官之。出知湖州，人号为“三风太守”，谓多风力、尚风节、饶风雅也。合肥龚芝麓尚书疏财养士，广厦所需，至称贷弗少吝。晚岁囊无余资，身后萧条，两文孙伶俜孤露，几至落拓穷途。平日门生故吏无过存者。园次独佽助之，以爱女妻其幼者，饮食教诲，至于成立。其敦风义又如此，当号为“四风太守”矣。

一五七　潘文勤喜诱掖后进

偶阅近人笔记有云：

> 吴县潘尚书文勤喜诱掖后进。光绪己丑会试前，吴门名孝廉许某薄游京师，文名藉甚。一日，文勤治筵，邀许及同里诸公畅饮。酒阑，出古鼎一，文曰眉寿宝鼎，铭字斑驳可辨（按：即史伯硕父鼎，有蕲绾绰眉寿之文），顾谓座客曰：“盍各录一纸，此中大有佳处也。”客喻意，争相传写而出。迨就试时，文勤总司阅卷事，二场经文，有《介我眉寿》一题。（按：《诗经》文题“为此春酒，以介眉寿”，非“介我眉寿”也。）先期则将眉寿鼎文抚印若干纸，遍致同考官，令有用铭语入文者一律荐举。各房奉命惟谨，而某房独与文勤牾，有首场已荐，因二场用铭文而摈弃者，则许某是也。（某笔记原文止此）

按：许某，名玉琢，号鹤巢，吴中耆宿。文勤夙所引重，官内阁中书有年，非薄游京师，后迁刑部员外郎。工俪体文，有《独弦词》，刻入《薇省同声集》，与江宁端木子畴（采）齐名。当时闱作，不肯摭用鼎铭，自贬风格，而文笔方重，又不中试官，故未获隽，非因某房考与文勤牾之故。而房考中，尤断无能牾文勤者。

一五八　光绪帝喜食外进馒头

德宗瑾嫔，志伯愚都护之女弟也。一日，志府庖丁自制笼饼（唐人呼馒头为笼饼，见《朝野佥载》及《倦游杂记》。又吴下呼“馓膪”，见《正字通》。“膪”读若“诈”），馈进宫中。德宗食而甘之，谓瑾嫔曰：“汝家自制点心（《能改斋漫录》言，世俗例以早晨小食为点心，自唐时已如此。引金华子《杂篇》：“唐郑傪夫人顾其弟曰：‘我未及餐，尔且可点心。’”为证。），乃若是精美乎？胡不常用进奉也？”不知宫门守监，异常需索，即如此次呈进笼饼，得达内廷，所费逾百金矣。（旧制：自嫔妃以次，家人无进见之例。唯于每岁谒陵随行时，其家人贿通总管太监，约定处所，伫候道旁，车过暂停，道达契阔，或馈遗品物，有痛哭流涕者。瑾嫔外家得随时馈进食品，以地位较崇，犹为逾格殊荣矣。）

一五九　大清门

大清门为大内第一正门，规制极其隆重。自太后慈驾、皇帝乘舆外，唯皇后大婚日，由此门入。文武状元传胪后，由此门出，此外无得出入者。

一六〇　旗人科举

有清一代，科第官阶唯旗人进取易而升转速，其于文理太半空疏。相传寿耆考差，诗题《华月照方池》，有句云："卿士职何司。"接坐者不解，问之，寿曰："我用《洪范》'卿士惟月'典。君荒经已久，宜其不知出处。"当时传以为笑。绍昌为江南副主考，撰刘忠诚祠联云："应保半壁地，乃妥九原灵，功无愧乎。君子欤，君子也；可托六尺孤，合寄百里命，利其溥矣。如其仁，如其仁。"又闱中《中秋即景》诗云："中秋冷冷又清清，明远楼头夜气横。借问家乡在何处，高升（绍昌随身之仆也）遥指北京城。"则并寿耆而弗若矣。

一六一　红粉怜才

吴园次《艺香词》有"把酒祝东风，种出双红豆"二语。梁溪顾氏女子，见而悦之，日夕讽咏，四壁皆书二语，人因目园次为"红豆词人"。红粉怜才，允推佳话。相传明临川汤若士撰《牡丹亭》院本成，有娄江女子俞二娘读而思慕，矢志必嫁若士，虽姬侍无怨。及见若士，则颓然一衰翁耳。俞惘然，竟自缢。若士作诗哀之曰："画烛摇金阁，真珠泣绣窗。如何伤此阕，偏只在娄江。”此其爱才之专一，亦不可及。妙年无奈是当时，若士何以为怀耶。清季某相国侏儒眇小，貌绝不扬。少时作《春城无处不飞花赋》，香艳绝伦。某闺秀夙通词翰，见而爱之。晨夕雒诵不去口，示意父母，非作赋人不嫁。时相国犹未娶，属蹇修附茑萝焉，及却扇初见，乃大失望，问相国曰：“《春城无处不飞花赋》，汝所作乎？”背影回灯，嘤嘤啜泣不已。不数月，竟抑郁以殁。此则以貌取人，顿改初心，适成儿女子之见而已。

一六二　吴文节绝命诗

吴文节可读为立储事，以尸谏。遗折经某当道更易太半，然后呈进。其真本必有触忌讳破扃谲之语，惜不可得见矣。相传其《绝命诗》云：

> 回头六十八年中，往事空谈爱与忠。
> 抔土已成黄帝鼎，前星还祝紫薇宫。
> 相逢老辈寥寥甚，到处先生好好同。
> 欲识孤臣恋恩所，五更风雨蓟门东。

右诗据近人记载传录，未知是否曾经窜改之本。曩在京师闻人传诵，似记第四句“还祝”二字非是，殆亦因触忌而改易矣。

一六三　李鸿章遭日相侮辱

岁在甲午，东败于日，割地媾和。李文忠忍辱蒙垢，定约马关。一日宴会间，日相伊藤博文谓文忠曰："有一联能属对乎?"因举上联曰："内无相，外无将，不得已玉帛相将。"文忠猝无以应，愤愧而已。翌日乃驰书报之，下联曰："天难度，地难量，这才是帝王度量。"则随员某君之笔。某君浙人，向不蒙文忠青眼者，相将度量，系铃解铃，允推工巧。

一六四　特赐莽服与花翎

鲍子年（康）《内阁中书题名跋》："嘉庆初，李鼎元（字墨庄，四川绵州人）曾充册封琉球国王副使，赐一品麒麟莽服。"相传此项品服，唯自陛辞之日始，至复命之日止，得用之，所以示威重也。又清初视翎支极重，凡赏戴花翎者，必有非常之功。其花翎确由内廷颁给，只准戴此一支，自己不得购用。

一六五　和珅不喜内阁诸人

方子严（濬师）《内阁中书题名跋》大庾戴文端云：

> 和相珅执政时，兼掌院事，清秘堂中风气为之一

变，往往有趋至舆前迎送者，独阁中一循旧例，不为动。用是和相雅不喜阁中人，曾以微事黜张兰涛（师诚）仓场（由江苏巡抚改授仓场侍郎）。而汪舍人履基、赵青州怀玉、朱温处文翰皆一时名宿，亦思有以摧抑之。迨和相败，而阁中无一人波及者。

一六六　传旨申饬须贿内监

京朝大僚因公获咎，传旨申饬者，必须纳贿于内监，则届时一到午门，跪听内监口宣上谕，即传旨申饬云云，奉行故事而已。贿之多寡以缺之肥瘠为衡。相传某年，某总督述职入都，忽因事传旨申饬。某督未历京曹，不知行贿，及赴午门跪听传旨时，该内监竟尽情辱詈，有仆隶所难堪者，亦无可如何也。

一六七　内阁大库藏书

文渊阁但闻其名，不知所在，或云在大内，或云即内阁大库。库中储藏书籍书画甚多，惜太半损坏。有一种白绵纸书（似贵州绵纸，而白细过之），版本皆绝精旧，霉朽尤甚。远而望之似乎完整，偶一幡帑，辄触手断散如丝，不复成叶。盖北地虽无潮，而深廊大厦，锢阴沉郁，亦能腐物。兼此种白绵纸尤致而不韧，当制造之时，捶抄之工，殆未尽善耳。

一六八　会试由内阁举人中书中式者

每科会试，由内阁举人中书中式者。殿试日，领题后，得携卷回直房填写。书籍文具先存直房，不必临时携带，一便也。几案视席地为适，二便也。馔茗有厨役候伺，三便也。刮补托能手代劳，四便也。傍晚得随意列烛，五便也。唯地属中秘，外人未便阑入，刮补等事，必同僚相切者为之。即试策中条对排比，亦可相助为理。俾得专力精写，不至限于晷刻。有此种种便宜，故每科鼎甲由中书中式者，往往得与其选。相传光绪中叶，某修撰书法能工而不能速，殿试日，甚暝暗矣，犹有一行半未毕，目力不复克办。正惶急间，适监场某贝勒至，悦其字体婉美，竟旁立，燃吸烟之纸煤照之，屡尽屡易其纸煤，且屡慰安之："姑徐徐，勿亟也。"迨竣事而纸煤亦罄矣。殿撰感恩知己，胪唱后，以座师礼谒某贝勒。盖旗人务观美，稍高异者，固犹知爱字，尤能爱状元字也。此殿撰设由中书中式者，则何庸乞灵于纸煤耶。

一六九　对联工巧者

对联有绝不吃力而工巧无伦者。某名士少时随其师入浙，日暮抵武林关，关闭不得入，小饮旅店。师出对曰："开关迟，关关早，阻过客过关。"某应声曰："出对易，对对难，请先生先对。"师为之欣然浮白。

一七〇　香瓷种种

近人江浦陈亮甫浏所著《匋雅》有云：

香瓷种类不一，凡泥浆胎骨者，发香较多，瓷胎亦偶一有之。要必略磨底足，露出胎骨，而后香气喷溢。鉴家又安肯一一试之耶？

又云：

香瓷最不易得，有土胎香者，有泥浆胎香者，有瓷胎香者，此自然之古香也。有藏香胎者，有沉香胎者，有各种香胎者，此人工之香也。然亦稀世之珍。有梳头油香者，古宫奁具，别是一种风流佳话。亮甫尝得一苹果绿之印盒，康熙六字双行直款，颜色妍丽，异香郁发，非兰非麝，为撰《瓷香馆记》，并谓恽南田瓯香馆，非云茶香，直是瓯香（记长不具录）。

大抵古物皆有香，唯书之香，尤醇而穆，澹而隽。

一七一　阮元蒙圣谕擢第一

某说部云："阮文达受和珅之指，以眼镜诗得蒙睿赏，荐跻清要。"余前已辩之矣。又按：文达以乾隆辛亥大考第一，由编修升少詹事。是年大考，题为拟张衡《天象赋》，拟刘向《封陈汤甘延寿疏》，并陈今日同不同，赋得眼镜诗。阅卷大臣极赏拟赋博雅，而不识赋中"砻"字音义，（砻音计。《管子·轻重戊篇》："虙戏造六砻行以迎阴阳。"）竟置三等。旋查字典，始置一等二名，奉谕："第二名阮元，比一名好，疏更好，是能作古文者。"亲改擢为一等一名。文达尝自谓所以得改第一者，实因疏中所陈今日三不同，最合圣意。审是，则文达当日仰邀亲擢，实以疏非以诗（疏长不录），讵亦受之于和珅耶？窃意文达赡博，心目中何有于大考，何至乞灵和珅以自污。高宗明察，和珅对于其私人，平日厚赂固结者，或犹不敢多所漏泄，而独何厚于寒儒冷宦之文达？诚如某说部所云："吾恐反以觇探干罪戾，文达通人，断乎不出此也。"（按：向来大考列高等者，编检升至讲读学士，已为最优。文达由编修擢少詹事，尤属异数，无惑乎嫉惎者之捕风捉影也。流传浸久，或遂据为盛德之累。近儒记述见闻，辄号随笔。辗转剿说，稗贩相因，不知选择，遑论考辨，其流弊乃至重诬昔贤，以笔随人，则曷如其已也。）

一七二　场屋编号必以僻字

场屋以字编号，未详始自何时，名臣奏疏，司马光论囸（音真，见《字汇补》）毡（见《字汇补》，音未详。）两号所对策，辞理俱高，是宋时取士编号之字。又刘昌世

《芦浦笔记》载所编字号，尚有弜（音弜，与“鞠”同，见《玉篇》）、䴦（音浓，见《广韵》）、䑐（各字书所无）、䑝（音歹，见《玉篇·字学三正》云：“与好歹之歹同。”）䖸（音貂，貂字省文，见《集韵》）五字，编号必以僻字，殆亦慎密关防之一道欤？

一七三　顺天乡试中大头鬼

咸丰间，顺天闱中，哄传大头鬼事。据称其头大逾五斗栲栳，门之小者，不能容出入。同考官有悸而死者。迨后同、光朝乡会闱，大头鬼犹间一示现，人亦习闻而不畏之。相传其面闪闪作金光，团团如富翁，见者试官必升迁，士子必中式，咸谓为势利鬼之装绝大面孔者。

一七四　和珅专权科场

乾隆朝，阳湖孙渊如星衍以一甲第三授编修，散馆题为《厉志赋》，孙用“匔匔如畏”。时和珅当国，指为别字，抑置二等应改官。故事：一甲授编修者，散馆居下等，或仍留馆，即改官，可得员外。有劝孙谒和者，孙不往，遂改主事。自后凡散馆改部，皆以主事用。乾隆庚戌以前，会试有明通榜，例得内阁中书，犹乡试之有副榜也。长洲王惕甫芑孙素有才名，上计时，和相欲致之门下，王拒之，不通一刺，和衔之甚深。会试王中明通榜，和特奏停止，竟将榜撤回。会试明通榜，遂自庚戌永远停止矣。和珅权力之伟，能以私意屈抑人才，变更旧制若此。

一七五　考试得失不足为据

长洲何屺瞻学士焯，博极群书，长于考订，其手校书籍，今人不惜重金购之。康熙朝以李文贞荐，特赐举人进士，授编修。及散馆，竟列下等，应改官，奉旨着留馆再教习三年。蒙古乌尔吉时帆祭酒（法式善），亦负风雅重名，乾隆朝由检讨荐历清华。二十余年未尝得与直省学政，及乡会典试分校之役，两试翰詹，并以三等左迁。相传祭酒不工书，学士则书名藉甚，号称能品者也。考试得失不足为据，其信然耶。

一七六　陈兆仑典试轶事

每科各直省乡试，故事揭晓后，中式者谒见典试，断无不第者与焉。唯钱塘陈句山太仆兆仑，文章德业为世儒宗。乾隆丙辰荐鸿博，授编修。某科，典湖北试，闱中落卷，亦一一别其纯疵，明白批示。发卷后，下第士子多来求见，咸指以要领，各得其意而去。有刘龙光者，闻公讲论，感激欣喜，至于泣下，次科联捷成进士，历官御史，终其身执弟子礼弗衰。

一七七　以猥亵语入史书者

古以猥亵语入史书者，尝汇记之，得四事。一《战国策》（韩二）宣太后谓尚子曰：

妾事先王也，先王以其髀加妾之身，妾困不疲也；尽置其身妾之上，而妾弗重也。何也？以其少有利焉。

一《后汉书·襄楷传》：

襄上桓帝疏云："前者，宫崇所献神书专以奉天地、顺五行为本，亦有兴国广嗣之术。其文易晓，参同经典，而顺帝不行。"章怀太子注：《太平经典·帝王篇》曰："问曰：'今何故其生子少也？'天师曰：'善哉，子之言也。但施不得其意耳。如令施其人欲生也，开其玉户，施种于中，比若春种于地也，十十相应，和而生。其施不以其时，比若十月种物于地也，十十尽死，固无生者。真人欲重知其审。今无子之女，虽日百施其中，犹无所生也。不得其所生之处，比若此矣。是故古者圣贤不妄施于不生之地也，名为亡种，竭气而无所生成。今太平气到，或有不生子者，反断绝天地之统，使国少人。'"云云。

一则天朝，张、薛承辟阳之宠，右补阙朱敬则上书切谏，中有“陛下内宠，已有薛怀义、张易之、昌宗，固应足矣。近闻尚食奉御柳模，自言子良宾，洁白美须眉；左监门卫长史侯祥，自云阳道壮伟，过于薛怀义，专欲自进，堪充宸内供奉。无礼无义，溢于朝听”云云。则天劳之曰：“非卿直言，朕不知此。”赐彩百段。

一《金史·后妃传》：

> 海陵私其从姊妹莎里古真余都。莎里古真在外为淫泆。海陵闻之，大怒曰：“尔爱贵官，有贵如天子者乎？尔爱人才，有才兼文武似我者乎？尔爱娱乐，有丰富伟岸过于我者乎？”

又海陵尝曰：“余都貌虽不扬，而肌肤洁白可爱。”

已上四事，宣太后之言，托谊罕譬。古人质朴，不以此等语为讳，要亦无伤大雅。《襄楷传》注近于房中家言（《前汉书·艺文志》《房中八家》百八十六卷，《阮氏七录》、《第七仙道录》其三《房中》、《隋书·经籍志》、《序房内秘术》、《玉房秘诀》等书，皆房中家言），通乎阴阳化生之旨，不得以猥亵论。唯朱敬则一疏及金海陵之言，则诚猥亵不堪，不当载之史册。敬则疏尤以谏为荐，逢恶导淫，其人品卑污至极，而则天劳之，且厚赐之，可谓有是君有是臣矣。

一七八　巧对

《春明旧事》以著人姓名属对，有工巧绝伦者，如“张之洞、陶然亭”“乌拉布、蚕吐丝”之类。曩余戏仿之，以“花心动”（词牌名）对“叶志超”，“拳匪”对“准良”。比又以“白堕”（造酒人）对“黄兴”。此种对尤难于半虚半实之字，铢两悉称。“兴”对“堕”，犹“匪”对“良”也。沤尹以“文官果”对“武士英”，亦佳。

一七九　洪昇等被劾案

赵秋谷以丁卯国丧，赴洪昉思寓观剧，被黄给事疏劾落职，都人有口号诗云：“国服虽除未免丧，如何便入戏文场。自家原有三分错，莫把弹章怨老黄。”相传黄给事家豪富，欲附名流。初入京，以土物并诗稿遍赠诸名士。至秋谷，时方与同馆为马吊之戏，适家人持黄刺至，秋谷戏云：“土物拜登，大稿璧谢。”家人不悟，遂书柬以复。秋谷被劾后，始知家人之误也。见阮吾山《茶余客话》。董东亭《东皋杂钞》云：“钱唐洪昉思，著《长生殿》传奇，康熙戊辰中，既达御览，都下艳称之。一时名士，张酒治具，大会生公园，名优内聚，班演是剧。主之者为真定梁相国清标，具柬者为益都赵赞善执信。虞山赵星瞻徵介，馆给谏王某所（按：“王”当是“黄”误）不得与会，因怒，乃促给谏入奏，谓是日系皇太后忌辰，为大不敬。上先发刑部拿人，赖相国挽回。后发吏部，凡士大夫除名者，几五十余人。”按：此事他书记载，多沿阮说。董云启衅由赵徵介，挽回赖梁棠村，可补阮氏所略。

一八〇　的对种种

近人有以显宦姓名属对者，或工巧绝伦，不亚都门囊所称述。“朱介人”对“赤发鬼”（见《水浒传》），“朱桂辛”对“白瓜子”，又对“赤松子”，“刘心源”对“弓背路”。（刘，兵器名。《书·顾命》：“一人冕执刘。”俗称路之直捷者曰弓弦路，迂折者曰弓背路。）“蔡锷”对“蛇矛”，“陆凤石”对“九龙山”，“阿穆尔灵圭”对“又求其宝玉”（《左传》句），“刘幼丹”对“康长素”（以姓字对姓字，别为一格），“汪精卫”对“周自齐”（自，鼻本字）。又昔人以“万青藜”对“三白瓜”，藜、瓜皆平声，殊乖对体，不如“双红豆”（词牌名），亦工亦韵。

一八一　某贝子请开去差缺折

光绪季年，某贝子陈请开去差缺一折，外间颇有抄传者，略云：

伏念奴才派出天潢，夙叨门荫，诵诗不达，乃专对而使四方，恩宠有加，遂破格而跻九列。方滋履薄临深之惧，本无资劳才望可言。卒因更事之无多，以致人言之交集，虽水落石出，圣明无不烛之私，而地厚天高，跼蹐有难安之隐，所虑因循恋栈，贻衰亲后顾之忧，岂唯庸钝无能，负两圣知人之哲。思维再四，展转徬徨，不可为臣，不可为子。唯有仰恳天恩，准予开去御前大臣农工商部尚书要缺，以及各项差使。愿此后闭门思过，得长享光天化日之优容。傥他时晚盖前愆，或尚有坠露轻尘之报称，所有沥陈下悃。

云云。按：此折于宛转乞怜之中寓牢骚不平之意，虽非由衷之言，亦可谓善于词令者矣。

一八二　脑主慧

新学家言最重脑，谓脑满则智慧足，凡人属文构思，汩汩然来时，皆若自脑中来者。乾隆时，天台齐次风召南性强记，读书一过，即终身不忘。试宏词高等，由编修官至礼部侍郎，以文学被宠眷。久之，堕马伤脑，脑迸出，垂死，蒙古医取牛脑合之，敷以珍药，数月始痊。自是神智顿衰，读书越日即忘矣。此可为脑主慧之确证。

一八三　孙渊如科场轶事

孙渊如由一甲二名授编修，散馆改刑部主事。相传因《厉志赋》中用“匔匔如畏”语，和珅指为别字，抑置二等。无锡丁杏龄绍仪《听秋声馆词话》云：“渊如自恃文思敏捷，散馆前，戏与友人约：‘日午交卷出，当宴于某所。’致误引‘登九余三’为‘登三余九’。改官比部。”此又一说也。渊如以乾隆丁未第二人及第，散馆改部曹，出为山东兖沂曹济道，乞病归。越六十年，宛平袁讱庵绩懋以道光丁未第二人及第，亦缘事降部曹，出为福建候补道，权延建邵道。值发逆扰闽，称守顺昌，殁于阵。二公科第官阶，如骖之靳，唯晚节不同，则遭时之常变使然耳。讱庵亦工词章，原籍常州。

一八四　清代博学宏词科之盛

唐代博学宏词与诸科并列，不甚贵异。清朝则为特科，垂三百年，仅再举行。康熙己未，初试于体仁阁，特命赐宴，并高卓倚，殿廷常考所无也。乾隆丙辰再试，恩礼如康熙时。一时儒彦彬彬，得人称盛，媲两汉焉。偶阅昆山朱以载厚章《多师集》，有《赋得三才万象各端倪，得才字》七言十二韵诗，自注：“江南三院考取博学鸿词科。”按：以载系乾隆时征士，未及廷试先卒，当其荐举之初，须由本省考试，则亦未极隆重，曰考取，殆犹有考而不取者矣。未审康熙征士如彭羡门、陈其年、朱竹垞、汪苕文诸名辈，亦曾经本省院试否。

一八五　毛西河五官并用，朱以载同作三文

尝记某说部云：毛西河能五官并用，尝右手改门生课作，左手拨算珠，耳听门生背诵，目视小僮浇花，口旋答门生问难，旋与夫人诟谇（相传西河夫人绝犷悍，西河多藏宋元版书，晨夕摩挲，不屑屑米盐生计，夫人病焉。一日，西河出，竟付之一炬）。比阅《多师集》，沈德潜序："药亭（朱先生，字以载，号药亭）故豪于才，古歌诗杂文及骈体小词俱合格，又工八法，尝于其坐间见旁列二人，各执笔磨墨操纸以待，药亭口授，一成四六序，一改友人长律，而已又誊写某《孝子传》，约千余言。中有得，令二人参错书之。顷之，序成，多新语，长律亦完善，己所誊写，极工楷，无脱误。中又与予道别后相思语，以是知五官并用，惊其才能。"云云。则西河不得专美于前矣。西河康熙己未征宏词，试列二等。

一八六　查继佐吴六奇轶事

明孝廉海宁查伊璜继佐（《雪中人》传奇作培继），甲申后家居，放情诗酒，识吴六奇于穷途风雪中，解衣赠金，以国士相蕲许。迨后伊璜因史案罹祸，六奇感恩图

报，既飞章为之昭雪，复持赠至于绉云，豪情高谊，垂三百年，播为美谈。独惜六奇以万夫之雄，列贰臣之传，蒙顺恪之谥。六奇诚能报伊璜，其所自处，固有重如泰山者。而唯伊璜之死生祸福是计，乃至于起居玩好，尤末之末矣。虽然，不能得之大雅宏达之君子，而顾以绳蹶张佽飞之勇夫，不已苛乎？据《贰臣传》："吴六奇，广东丰顺人。明亡，附桂王为总兵，以舟师踞南澳。顺治七年，平南王尚可喜等自南雄下韶州，六奇与碣石总兵苏利迎降。"当是得伊璜佽助后，先投效桂藩，后归命清室。蒋心余作《雪中人》传奇及《铁丐传》，第云梅关途次，投见帅幕，而不及其仕明一节，盖为六奇讳，且谅之深矣。伊璜诗稿名《钓业》，甚新。

一八七　戏咏与缪荃孙同名者

江阴缪筱珊先生夙学硕望，并世宗仰。辛亥已还，避地申江，寓虹口谦吉东里。甲寅十月某日，余偕吴遁庵闲步新闸桥迤东，见路南一家，门题"缪筱山医室"横扁，大小各一。何同时同地，姓字巧合若是。戏占一律云：

点检同书费审详，教人错认艺风堂[①]。
杏林未必留云在，药笼何因拾藕香[②]。
缃素家珍标难素[③]，顾黄学派衍岐黄[④]。
还疑史笔余清暇[⑤]，得似宣公录秘方[⑥]。

原注：

①筱珊先生著有《艺风堂文集》。

②先生刻《云自在龛丛书》《藕香零拾》。

③先生富藏书，多宋、元本。

④先生校勘专家，顾千里、黄荛圃后，一人而已。

⑤先生近膺清史馆总纂之聘，于前月北上。

⑥《谈苑》："陆宣公晚年家居，尤留心于医，闻有秘方，必手自抄录，曰：'此亦活人之一术也。'"

他日先生见之，当必为之解颐。

一八八　文武生员互试之制

科场故事有绝新者。康熙甲午，准文武生员互乡试一次，文武举人互会试一次。乾隆丙辰，准文监生入武场。辛酉，福建武生某以怀挟文字预藏试院，竟以五经中元，事发，置于理，因停互试及文监生入武场例。

一八九　广西乡试轶闻

广西乡试题名，每名下注官至某官。顺治丁酉科（是处广西始行乡试）第六名邓开泰。注云："湖北有瘴令。"盖当时知县缺，有有瘴无瘴之分。以粤人耐烟瘴，故专补有瘴缺，亦故事也。又康熙十一年壬子科广西乡试，中式第十二名贾锡爵，满洲人。是时，随宦子弟，准与所在省试。

一九〇 “恒”“宁”考

宋版书凡“恒”字，皆作“恒”。恒缺末笔，避真宗讳。按：恒本同恆。朱子曰：“人心一日为恒。”《周礼·冬官·考工记》：“弓人恒角而短。”亦用此恒字，第音义异耳。又“寍”为清时避讳缺笔字。按：《说文》：“安寍寍字，本无末笔。”注：“安也，从宀，从心，在皿上，皿，人之饮食器，所以安人也。”（《韵会》云：“增末笔，俗字。”）或改写作“甯”，谊亦近古。《前汉书·王莽传》：“永以康甯。”第“宀”下从“必”不从“心”耳。

一九一 姜宸英轶事

慈溪姜西溟宸英，以布衣荐入史馆，仁庙尝谓近臣：“姜西溟古文，当今作者。”每榜发，辄遣问姜宸英举否。年七十，始以第三人及第。西溟不食猪肉，见人食猪肉辄恶避之，致有以回教疑之者。朱竹垞戏曰：“假食猪肉，得淡墨书名，则何如？”西溟不答。相传竹垞自定诗集，不肯删《风怀》二百韵，曰：“我宁不食两庑特豚耳。”若西溟乃真不食特豚者。

一九二　黄景仁得毕灵岩知遇

武进黄仲则景仁才气骏发，洪北江以李青莲比之。乾隆丙申，驾幸山东，以献诗召试，选武英殿书签，叙劳授主簿。陕抚灵岩毕公为入资得县丞，仅八品枝官，却历中外，兼考试劳绩损纳三途，亦不数觏也。

一九三　杜于皇言贫

或问杜于皇贫状，于皇曰："往日之穷，以不举火为奇；近日之穷，以举火为奇。"于皇斯言，可谓不著一字，尽得风流。于皇名浚，黄冈人，性孤傲，好诋诃俗人，著有《变雅堂集》。

一九四　咏美人足词

宋刘龙洲（过）咏美人足〔沁园春〕词，"洛浦凌波"一阕，脍炙人口久已。明徐文长（渭）〔菩萨蛮〕词有"莫去踏香堤，游人量印泥"之句，皆咏纤足也。若今美人足，则未闻赋咏及之者。始安周笙颐（夔）〔念奴娇〕云：

踏花行遍，任匆匆，不愁香径苔滑。六寸圆肤天然秀，（韩偓诗："六寸圆肤光致致。"）稳称身材玉立。袜不生尘，版还叠玉，二妙兼香洁。平头软绣，凤翘无此宁帖。　花外来上秋千，那须推送，曳起湘裙摺。试仿鞋杯传绮席，小户料应愁绝。第一销魂，温存鸳被底，柔如无骨。同偕巀好，向郎乞（作平），借吟舄。

又吴县某闺媛〔醉春风〕云：

频换红帮样，低展湘裙浪。邻娃偷觑短和长，放、放、放。檀郎雅谑，戏书尖字，道侬真相。步步娇无恙，何必运钩仿。登登响履画楼西，上、上、上。年时记得，扶教（平）小玉，画阑长傍。

两词并皆佳妙，亟录之。

一九五　咸丰佞臣胜保以贪得祸

咸丰时，巡检某，家本素封，非升斗是需，而以一命为荣者也。所治扼冲要，而户籍无多。一日，钦差过。钦差者，胜保也。权焰熏灼，不可一世。巡检奉严饬，募人夫六百，翌晨开差，百计匄□弗克办。方徇惧失厝，忽闻诸傔从，翌日为钦差诞辰。巡检喜曰："得间矣。"诘朝，钦差坐堂皇，召巡检跪堂下，问人夫齐集未。对曰："未也。"钦差则怒甚，谓："而何人，敢误吾差？当以军法从事。”巡检殊夷然，跪进近膝，从容禀曰：“六百人夫，诚咄嗟未易办。值钦差华诞，窃愿襜帷暂驻，少伸嵩祝之忱。属王程匆促，即亦未敢挽留，谨薄具折席，伏乞赏收。”词毕，叩首至地者再，袖出红笺封，捧持以进，钦差色稍霁。启红封，稍注目，则万金券也。当是时，左右鹄侍者，坒而集。钦差重转圜，则厉声诘巡检：“吾生日，汝乌知者?”则叩首对曰：“钦差生日，犹父母生日，乌敢弗知。”巡检固六品顶戴，顶砗磲。钦差指其顶，若为斥责之者，谓之曰：“汝知吾生日，胡戴白顶来，其速归，换蓝顶来见我。”巡检崩角肃退。顷之，钦差启节，巡检戴蓝顶往送。未几，以人才保荐，以知县用，加四品顶戴矣。胜保作威作福，大率类此。及其败也，朝廷命将军忠勇多公来拿问，即为之代。将至矣，侦者以闻，胜方拥艳姬，纵羔酒，殊不为意，曰：“彼来，隶吾调遣耳。”俄而忠勇捧诏至，开读毕，仍传谕旨，问胜保是否奉诏。胜泥首伏罪称万死。随纳印绶，易冠服，即日就道，乘二人竹舆，絙以铁索十数匝。忠勇推情，特许办装资，为驮十有二，宠姬一，得之贼中者，挈以行。从行者，都门数旧仆，及幕僚亲厚者一二辈。距节辕数里许，其地某都司驻守，先是，都司固提督，与胜不相能，以微罪，谪今职，奉檄驻守是。胜道出是，当勘验，然后行。都司曰：“而犯官，何得挟重装，携眷属?”既皆扣留，益复促胜行，胜无如何。幕僚者为缓颊，执弗许。亟返奔，陈乞于忠勇，得给还装资。宠姬者，以贼孥，弗得请。胜泣涕如雨，踉跄北行，闻者快之。其平日养寇自重，误国殃民，尤不止弄权怙势而已。

一九六　扬州盐商捐纳翎枝

扬州盐商皆官也，自咸丰朝开捐纳翎枝例，则又皆戴花翎，每日宴集平山堂，翎顶辉煌，互相夸耀。朋从往来，不以舆而以马，取其震炫道途也。狂生某亦戴其铜顶破帽，帽之后檐，缀以楮镪，策秃尾瘦驴，日逐队骊黄孔翠间，或先之，或后之，或并驾齐驱，自谓备极形容之妙。旁观者辄轩渠。盐商病焉，而无如何。集资厚赂之，仅乃中止。狂生夙寒畯，自是稍润泽矣。张丈午桥说。丈真州人，家郡垣。

一九七　结拜兄弟相残

世俗异姓结为兄弟，各具红柬，备书生年月日，里居官位，及其三代名氏，兄弟妻妾子女，一一详载。撰吉莅盟，彼此互换收执，谓之换帖，或云拜把。殆取手足之谊，愿以道义结合者殊鲜。大都挟势利之见，为不由衷之周旋。往往兄若弟跻贵显，则卑下者必躬自退帖，受之者亦岸然不以为泰。尤有因以为便，肆行残贼之奸谋。鸰原之急，无望纾其难；虎口之噬，转以戕其生。古今来骇魄恫心之事，宁有过于是者乎？

光绪初年，四川东乡县民袁腾蛟聚众抗粮一案，方事初起，东乡令沈某适公出，令之弟某具牍会垣，以民变告，张皇请兵，意在邀功。时护川督铁岭文格，字式崖，素性卞急，漫不加察，辄檄提督李有恒带兵驰赴，檄文内有“痛加剿洗”云云。有恒尤奉檄操切，戕毙无辜数千百人。适南皮相国张文襄督学西蜀，任满回京，据情疏劾，有旨交新督丁文诚查办。或为有恒危，有恒殊夷然，谓人曰：“吾固遵宪檄办理，吾何患焉？”陕人田秀栗，字子实，于有恒为换帖兄弟，时权成都令，承护督指，蕲赚取前檄，归罪有恒，别为檄同式，唯“痛加剿洗”改“相机剿抚”，为得间掣换地。一日，秀栗诣有恒，谈次及东乡案，有恒曰：“吾固遵宪檄办理，吾何患焉？”秀栗曰：“檄安在，曷示我？则是案结束奚若，可一言而决。”有恒武人，无远虑，重秀栗兄弟行，益坦率，遽入内，出檄示秀栗。当是时，日向夕矣，客座稍暗，秀栗则持檄从容就门次，若为审谛者，亟纳袖中，易别檄，归有恒，则慰之曰：“诚然，老哥信无患也。”适有他客至，秀栗匆匆遂行。迨有恒觉察，则已痛悔无及矣。未几狱具，有恒及沈令皆大辟。秀栗以易檄功，擢刺泸州，旋调忠州。某日，送客至门，忽神色惨变，自言见有恒来索命，从者掖以入，俄暴卒。此事凡宦蜀者能言之。夫秀栗，狗彘耳，乌足责；独惜文诚以屏臣硕望，与闻阴贼之谋，又复赏恶劝奸，升擢秀栗，对于“诚”之一字，其能无愧色否乎？

一九八　文人近视趣话

文人短视者夥矣，林璐撰《丁药园外传》云：

药园先生名澎，杭之仁和人，以诗名。与宋荔裳、施愚山、严灏亭辈称燕台七子。其读书处，曰揽云楼。客乍登楼，药园伏案上，疑昼寝，迫而视之，方观书，目去纸不及寸；骤昂首，又不辨谁某。客嘲之，药园戏持杖逐客，客匿屏后，误逐其仆，药园妇闻之大笑。一夕娶小妇，药园逼视光丽，心喜甚，出与客赋定情诗，夜半披帏，芗泽袭人，小妇卒无语，诘旦视之，爨下婢也。知为妇所绐，则又大笑。药园世奉天方教，及官法曹，犹守教唯谨，同官故以猪肝一片置匕箸，药园弗察。吏人以告，获免。尝晨入东省，侍郎李公奭棠从东出，药园从中入，瞠目相视，侍郎遣驺卒问讯，药园趋谢。侍郎笑曰："是公耶，吾知公短视，奚谢为？"《外传》又云："药园谪居塞上，茆屋数椽，日晡，山鬼夜啼，饥鼯声咽。忽闻叩门客，翩然有喜。从隙中窥之，则一虎，方以尾击户。"

药园短视若彼，门隙所见，殆未必明确以为虎，容或非虎也。余闻某名士，观书辄黔其准；又二人皆短视，相见为礼，各俯其首，额相触，则药园之流亚矣。相传乾隆朝，某省知府某，入都展觐，召对毕，顿首言："臣犹有下忱。"上曰："何也?"曰："臣有老母，臣来京，别母。母命臣，必仰瞻圣颜，归以告母。"上曰："而目朕可。"曰："臣短视。"曰："携眼镜未?"曰："有之。"曰："带镜目朕可。"某顿首遵旨。有顷，上曰："审未?"曰："审矣。"顿首谢恩出，上嘉其质直。未几，竟大用，亦短视之佳话也。

一九九　金石家武虚谷轶事

乾、嘉以还，金石专门之学，偃师武虚谷（亿）与钱塘黄小松（易）齐名。虚谷博洽工考据，尤好金石，同县农家掘井，得晋刘韬墓志，虚谷急往买之，自负以归，石重数十斤，行二十余里，到家惫顿几绝。性迂僻善哭，尝游京师，住大兴朱文正家。除夕，文正馈彘肩、蒙古酒，虚谷食已大哭。主宅惊怪，疑其久客思家，亟慰问之。则曰："无他，远念古人，近伤洪稚存、黄仲则不偶耳（朱克敬《儒林琐记》）。"乾隆五十七年，当和珅秉政，兼步军统领，遣提督番役至山东，有所诇察。其役携徒众，持兵刃于民间凌虐为暴，历数县莫敢呵问。至青州博山县，方饮博恣肆，知县武君闻即捕之。至庭不跪，以牌示知县曰："吾提督差也。"君诘曰："牌令汝合地方官捕盗，汝来三日何不见吾？且牌止差二人，而率多徒何也?"即擒而杖之，民皆为快，而大吏大骇，即以杖提督差役参奏，副奏投和珅。（按：当时中外章奏，必别缮一本呈和珅，谓之副奏，不独山东一省为然。）而番役例不当出京城，和珅还其奏，使易。于是以妄杖平民劾革武君职。博山民老弱，谒大府留君者千数，卒不获。然和珅遂亦不使番役再出（姚鼐撰《博山知县武君墓表》）。虚谷之风趣如彼，而其风骨如此。相传虚谷得《刘韬志》于桃园庄，珍秘特甚。亟仿造一赝石，应索观及索拓本者，真者则什袭而鞬藏于匮。虚谷殁后，其犹子某，疑其重宝器也，夜盗之出，竭毕生力，几弗克负荷，及启视，石也。则怒而委之河。此事殊杀风景，然亦未尝不有风味，因牵连记之。

二〇〇　撰张之洞寿文不用“之”字

张文襄开府两湖，值六十寿辰。仁和谭仲修（廷献）时主经心书院讲席，撰寿文逾二千言，竟体不用“之”字，避文襄名上一字。文襄亟称赏之。

二〇一　仿云南大观楼长联

滇南大观楼长联，脍炙人口久已。庚子五月，北京义和拳匪设立神坛于清凉庵，无名氏仿其体作楹联云：

五百石粮储，助来坛里，登名造册，乱纷纷香火无边。看师尊孙膑，祖托洪钧；神上太公，单传大士。伸拳闭目，总言灵爽凭依。趁古刹平台，安排些芦棚藁荐，便书符念咒，遮蔽那铅弹钢锋。莫辜负腰缠黄布，首裹红巾，背绕赤绳，手持白刃。万千人性命，付与团头。浓梦酣眠，明晃晃刀枪何用。想焚毁教堂，围攻使馆，摧残民舍，蹂躏官衙，张胆丧心。那得天良发现，矧杀人越货，直自同猘犬贪狼。纵作怪兴妖，今已化沙虫腐鼠。只赢得台偃龙旗，门隳鱼钥；宫屯虎旅，道走翠华。

二〇二　满人工于应对

满人多工于应对，而苛其中之所有。无名氏咏四品宗室诗，句云：“胸中乌黑口明白，腰际鹅黄顶暗兰。”（按：黄色，赭黄最贵，杏黄次之，鹅黄又次之。黄带子皆鹅黄。）又某君赠某国人诗，有云：“窥人鹭眼兰花碧，映日蜷毛茜草黄。”并工丽绝伦。

二〇三　童试佳句

某县童试，诗题“多竹夏生寒”。某卷句云：“客来加暖帽，人至戴皮冠。”学使某亟称赏之，谓吐属华贵，非寻常寒畯能道。又“润物细无声”题，句云：“开门知地湿，闭户闹天晴。”某名士亦亟赏之，谓“无声”二字，熨帖入妙。

二〇四　石达开与处士熊倔

同治初年，洪秀全虎踞金陵，号称延揽英杰。江南处士熊倔，字屈人，尝挟策干秀全。秀全奇其才，而不能用，伪翼王石达开与语，悦之，乘间屡言于秀全，卒弗听，而熊感石氏知己甚深。会洪、杨构衅，杨被收，熊闻耗独先，亟贻书报石，趣宵遁。石得书，即日微服过熊，欲约与俱，至则已先行矣。石之去洪也，匆匆弗克办装，然尽箧所携，多金玉宝器，所值殊巨。昏夜单骑，走丰砀间，竟为流寇所困，掠其装资，并致石于其主帅，石亦不自道谁何。帅遥见石，跣而逆，握手若平生欢。石谛视，则熊也，愕眙出意外。熊曰："公来何暮？仆为公营菟裘久矣。太平非王霸之器，性又多疑忌，不受善，以逆取不能以顺守，'一片降幡出石头'，指顾间事耳。我公诚有意，仆不才，窃愿从三军之后，效一得之愚。如其不然，或遁迹烟霞，放情山水，亦愿陪尊俎，奉笑言。仆生平落落难合，所如辄阻，凄怆江潭，生意尽矣。不惜须臾忍死，图有以报公，冀公不我遐弃耳。"当是时，石固指别有在，无留志，诘旦辞去，熊挥涕送之。未几，披发皈释氏，行脚不知所终。夫石达开，而亦被掠于流寇，绝奇。因被掠而遇熊，颇涉世俗小说窠臼，然而皆事实也。宇内不乏熊生，或并一石达开而弗克相遇，悲夫。

二〇五　再咏与缪荃孙同名者

上海新闸桥迤东，有缪筱山医寓，揭橥其门者再，与江阴缪筱珊先生姓字巧合，余尝作诗赋其事。越翼月，先生至自都门，见而赏之。因再占一词，调寄〔点绛唇〕云：

男女分科，霜红龛主原耆宿①，藕香盈菊，何用参苓□②。八代文衰，和缓功谁属。医吾俗，牙签玉轴，乞借闲中读。

原注：

①太原傅青主先生山以医名，著有《男科》《女科》，今盛行。

②先生刻精本丛书，名《藕香零拾》。

二〇六　中日名词对照趣谈

日本和文名词，东云，天晓也；珠霰，雹也；年玉，新年馈赠之物也；粟散国，小国也；裙野，山脚也；裙分，分配也；门并，比屋而居也；雪隐，厕也；素读，但读而不求解也；著书，抄本也；歌道，学作诗也；作言，理想小说也；辛抱，坚志也；言叶，言语也；珍闻，奇闻也；米寿，八十八岁也；金持，富翁也；花娵，新妇也；箱入娘，不出户之少女也；引眉，画眉也；步银，行商所得利也；绀屋，染坊也；莳绘，金漆也；郎从，侍从也；猿松，多言也；浅猿，愚拙也；浅暮，无智也；猪武，过猛而野也；手游，玩具也；鼻呗，微声也；鲛肌，粗皮肤也；玉代，缠头金也；姿见，大镜也；玉垂，绳线也；竹流，钱也；立花，养于瓶内之花也；徒花，华而不实也；花守，守花园之人也；青立，发芽也；韩红，大红也；若绿，新绿也；萌黄，淡青色也；莺茶，合绿色、棕色、灰色而为色也；茸狩，采菌也；蓼酢，（《蕙风簃随笔》："□酢之酢当用醋。《说文》：'客酌主人也。'《仪礼·特牲馈食礼》：'祝酌受尸，尸醋主人。'醯醋之醋当用酢。《说文》：'□也。'徐曰：'今人以此为酬酢字，反以醋为酢字，时俗相承之变也。'《隋书·酷吏传》：'宁饮三升酢，不见崔宏度。'二字宋以后互误。元吾邱衍《闲居录》辨证甚详。日本和文书，醋皆作酢，犹存古谊。"）酱油之一种也；卯花，豆渣也。皆新隽可喜。又天武四年，彼国方崇尚浮屠教，禁食兽肉，有疾则食肉，疾止复初。于吾国《礼经》所云，殆断章取义焉。市肉者隐其名，曰药食，亦曰山鲸。所悬望子，画牡丹者，豕肉也；书丹枫落叶者，鹿肉也。弛禁后遂不复见。黄公度《日本杂事诗》云："甚器尘上逐人行，日本桥头晚市声；别有菜场鱼店外，丹枫落叶卖山鲸。"夫牡丹，花之富贵者也，乃以为豕肉之标识，未审托谊何居。

二〇七　刘葱石得唐制大小忽雷

贵池刘葱石（世珩）得唐制大小两忽雷，筑双忽雷阁，绘《枕雷图》，征题咏以张之。余为撰《汇刻传奇序》，附三绝句。其一云："取次琅璈按拍来，寻常弦管莫相催。挑灯笑问双红袖，参昴星边大小雷。"盖葱石二姬人龙婵、柳嫂，两忽雷归其掌记也。甲寅九月初四，值葱石四十生日，湘阴左子异（孝同）赠联云："菊酒称觞，先重阳五日；楚园奏雅，拨四弦双雷。"殊工切。葱石沪上所居，名楚园也。

二〇八　萍斋主人《感怀》八首

光绪庚子、辛丑间，友人录示萍斋主人《感怀》八章，步野秋阁学原韵，藏之箧衍久已，兹录如左：

一夜西风万木凋，绕枝乌鹊去迢迢。
愁边泪落银河水，梦里心翻碧海潮。
日月乾坤双照外，干戈天地一身遥。
江关萧瑟寻常事，铜狄摩挲恨不销。

又：

太息回天力尚微，乘秋便欲破空飞。

一身讵忍言功罪，万口偏难定是非。
大泽龙蛇终启蛰，故山猿鸟莫相违。
三千死士田横岛，南望中原涕泪挥。

又：

军符一道下从容，宜有升平答九重。
谁料广寒修月斧，却教洛浦应霜钟。
越禽向暖孤飞去，桀犬骄人反噬凶。
落日营门敞秋色，喧喧笳鼓颂时雍。

又：

久已分封向醉乡，又凭射猎入长杨。
渭泾清浊双流合，门第金张七叶昌。
君子何辞化猿鹤，中朝从此有蜩螗。
逢人莫道头颅好，镜里相看半是霜。

又：

汉南司马今人杰，万事应非筑室谋。
歌舞能销君国恨，死生空廑友朋忧。
功名白发仍持节，霄汉丹心失借筹。
遥领头衔是横海，忍随李蔡爵通侯。

又：

周宣车马中兴日，汉武楼船凿空年。
奉使更无苏属国，谈兵偏罪杜樊川。
风云淮海行看尽，子弟湖湘亦可怜。
昨夜橇枪又西指，仗谁搔首问苍天。

又：

重见词源三峡倾，几人联袂又蓬瀛。
欲随幕燕营新垒，已与江鸥背旧盟。
未死秦灰犹有焰，仅存鲁壁更无声。
关山直北多金鼓，要借弦歌写太平。

又：

当年亦是凤鸾姿，雪压霜欺历几时。
宦味乍同鸡肋恋，壮怀应有马蹄知。
浊醪味薄愁难破，故剑情深梦所思。
风景不殊悲举目，买山何处采华芝。

八诗皆隽婉可诵，托谊甚显，可推按得之。惜萍斋姓名，弗可得而详耳。

二〇九　作联嘲亚伯

浙人有字亚伯者，以京卿致仕家居，颇不理于乡评。无名氏制联嘲之云：“包藏恶心，违父命，夺弟财，枉作京堂四品；圈成霸道，拜中丞，揖明府，得来洋饼三千。”“恶”字藏下心为亚，“伯”字圈去声同霸，语殊工巧。

二一〇　李鸿章赴日签约被伤

甲午中东之役，北洋海军不战而降敌。未几，割地媾和。李文忠莅约马关，为彼人不逞者所狙击，致伤面部。日本皇后一条美子遣使慰问，馈赐药物，恩礼周至。无名氏《甲午杂诗》其一云：

怜才雅意出椒房，青鸟传言到上方。
为说深恩衔次骨，唐家面药祇寻常①。

原注：

①杜甫诗：“口脂面药随恩泽，翠管银罂下九霄。”

二一一　义和团伪诏逐洋人

凡上饬下曰仰，唯官文书则然，未闻见于谕旨者。庚子拳匪之变，矫诏南中疆吏，仇逐外人。五月某日，鄂督奉廷寄，有“仰该督抚等”云云，一望而知其为伪，不奉诏之计益决。

二一二　仿制艺体劝做八股文

光绪朝，有诏厘正文体，无名氏仿制艺体，书其后云：

圣朝崇正学，国本不摇矣。夫文体，固与国体攸关者也。厘而正之，不綦要欤？且夫八股之学，创自有宋，盛于有明，至本朝而斐然可观，灿然大备，固文章之极轨，郅治之鸿规也。乃自喜事之徒，鄙为无用；趋时之士，弃焉如遗。圣人有忧之，光复典章，厘正文体，煌煌殊谕，炳日星焉。君子曰：是之谓女中尧舜。夫人皆知废八股、复八股之说之是非矣，曾亦知八股之文体，固何在乎？八股为孔教之真传，待后守先，直延尧舜禹汤之一脉。点窜典谟之字，出入风雅之辞，语贵不离宗。愿志士名流，唐宋以来书勿读。八股为圣朝之定制，震今铄古，直合学问经济为一家，局则拟行世之文，调则效登科之稿，言之如有物，恐矜奇好异。朝廷从此法难宽，可勿正哉？论坐言起行之理，儒士精神虚耗，八股诚足以误人。似也，而不然也。彼则谓大而能通天人之奥，小亦足包格致之精，苟能养到功深，儒将名臣，由此其选，所谓学有本原者视此也。彼习非所用之言，老成者早鄙为惑世之妄谈矣。挽既倒狂澜，不几赖彤廷之厘剔乎？论拘文牵义之为，学子固执鲜通，八股或足以病国。似也，而不然也。彼则谓出虽无济世之良才，处可为安贫之愿士。苟能读书守分，人心风俗，即有所裨，所谓学无浮慕者视此也。观“民可使由”之语，有国者早奉为驭才之妙术矣。作中流砥柱，不仰藉深宫之订正乎？士习之衰之不可回也。声光化电，甘师巧艺之为；西地爱皮，竞效横行之字；棼棼泯泯，谬夸有用材焉，恨不能令读八股耳。今得圣母当阳矣，讲求正学，纶綍频宣，语好新奇，功令有所必黜。吾知培间左之佳子弟，蔚朝右之贤公卿，在此一举也。列祖列宗，在天之灵，实式凭之已，圣治之隆之万不替也。金陈章罗，颁为程式，谭林杨宋，在所诛锄，穆穆皇皇，群上无疆颂焉，何莫非重视八股哉?今又懿旨下降矣，诰诫试官，禀承有自，鉴衡偶舛，磨勘之咎难辞。吾知保四千年中国之文明，壮四千万士林之元气，恃此一策也。周公孔子，斯文未丧，保佑命之已，犹欤盛矣哉。文明以正，有道万年，他邦人士，拭目俟之矣。”

此文寓谐于庄，声调气机，铃圆磬澈，允推墨裁上乘。

二一三　“夫尧舜，岂非古今大舞台上之一大英雄哉!”

某省某学堂学生季考，《四书》义题“尧舜之道，孝弟而已矣”。某卷句云：“夫尧舜，岂非古今大舞台上之一大英雄哉！”阅卷者商之监督，监督曰：“笔势尚佳。”遂置高等。

二一四　“今日朱移尊，明日徐家筵”

禾中朱竹垞、徐胜力两先生为同征友，竹垞居梅里，胜力居城东角里。胜力尝邀竹垞饮，或竹垞携壶就饮胜力家。二公尝以名相戏，有“今日朱移尊（音同彝尊），明日徐家筵（音同嘉炎）”之谑。见于辛伯（源）《镫窗琐话》。曩在金陵，一日宴集，南陵徐积余，丹徒陈善余两君在座，适登盘之品，有鲫鱼、鳝鱼，座中他客，亦举以为笑也。

二一五　小楼一夜听春雨，五凤齐飞入翰林

乙巳、丙午间，山阴某君字凤楼薄游金陵。汝南制府绝礼重之，公余陶写丝竹，为秦淮校书小五脱籍。同僚某集句制联赠之云：“小楼一夜听春雨，五凤齐飞入翰林。”

并凤、楼二字，亦作回鸾舞凤格（见宋陈藏一《话腴》），分嵌句中，珠联绮合，妙造自然。

二一六　撰诗庆新年

新历四年元旦，蕙风搦管续《丛话》。是日也，风日妍和，云物高朗。俯仰身世，聊乐我员。口占一律，即以实《丛话》：

阳生一九叶龙躔①，宝箓欣开泰运先。
吉语桃符春骏发，清辉桂魄昨蟾圆②。
衣冠万国同佳节，歌管千门胜昔年。
晴日茜窗挥彩笔，岁华多丽入新编。

原注：

①距长至九日。

②值旧历十六日。

二一七　史上酒米最贱者

向来酒价至贱，以杜少陵诗“速须相就饮一斗，恰有三百青铜钱”为最。其次则汉昭帝罢榷酤之时，卖酒升四钱。又其次则唐杨凝诗云：“湘阴直与地阴连，此日相逢忆醉年。美酒非如平乐贵，十升不用一千钱。”至李太白云“金尊清酒斗十千”，则唐诗人用此语者多矣。米价至贱，以汉宣帝元康间谷石五钱为最。其次东魏元象、兴和中，谷斛九钱。又次唐元和六年，天下米斗有值二钱者。唐太宗时，米斗三钱，后世以为美谈。盖未考尤有贱于此者。新年善颂善祷，以醉饱为第一要义，故记之。

二一八　朱文正与裘文达为至交

乾、嘉间，大兴朱相国文正介节清风，纤尘不染，虽居台鼎，无殊寒素，与新建裘尚书文达为文字至交。某年，岁云暮矣，偶诣文达。谈次叹曰：“贫甚，可若何？去冬蒙上方赐貂褂，比亦付质库矣。”文达笑曰：“君贫甚，由自取，可若何？欲一扩眼界乎？”因出所领户部饭食银千两，陈之几上，黄封觥然。文正略注视，辄起自座间，手攫二巨镪，登车遂行。兹事诚至有风趣，苟非文达，文正断不出此。其陈银几上也，固欲周之也。文正会其旨，故取之弗疑。庄生所谓“相视而笑，莫逆于心”，晚近无此交情也。

二一九　日人之崇儒者

甲寅四月，日本涩泽青渊男爵来游沪上，先之杭州，拜明儒朱舜水先生祠墓。将游京师，取道曲阜，谒孔林。自言其生平得力，不出《论语》一部，诚彼国贵游中铮佼者。余尝赋词赠之，调寄〔千秋岁〕，云：

云帆万里，人自日边至。桑海后，登临地。湖犹西子笑，江更春申醉。谁得似，董陵浇酒平生谊。

九点齐烟翠，指顾停征辔。洙泗远，宫墙峙。乘桴知有愿，淑艾尝言志。道东矣，蓬山回首呈佳气。

按：日本自魏明帝时通中国，其主文武天皇，释奠于先圣先师，尊崇孔子。彼国名儒著有《先哲丛谈》一书，恪守程朱之说，于性理之学，多所发明。盖圣学东渐，由来旧已。又同治时，有雅里各者，籍英吉利国，曾游历京师，先迂道山东，谒曲阜孔林。金匮王紫诠（韬）《送雅君回国序》称其注全力于十三经，取材于马、郑，折衷于程、朱，于汉、宋之学，两无偏袒。译有《四子书》《尚书》二种，彼国儒者，咸叹其详明赅洽，奉为南针云云。则西儒亦向风慕义，尤为难能可贵矣。

二二〇　清制视翰林至重

清制视翰林至重，庶常散馆列二等者，辄以部曹改官。康熙十七年，新城王尚书文简由户部四川司郎中召对懋勤殿赋诗，次日，遂改侍讲；未任，转侍读。由部曹改词臣，自文简始，实异数也。

二二一　曾文正与江南官书局

咸丰十一年八月，曾文正克复安庆，部署粗定，命莫子偲大令，采访遗书，商之九弟沅圃方伯，刻《王船山遗书》。既复江宁，开书局于冶城山，延博雅之儒，校雠经史。政暇，则肩舆经过，谈论移时而去。住冶城者，有南汇张文虎，海宁李善兰、唐仁寿，德清戴望，仪征刘寿曾，宝应刘恭冕，此江南官书局之俶落也（《蕙风簃二笔》）。按：杭州钱东生（林）《文献征存录》云："黄仪，字子鸿，常熟人，尚书徐乾学开书局于江南洞庭山，仪与顾祖禹、阎若璩、胡渭并入幕。"此江南官书局之先河，特在苏不在宁耳。

二二二　再话近视

林璐撰《丁药园外传》，屡形容其短视，余前节录并连缀短视雅故，兹又得二事。昭文邵荀慈（齐焘）目短视，每作书，望之若隐几卧者。冬月脱履拥炉坐，俄客至，仓卒觅履不得，蹑他履以出。履左右各异，客匿笑，荀慈亦自笑，已且复然，不以屑意。吴江吴汉槎（兆骞）性耽书，然短于视，每鼻端有墨，则是日读书必数寸矣，同学者往往以此验其勤否。

二二三　立法杖习诗赋者

宋政和末，御史李彦章言："士大夫多作诗，有害经术，诏送敕局立法，官习诗赋杖一百（见叶梦得《石林燕语》)，事绝可笑。余前记之，然不过立法而已，未闻受杖者谁也。比阅《文献征存录》，有云："周篔，字青士，嘉兴人，遭乱弃举子业，受廛粜于市。一日，市有鬻故家遗书者，买得一船，筐筥斗斛权衡纷陈满肆，每读之糠籺中，意陶然自适也。尝客游嘉善，借寓柯氏园，月夜诗兴绝佳，辄吟哦达旦。适郡丞某，以事至部，寓与园邻，搅吟声不寐。诘旦，遣隶拘青士至，挞而逐之。"此则吟诗见挞，竟成事实，不尤可笑耶？一说，青士自陈与竹垞善，仅乃得免。余意不如并不自陈，挞则挞，逐则逐，乃益高绝。昔倪云林被殴于精徒，强忍弗呼嚣。或问之，曰："出声便俗。"其旨远矣。

二二四　过目不忘者佳话

凡人记忆力强，则读书事半功倍，然而天之所赋，不可强也。兹略举见于记载者：顾亭林在京师邸舍，王阮亭曰："先生博学强记，请诵古乐府《蛱蝶行》，可乎？"即朗念一过，同坐皆惊。吴江潘次耕（耒）幼有圣童之目，览历日一过，即能暗诵，无所讹脱，首尾不遗一字。钱塘陈句山（兆仑）幼好学清警，尝游西湖净慈寺，读门榜三篇，还家试诵，略无遗脱。甘泉焦里堂（循）八岁至人家，客有举冯夷音如缝尼者，曰："此出《楚辞》，冯读皮冰切。"客大惊。阳湖孙渊如（星衍）年十四，能背诵《文选》全部。之五君者，其资质得于天者独优，故其才力过乎人者甚远。又玉峰徐大司寇（乾学）凡人有一面者，终身不忘，无材艺者，不入门下，有执贽者，先缮帙以进。公十行俱下，顷刻终篇，其有不善处，则折角志之。其人进见，公面命指示，一字不爽，则尤能记忆人之面貌，往往善读书者之所难也。相传乾隆时，和珅记性绝佳，每日谕旨，一见辄能默记，乃至中外章奏，连篇累牍，和仓猝披阅，能一一提纲挈领，批却导窾。以故与闻密勿，奏对咸能称旨，所谓才足济奸，聪明误用者矣。

二二五　擅己之长勿自负

凡人于己所擅长，未可自以为至；即至矣，或反不如未至者之为愈。则夫学问器识之间，深识者必窥之于微焉。比余甄述古人之记性过人者，续获二事，缀录如左，而其故可推矣。吴长元宸垣《识余》云：

> 南宋肃王枢，与沈元用同使金，馆于燕山悯忠寺。寺有唐碑，词皆偶丽，逾三千言。元用素强记，即朗诵一再。肃王不视，且听且行，若不经意。元用欲矜其敏，取纸背书之，失记者阙之，仅十四字。肃

王取笔尽补之，并改正元用数误字，置笔他语，无矜色。元用为之骇服。

黄蛟起西神《丛话》云：

丁松年，字寿夫，惠远，字怀明，与邵文庄公少皆绝颖。尝偕游洞虚宫，见庭有鹅群，入弄之。道士某，戏谓欲为笼鹅右军耶？因笑指屏风曰："此王学士耐轩寿先师祖文，几三千言。向闻三君敏妙，能诵十遍背之，当烹鹅以饷。"松年曰："一遍足矣。"即起略观，背之如流，不失一字。惠远朗诵二遍，讹三四字。文庄细读三遍，讹八九字。道士甚喜，急宰鹅治具，出佳酿佐之，尽欢而散。谓弟子曰："邵子深沉不苟，必大臣也。二子质虽敏，气太浮，恐非远到器。"后松年以儒士第一人应举，不第，忳郁遽卒。惠远登成化癸卯科，仕终京兆通判。唯文庄登第为宗伯，悉如道士言。（二事原文皆节录）

二二六　崔子忠售史忠正骑沽酒

前话述朱文正攫金事，谓苟非裘文达，文正断不出此。兹又得一事略相类：北平崔青蚓（子忠）能诗善书，居恒介节自持，箪瓢屡空，晏如也。史阁部忠正家居，过其舍，见青蚓绝食，乃留所骑马归，青蚓牵于市卖之，沽酒，招其友饮曰："此酒自史道邻来，非盗泉也。"一日而金尽。盖可取而不取，焉有君子。而为是矫情，却之为不恭，对于知己，尤非所敢出也。

二二七 傅山奇遇

北齐所刻佛经，文字劲伟，拓本虽非艰致，然往往不全，为可惜耳。相传阳曲傅青主（山）晚隐于医，一日，走平定山中为人视疾，失足堕崖穴，仆夫惊哭。青主徬徨四顾，见有风峪，中通天光，石柱林立，数之得一百二十六，则高齐时佛经也。摩挲视之，终日而出，欣然忘食，其嗜奇如此。

二二八 《长生殿》被劾事再考

《文献征存录》录洪昉思（昇）引赵秋谷（执信）之言曰："昉思为《长生殿》传奇，非时演于查楼，观者如云，而言者独劾予；予至考功，一身任之，褫还田里，座客皆得免。昉思亦被逐归。"按：《长生殿》被劾事，见于记载数矣。唯秋谷独任其咎，俾免他客云云，为他书所未载，是不可弗传也。

二二九　米海岳等以洁癖著称

雍正时，钱塘汪积山（惟宪）善为诗，尤工五言。论者谓览其诗，非徒愔愔有雅致，乃别见贞白之性。有《积山集》六卷。少补诸生，好洁成癖，每受知于学使者，终不肯毕乡试，以场屋储积污猥，易沾垢渍也。尝考昔人以洁癖著者，莫如米海岳、倪云林，二公未尝厕身场屋，从事科举（海岳以母侍宣仁后藩邸旧恩，起家补含光尉，云林终布衣），殆亦不屑不洁之故欤？

二三〇　王渔洋弟子善武功

康熙时，王渔洋诗弟子许子逊由进士官福建知县。许虽文士，绝擅拳勇，尝补武平令，县境与粤东某县毗连，两县民因争山地械斗，许驰赴填戢。粤民殊犷悍，群起殴抶许，则败于许，皆宾服，弗敢肆。后以年老乞疾归，息影里闾，逾古稀矣。一日，有老僧山东人，踵门请角艺。许延见，从容语之曰："若与仆皆老矣，心雄发短，胡竞胜为？矧两败必有一伤，夙非怨仇，即亦何忍出此。何如各奏尔能，以优劣为胜负也？"僧韪之。于是会射，则皆中的；较力，则举任相若。旁观者末由稍稍轩轾。许窥于微，知僧实有胜己处，则与之约："吾曹孰胜负，以翌日为期。视一事之能否为断。"则置酒召宾朋，席间，许忽默坐运气，令发辫上指，卓立若植竿然。其辫绳葑垂飘拂，若矛戟之繁饰也。僧无辩，谢不敏，竟伏退。此沛公所谓“吾宁斗智，不能斗力也”。子逊有《竹素轩诗集》，清新俊逸，不坠渔洋宗法。

二三一　寒食禁火别说

寒食禁火，相传因介之推事。犹端午竞渡，因屈原也。洪武《本草堂诗余》，陆放翁《春游摩诃池》《水龙吟》“禁烟将近”句注云：“《周礼·司烜氏》：‘仲春以木铎，狥火禁于国中。’”此别一说也。

二三二　梁同书胆大

钱塘梁山舟学士（同书）父文庄，官至大学士。文庄未达，居□□山麓，夫人夜织，儿嬉于旁。虎突入户，夫人惊绝，山舟戏如故，神色自若。亟问之，曰：“有大兽来，四顾而去，亦不知为虎也。”其后乾隆五十五年，以在籍侍讲，入都祝釐，不肯诣时相门，有以祸福怵之者，勿顾也。其威武弗屈，已于幼不畏虎时征之矣。灵严尚书毕公自楚赠大砚，不纳，使人委之而去。越数年，友有宦于楚者，仍附还毕公。夫所赠仅大砚，且赠者为毕公，宜若可受矣。而介介若是，讵预知其功名之不终耶。

二三三　严九能生而识字

归安严九能（元照）生而识字，四岁作书径尺，有规矩，十龄于屏风上为四体书，擅其艺者莫能及，号为严氏奇童。昔白香山七月识“之、无”，元王恂三岁识“风、丁”，盖亦经人指授，且仅识此二字耳。若夫生而识字，则严先生而外，未之有闻。先生父树萼，聚书至数万卷，其涵育有自来矣。

二三四　叶登南避俗如仇

仁和叶登南（藩），乾隆十六年成进士，改庶吉士，散馆补江西建昌令，居官口不言阿堵物，避俗如仇，人以为迂，而民甚安之。藩状貌癯瘠甚，趋府白事，在公所罕与人言，人常怪之。一日，值赀郎在坐，藩殊不耐，闭目坐久。同官问何为，闭目不答，微语曰：“痴人去否？”赀郎大恨，卒为所中，以微谴罢归。夫赀郎诚痴，亦复可人；赀郎而不痴，则益弗可耐耳。

二三五　曾文正劾罢县令

曾文正官翰林时，一日，阅海王村书肆。同时买书者先有二人在。其一人遗一钱于地，一人亟蹑之。俟遗钱者行，亟俯而拾之，亦遂行，意若甚得者。文正微询肆中人，皆得二人姓名。迨后文正开府江南，有知县新到省来见者，阅其姓名，则当年拾钱人也。文正愀然曰：“若人一钱如命，一旦膺民社，欲无剥民脂膏，得乎？”亟劾罢之。大臣留意人才，淑慝之鉴，操之有素。即其忆力过人，亦迥乎弗可及已。

二三六　释“姘”字

沪语谓男女私识曰姘头。按：《仓颉篇》：“男女私合曰姘。”兹字意乃绝古。《汉律》云：“与妻婢奸曰姘。”又别一义。

二三七　“从此萧郎是路人”

友人某君告余，某日送某参政北行，归途宴集某所，晤东阳方伯。东阳自言：“日来甚欲填词，因叩以近作，则拟赋〔鹧鸪天〕，仅得起句云：‘从此萧郎是路人。’适案头有《北山移文》，雒诵至再。俄而客至，遂不竟作。”此七字含意无尽，真黄绢幼妇也。

二三八　广右古文家与《计滲龙传》

吾广右古文家，平南彭子穆（昱尧），永福吕月沧（璜），马平王定甫（拯），临桂唐子实（启华）、朱伯韩

（琦）、龙翰臣（启瑞），皆得桐城嫡传，所作多名言精理，不同率尔操觚。地本偏僻，士唯治朴学，不屑标榜通声气，以故姓名或不出里闬，而其流弊所极，乃至不唯不标榜，而反相倾轧。一二颖异少俊稍脱略边幅，辄跼蹐不见容，往往垂老殊乡，不敢言旋邦族，言之增于邑焉。因论诸乡先生，不能无感。定甫先生有《龙壁山房文集》梓行，其《计豢龙传》一首，事属异闻，移录如左：

> 计豢龙，马平人。先世山东，祖国选，从征粤西蛮，至柳州，以功授五都都亳镇巡检。卒，子仲政贫不能以归，家焉，而熟知瑶壮情。知县张霖荐其材，以诸生承父职。溪洞反者，多所擒灭，诸蛮畏之。仲政卒，子永清业于农，日行龙溪陇上，拾巨卵异之。归翼以鹅，生龙子，畜之钵，钵盈，泳以池，将溢焉，乃纵之冲豪山潭间，日投饮以牛羊之血，人皆驯之。一日，女红裳者过潭侧，龙谓血也，起吞之。永清怒，伪为投牛羊血者，龙出饮，而遽手刃断其尾，龙自是潜不出。或言大风雨晦冥之日，升天行矣。永清死，将出葬，龙降于庭，家人骇奔，徐寤其为钵中物也。前而祝曰："尔不忘豢者耶？"则往卜诸幽。将舁葬焉，龙蜿蜒，众尾之，龙伏计东寨山之崖下，众以永清窆焉。

余幼闻诸父老言，与志传小异。吁，亦神怪矣哉。嗣计氏子孙，为马平望族，天顺、成化间，登甲乙科者不绝云。

二三九　《紫缰颂》

阅萧山汤纪尚《槃过文乙集》，有《紫缰颂》一首，为合肥相国李文忠作。偶与沤尹谈及，谓羌无故实，殊难工也。沤尹因言近有一紫缰掌故。先是，浙中某闺秀，矢志非极品大臣不嫁，职是桃夭梅摽，芳期屡愆，迨后仁和相国王文勤由枢相告归，有续胶之举，竟如愿相偿焉。文勤曾蒙赏用紫缰，结褵日，其公子某先意承欢，备极优礼，彩舆八座，特换紫缰，其他卤簿称是。旁观者咸啧啧称羡，新夫人尤踌躇满志云。

二四〇　玉谿生像砚及苏翠砚

海虞沈石友自号钝居士，有砚癖，藏砚绝夥。比贻余二拓本，因记之。玉溪生像砚，高七寸五分（宋三司布帛尺），宽五寸二分，厚一寸三分。琢池方式，近趾处稍狭，背面琢圆式凹下，而像凸起。像半身右向，结带巾，衣后有花纹方式，略如补服而稍下，其上方题云：

> 予得宋人写无题诗卷子，首列玉溪像，脱失过半，落墨潇洒，非龙眠一辈子不能到。因属包山子摹

此砚背，及刻成而陆已谢世矣。仲石记。

右下角有“秬香心赏”白文印。左边稍下，有“宪成”朱文印。右侧题云：

秬香兄以玉溪生像砚拓本求题，视其神采飞腾如女子，制作之精，可想见矣。愚有上官周《唐宋诗人像》一册，至玉溪微病其多态，今始知上官氏之学有渊源，非妄为者。仲石不可考。嘉庆二年，岁次丁巳，秋八月二日，北平翁方纲。

“苏斋”白文印，砚趾左偏，石友题云：

我读韩碑诗，顶礼玉溪像。
千古翰墨缘，神交结遐想。

阿翠像砚，高六寸七分，宽四寸四分，厚一寸五分，池琢圆式。四周隆起而中凹下，上方蓄水处亦凹下，占高一寸六分，凹中左偏，有“半山一侣”白文印。背面刻阿翠像，倚几右向侧坐，右手持卷轴，全身不露足。左方题“咸淳辛未阿翠”六字，分书，像及题款皆凸。右侧题云：

绿玉宋洮河，池残历劫多。佳人留砚背，疑妾旧秋波。己丑三月得此砚，墨池鱼损去之，背像眉目似妾，而右颊亦有一痣，妾前身耶？阿翠疑苏翠，果尔，当祝发空门，愿来生不再入此孽海。守贞记。

马字朱文椭圆小印，左侧石友题云：

片石历四朝，两美合一影。想见画长眉，露滴玉蟾冷。洗汲绿珠井，贮拟黄金屋。若问我前身，为疑王百谷。刻画入精微，脂香泛墨池。汉家麟阁上，图像几人知。

砚趾安吉吴昌硕跋云：

石友示苏翠像砚，马守贞题，可称双绝。翠乐籍，工墨竹、分隶。咸淳辛未，宋度宗七年。己丑，明万历十七年也。

蕙风按：《画史会要》云："苏氏，建宁人。淳祐间流落乐籍，以苏翠名。尝写墨竹，旁题八分书。如倚云拂云之类，颇不俗。亦作梅兰。"今此砚像题款，正作分书，则阿翠即苏翠无疑。《画史》云淳祐间，则咸淳之误也。

二四一　寿星五聚

嘉庆《泾县志》，洪北江为总修，体例精审，卓然可传。其《人物志·志寿考》有云："明查万纲，九都人，年一百二岁；季弟万采，年一百岁。万纲兄弟四人，仲万纪，叔万芳，皆年九十余。子友爵，年八十余，五老一堂。知县何大化赠以扁额云‘寿星五聚’。又查永阔，九都人，年百岁，知县李日文，以‘天赐百龄’扁额旌之，县志记永阔，与万纲相连，盖为时相去不远也。”夫人寿期颐，世不多觏，若查氏一门，跻百龄者三人，诚山川间气所钟，求之志乘中，殆不能有二焉。

二四二　章高元失青岛

有清之将亡也，叉雀之嬉成为风气，无贤愚贵贱，舍此末由推襟抱，类性情，而其流弊所极，乃不止败身谋，或因而误国计。相传青岛地方，沦弃于德，其原因则一局之误也。当时青岛守臣文武大员各一：文为山东道员蒋某，武则总兵章高元也。岁在丁酉，蒋以阁差调省，高元实专防务。某日日中，炮台上守兵，偶以远镜瞭望海中，忽见外国兵舰一艘鼓浪而来，亟审睇之，则更有数艘，衔尾继至，急报高元。高元有雀癖，方与幕僚数人合局，闻报夷然曰：“彼自游弋，偶经此耳，胡张皇为？”俄而船已下碇，辨为德国旗帜，移时即有照会抵高元署，勒令于二十四点钟内，撤兵离境，让出全岛。高元方专一于雀，无暇他顾，得照会，竟姑置几上，其镇静情形，视谢安方围棋得驿书时，殆有甚焉。彼特看毕无喜色，此则并不拆视也。久之，一幕客观局者，取牍欲启封，高元尚尼之，而牌已出矣。幕客则极口狂呼怪事。高元闻变，推案起，仓皇下令开队，则敌兵已布通衢踞药库矣。将士皆挟空枪，无子药。既不能战，诣德将辩论，亦无效，遂被幽署中。于是德人不折一矢而青岛非复中国有矣。事后，高元叠电总署，谓被德人诱登兵舰，威胁万端，始终不屈，皆矫饰文过之辞耳。嗟乎！青岛迄今再易主矣。吾中国亦陵谷变迁，而唯看竹之风，日盛一日。尤足异者，旧人号称操雅，亦复未能免俗。群居终日，无复气类之区别，则此风伊于胡底也。俯仰陈迹，感慨系之矣。

二四三　《木民漫笔》掌故

宜兴许午楼（时中）嘱审定其尊人（乃武）《木民漫笔》，泰半诗话及异闻，间涉灾祥果报之说，关系掌故者绝少。兹节录数事如左（悉依《漫笔》原文）：

寿阳相国祁文端易箦日，胸微温，越六日复苏，索笔题诗云：“圣驾临轩选异才，八方平靖物无灾。上元世业十年后，自有贤豪应运来。”

长白青墨卿麐督学江苏，无名氏制联云：“白旗丁偏心真可怕，青瞎子无目不成睛。”颇工，然非实录。青公鉴衡殊允也。

周迪号藕塘，乡试荐卷，以“心腹肾肠”，为满洲某公所黜，曰医书不可入文。曹铁香太史（炳燮）

朝考以“蕴”字见抑，铁香诗云：“御颁诗韵从头检，蕴字何曾作蕴书。”

楚某贵人，蚤岁不善治生，箪瓢屡空，高尚其志，不受嗟来之食。有戚某官江苏，往探，兼为山水之游。抵金陵，其戚早引归。资用既罄，幸逆旅主人不甚索逋，且时来就谈，曰：“相君之貌，非久困风尘者。”因教以卜，设肆于店门，日用粗给无赢余。开年首春，主人致酒曰：“今岁值大比，请复理旧业。”主人日来劝读，若师保，端阳后饯行，赆白金三十两。贵人归而举于乡。次年成进士，入翰林，即邮书报主人而未得达。后十数年，贵人总制两江，微服访之，主人老不复识客。久之始悟，握手如平生欢。出酒同饮，贵人徐告之故。主人惊起欲拜，贵人捺令坐曰：“贫贱交勿拘形迹。”遂邀主人为食客。甚长子固营卒，旋擢守备；次子略识字，为纳资得县丞，官于浙，后至司马。

二四四　捷辩

沤尹言，朱九江有犹子酷嗜钱。一日，九江谓之曰：“钱之为物，有何佳处，汝顾爱之若是?”犹子者亦请问九江曰：“钱之为物，有何不佳处，叔顾不爱之若是?”斯言饶有哲理，犹子者亦复不凡。因忆吾乡桂林，清议绝可畏。舍兄东桥所居，距吾庐不数武，某日向夕诣兄，值盛暑，未易长衣。甫出门，遇一友，遽诃余曰：“汝何故着短衣出门?”余亦笑诘之曰：“汝何故着长衣出门?”当时此友，竟急切不能答也。

二四五　年少不知诗即作诗

余年十三四，不知诗为何物，辄冒昧屡为之，有句云：“薄酒并无三日醉，寒梅也隔一窗纱。”姊丈蒋君梓材（名栋周，修仁人，癸酉拔贡，工琴善弈，长余数龄），见而诫之曰：“童子学诗，胡为是衰飒语?”因举似其近作，句云：“有酒且伴今夕醉，好花不断四时春。”自谓兴会佳也。讵蒋君不数年即下世，余虽坎廪无成，然而垂垂老矣。因忆及诃余之友，牵连记之。蒋君雅人，其规我，其爱我也。

二四六　某太史遗事

近人某氏撰野乘（指李孟符《春冰室野乘》——编者），有“某太史遗事”两则（太史指清末李盛铎——编者）。某太史者，故相国某之馆宾也。相国晚节不可道，方隆盛时，则厐然讲学家也。太史貌理学迎合之，其遗事野乘殊未备。相国邸第，在前门内东城根，太史寓所在前门外西河沿，相距非甚远，而亦未为甚近。太中固英年，堂上犹具庆，自到馆已还，下榻相国邸，每日授读余间，必回寓省亲一次。往还时间，不差茧发。且无论寒暑风雨，必步行不乘车，相国以是益重之。而不知其去时，出相邸数武即顾车；回时，未至相邸数武，仅舍车而徒。且未必果回寓，即回寓，亦未必非别有所为也。太史尊人近耄耋，患失明。一日，太史夫人炙牛脯，杂紫兰丹椒，芬馨扑鼻观。尊人问焉，且曰："幸分而翁一杯羹也。"适太史省亲在寓，则对曰："吾家近戒食牛犬，安有是？其殆东邻杀牛乎？"太史以相国奥援，入清秘堂，京察一等，出守大郡。尝语友人曰："居官要诀，唯稳、冷、狠三字。"友人徐曰："其如别有三字，不能兼顾何？"曰："何也？"曰："君、亲、民也。"太史愠甚，而无如何。先是，太史之捷于乡也，年甫十七，其尊人持重特甚，嘱一老仆卫之北行。老仆者，与太史尊人年相若，其尊人幼年入塾时，仆即为僮伴读者也。其行也，以仲冬，由东大道遵陆。当是时，风气犹未甚开，视航海犹畏途也。太史为节费计，与友人共赁一车，而命老仆徒步以从，风雪长途，踉跄历十八站。甫抵都门，仆以积劳病殁，太史夷然，薄敛丛葬之而已。太史自应童子试，至于散馆考差，皆出手得庐，未尝枉抛心力。年未三十，一麾出守，东南繁富，宦橐甚充，其福命诚加人一等。国变以后，不闻消息。意者，坐拥厚资，优游林下矣。

二四七　陕西巡抚西琳优礼裁缝

有清一代，满大臣昏庸陋劣，见于载籍，不胜偻指。定远方子严（濬师）《蕉轩随录》所记一事，尤为奇绝。雍正间，陕西巡抚西琳接见僚属，有二裁缝旁坐缝衣，不但司道恭揖，二裁缝稳坐，至府厅以下，或长跪白事，二裁缝稳坐如故，凡地方紧要事件，一一听闻。大小官员，莫不骇异。见陕西粮盐道杜滨奏折。意者，满人好修饰边幅，虽苛其中之所有，而于章身之具，务求熨帖安详。兹事非裁缝不办，宜其待之有加礼也。虽然，若西琳者，殆犹有质直之风焉。优礼裁缝，即不妨令众人见之，以视工于掩著，貌为尊严，而其中不可问者，犹为襟怀坦白已。

二四八　演戏与做官不同

满大臣轶事，尤有绝可笑者。乾隆季年，山东巡抚国泰年甫逾冠，玉貌锦衣。在东日，酷嗜演剧，适藩司于某，亦雅擅登场，尝同演《长生殿》院本。国去玉环，于去三郎，演至"定情窥浴"等出，于自念堂属也，过媟亵或非宜，弄月嘲花，略存形式而已，讵舞余歌阕，国庄容责于曰："曩谓君达士，今而知迂儒也。在官言官，在戏言戏，一关目，一科诨，戏之精神寓焉。苟非应有尽有，则戏之精神不出，即扮演者之职务未尽。君非头脑冬烘者，若为有余不敢尽，何也？"于唯唯承指。继此再演，则形容尽致，唐突西施矣。国意殊惬，谓循规赴节，当如是也。其后国为御史钱南园所劾，旋解任去，而鹊华明湖间，犹有流风余韵，令人低徊不置云。

二四九　戏提调

光绪朝，江西巡抚德馨酷嗜声剧，优伶负盛名者，虽远道必罗致之。节辕除忌辰外，无日不笙歌沸地也。新建令汪以诚者，有能吏名，专为抚辕主办剧政，即俗所谓戏提调也。邑署中事无大小，悉付他员代之。是时赣人为制联曰："以酒为缘，以色为缘，十二时买笑追欢，永夕永朝酣大梦；诚心看戏，诚意听戏，四九旦登场夺锦，双麟双凤共销魂。"额曰："汪洋欲海。"四九旦、双麟双凤，皆伶名也。稍后，柯逢时抚粤西，颇不洽舆情。无名氏制联云："逢君之恶，罪不容于死；时日曷丧，予及女偕亡。"额曰："执柯伐柯。"两联额皆嵌姓名同格，粤联集句尤浑成。

二五〇　作联嘲地方官

道光时，浙江巡抚乌某莅任有年，唯留意海塘工程及考试书院二事，浙人作对讥之曰："毕生事业三书院，盖世功名一海塘。"康熙朝，商邱宋牧仲（荦）抚吴十九年，尝修沧浪亭，刻《沧浪亭小志》，又修唐伯虎坟，然似有不慊舆情处。其抚署东西两辕门榜曰："澄清海甸，保障东南。"时有加三字成联句云："澄清海甸沧浪水，保障东南伯虎坟。"右两事略相类，然如乌某者，固犹有一二善政；如宋公者，尤不失文采风流。求之晚近巨公中，殆犹未易多得焉。又宋中丞题沧浪亭联曰："共知心似水，安见我非鱼。"或改水为火，改鱼为牛，暗合其名，亦堪一噱也。

二五一　陈圆圆阴魂再现

客岁秋冬间，纂《陈圆圆事辑》，得万余言。比阅长沙杨朋海（恳斋）《词余丛话》，有云：

> 嘉庆间，苏州郑生客游滇，春日踏青商山，访圆圆墓不得，崩榛荒葛中，忽迷归路。俄而落照西沉，暮烟笼树，遥望前途，似有人家，思往借宿。至则朱门洞开，玉瑱金铺，俨然王侯第宅。乃使阍者转达，良久而出，导入东厢。为设食，尊酒簋贰，亦极精洁。饭已，有老妪出问："客操吴音，是何乡贯？"具告之。少顷，妪秉烛而出，肃客登堂，有女子容色绝代，羽服霓裳，如女冠装束，降阶而迎曰："妾即邢氏，埋香地下，百有余年。时移物换，丘陇就平。念君是妾同乡，有小诗十首求为传播。"因命侍女取诗付郑。其末章云："鸳鸯化尽鱼鳞瓦，难觅当年竺

> 落宫。”郑问“竺落”之义，曰：“竺落皇笳天，为十八色界天之一。载在《道经》，妾旧时所居宫名也。”取翠玉笛一枝以赠，并吟一诗曰：“叹息沧桑易变迁，西郊风雨自年年。感君吊我商山下，冷落平原旧墓田。”遂命送郑出。时东方微明，向之第宅，俱无所见。唯四面隐隐若有垣墉，谛视之，则深林掩映而已。然袖中玉笛故在，视其诗笺，则多年败纸，触手欲腐，墨色亦暗澹，迥非人世之物。郑以幽会荒唐，刻圆圆遗诗，托诸箕笔。东海刘古石傅会作《商山鸾影》传奇，弥失其真。苏人蒋敬臣为予言如此。

右杨氏《丛话》所述，迹涉幽渺，未可据为事实。曩阅长乐谢枚如（章铤）《赌棋山庄词话》，载朱淑真降箕，赋〔浣溪沙〕词，其后段云：“漫把若兰方淑女，休将清照比真娘。”朱颜说与任君详，余尝辑《淑真事略》，亦未采入。

二五二　吊康有为宠姬联

康南海宠姬何女士栴理，殇于沪寓邸第。其门下客某制联恭挽云：“天若有情亦老，人难再得为佳。”南海亟奖藉之，时方岁晚，馈遗有加。

二五三　吴三桂厚赠故人

近人某笔记载吴三桂为前明武举，出江南某公门。某公殁，其子奉母贫甚，间关抵滇，既半载，寄食于藩下护卫。得间通谒，吴立待以殊礼，留邸第数月。旋以母老告归，则大集宾僚祖道，馈赆逾二万金，别扃镉一篋为母寿，皆珠宝。某归，遂为富人。按：延陵轶事，此类非一。少时曾为毛文龙部将，既贵，与毛氏久不相闻。浙帅李某，强夺毛氏宅，毛无如何。事闻于吴，立责令李还宅，且输金谢毛氏。傅宗龙亦三桂旧帅，其子汝视之如兄弟。王府门禁严，汝非时出入，无敢诘者。宁都曹应遴于三桂有恩，其子傅灿游滇，以十四万金赠行。三事见南昌刘健《庭闻录》。

二五四　北京政事堂联

北京政事堂地望高绝，以简为重。某君拟撰楹联云："竟日淹留佳客坐，两朝开济老臣心。"属对工切，集杜工部句，尤天然巧合。

二五五　琼花艳遇

曩撰《臼辛漫笔》，有"琼花艳遇"一则，盖闻之于皖友。岁在甲寅，晤广陵吴嵇翁（明试）为言此事丁道、咸间，事之究竟，有出吾旧闻外者，因并前所记述焉。

琼花观未烧时，皖人米客某春日独游，忽逢丽人，相与目成。夕诣客所，自言我仙女也，遂谐燕好。客设肆仙女庙，挈女同归，它人不之见也。其后渐泄，同人有求见者，客为之请，女曰可。某日会坐，忽闻香风郁然，仿佛丽人立数步外，宫装绣裙，腰如约素，双翘纤削若菱，腰已上轻云蔽之，神光离合，倏忽不见。会客经营失意，谓女曰："卿仙人，曷为我少纾生计？"女曰："世间财物各有主，讵可妄求？"郡城有售吕宋票者，嘱客往购，谓当稍竭绵薄，比客诣郡购票归，不复见女，票亦旋负。一月后，消息杳如，望几绝矣。女忽自空飞堕，短衣带剑，云鬓蓬飞，气息仅属，谓欲飞渡吕宋，为君斡旋，讵该国多神人守护，斥逐良苦，归途又为毒龙所劫，仅乃得免。(已上《白辛漫笔》，已下补述。）客亟捧持慰藉之，女亦从容复其故常。自是，与居越二稔，虽琴瑟在御，未足方其静好也。一日，客因事外出，洎归，女则置酒曲房，嘱客共饮。江东之脽，汉南之腒，紫翼青鬐，琼浆玉膏，不知其致奚自也。酒间，自取洞箫吹之，声不同于引凤，曲乃犯乎离鸾。苏长公所谓如怨如慕，如泣如诉，其为怆怳凄恺，殆无以逾焉。箫阕，复倚声而歌之，歌曰："明月清风兮夜如何其，醉不成欢兮我心伤悲。执子之手兮黯然将离，桑田沧海兮后会难期。更进一杯兮劝君勿辞，千秋万岁兮人天相思。"歌毕，捧觞嘱客，哽咽而言曰："离多会少，恩深怨长。吁嗟郎君，缘尽今夕。比以巨泾之国，将丁末运，应运降才，天帝殊难其人。不图仙官某，率以吾辈进，谓夫有媚骨，无刚肠，膺斯选至宜称也，帝可其议。吾祖师方侍直上清，奉敕下，籍所属，候进止，业发遣如干辈，皆以男身降生浮提。妾幸名叨牒末，稍得稽迟，今则无可复延，盖天符已下矣。夫以应龙建马之末裔，无健走千里之殊能，而一代托以兴亡，九阍知其名姓，诚旷古罕有之奇遇。矧帝心慈恕，念兹残劫，虽假手吾辈造成，然实运会使然，不当吾辈任咎。迨至红桑阅尽，销除位业，特许从容骑鹤，逍遥海上仙山。徐俟乘化归真，仍还本来面目。妾与君聚处数年，虽金炉共香，琼佩同照，甚愧未能有益于君。然微审阳消阴息之间，庶几秕糠去而精粹大来（对针米客而言，仙人善于词令），非复天壤王郎、吴下阿蒙可比。君幸自爱，努力前修，天上人间，未必不复相见。悲莫悲兮生别离，此时此际难为情耳。”语次，泪随声下，客亦涕泗汍澜，因问巨泾之国何在。女曰：“此天机，时未至，毋泄也。”于时四目相注，依黯无语，闻云中隐隐有笙鹤声。俄而桦烛异色，光景凄戾，若金风铁雨将至，而琼云璧月不可复留也。客为之心目震眩，一徊徨间，遽失女所在。亟开户引睇，唯见彩云如盖，冉冉向东南而去。久之，回精敛魂，收视返瞑，唯有月落参横，秋声在树而已。客悲惋垂绝，旋亦谢绝人事，披发入山，不知所终。

二五六　百岁翁恩赐进士

有清一代，视翰林至重。一若人而翰林，则无论德行节操，学问事功，无一不登峰造极者。持此见解，深入肺肝，根深蒂固，牢不可拔，虽通儒巨子不免。光绪甲午恩科会试，有钦赐进士湘人某翁，年一百十四岁，殿试后，钦赐国子监司业，盖宠异之也。某翁意殊不慊，谓某某年仅百龄，某某且未逮百龄，皆蒙钦赐翰林，何独于吾靳弗予也。时余客京师，偶与半唐老人夜谈及此，余曰："璞哉是翁，唯其不知司业翰林秩位之崇卑，乃能寿命延长至是。"半唐亟拊掌然余说。迨后己亥、庚子间，余客荆湖，闻是翁犹健在矣。

二五七　《淮南子》所称九州

《禹贡》九州：冀、兖、青、徐、扬、荆、豫、梁、雍。按《淮南子·坠形训》云：

> 天地之间，九州八极。何谓九州？东南神州曰农土，正南次州曰沃土，西南戎州曰滔土，正西弇州曰并土，正中冀州曰中土，西北台州曰肥土，正北济州曰成土，东北薄州曰隐土，正东阳州曰申土。

此九州之名与《禹贡》不同。

二五八 "杂种"之名始于《淮南子》

北语詈人曰"杂种"，此二字见《淮南子·坠形训》，云：

暖湿生容，暖湿生于毛风，毛风生于湿元，湿元生羽风，羽风生煐介，煐介生鳞薄，鳞薄生暖介。五类杂种兴乎外，肖形而蕃。

二五九 咏美人词十二首

始安周笙颐（夔）撰录宋已来咏美人词为《寸琼词》，得一百七十阕，凡前人未备之题，皆自作以补之。其咏今美人足〔念奴娇〕一阕，已录入前话矣。〔菩萨蛮〕《美人辫发》云：

同心三绺青丝绾，丝丝比并情长短。背立画图中，巫云一段松。 罗衫防污去却，巧制乌绫托。私问上鬟期，平添阿母疑。

〔定风波〕《美人涡》云：

容易花时辗玉颜，柔情如水语如烟。春意欲流人意软，深浅，藏愁不够恰嫣然。 都说个侬禁

(平)酒惯[①]，防劝，无端掩笑绮筵前。吹面东风梨晕懒，妆晚，镜波无赖学人圆。

原注：

①俗云，颊有双涡者善饮。

〔减字浣溪沙〕《美人唇》云：

记向瑶窗写韵成，重轻音里识双声[①]，石榴娇欲竞珠樱[②]。 笛孔腻分脂晕浥，绣绒香带唾花凝，怜卿吻合是深情。

原注：

①五音唯唇分重轻音。

②唐僖宗时竞妆唇，有石榴娇、嫩吴香等名。

〔沁园春〕《美人舌》云：

慧茁心苗，欲度灵犀，温馨自然。恰鹦帘客去，香留茶酽。鸾笺句秀，粲说花妍。金钥深扃[①]，玉津蜜漱，消得神方长驻颜。围曾解，羡澜翻清辩，巾帼仪连[②]。 簪花格最婵娟，更妙吮香毫越恁圆。甚小玉偏饶，幽怀易泄。阿(入)侯乍学，泥(去)语轻怜。一角溪山，广长真谛[③]，只在红楼斜照边。闲凭吊，忆楚宫凄怨，扪竟三年[④]。

原注：

①《黄庭经》："玉筦金钥身完坚。"金钥，舌也。

②李白诗："笑吐张仪舌。"又："谁云秦军众，携却仲连舌。"

③苏轼《赠东林长老》诗："溪声便是广长舌，山色宁非清净身。"

④《诗》："莫扪朕舌。"

〔减字浣溪沙〕《美人颈》云：

延秀洛川鹤未翔[1]，蝤蛴玉映镜中妆。低垂腻粉却羞郎。　书雁迟回劳引望，绣鸳偎傍惯交相。溜钗情味辫鬟香。

原注：

①《洛神赋》："延颈秀项。"又："余朝京师，还济洛川。"又："竦轻躯以鹤立，若将飞而未翔。"

〔凤凰台上忆吹箫〕《美人胸》云：

酥嫩云饶[1]，兰薰粉著[2]，罗裙半露还藏[3]。乍领巾微褪，一缕幽香。依约玉山高并，皑皑雪，宛在中央。难消遣，填膺别恨[4]，积臆春伤[5]。　闺房，别饶光霁，只风月叨陪，侥幸檀郎[6]。更三生慧业，锦绣罗将。云是扫眉才子，浑不让，列宿文章[7]。论(平)丘壑[8]，遥山澹浓，占断眉场[9]。

原注：

①李洞诗："半胸酥嫩白云饶。"

②韩偓诗："粉著兰胸雪压梅。"

③周溃诗："慢束罗裙半露胸。"

④《说文》："膺，胸也。"

⑤《释名》："胸，臆也。"

⑥黄山谷曰："茂叔胸中，洒落如光风霁月。"

⑦李贺诗："云是西京才子，文章巨公，二十八宿罗心胸。"

⑧杨万里诗："何日来同丘壑胸。"

⑨秦韬玉《贫女》诗："不把双眉斗画场。"

〔减字浣溪沙〕《美人腹》云：

妙相规前写秘辛[1]，圆肌粉致麝脐温。个中常满玉精神。　　郎若推心谁与置，天教贮恨不堪扪[2]。辘饥可奈别经春。

原注：

①汉《杂事秘辛》："规前方后，腹与背也。"

②苏轼诗："散步逍遥自扪腹。"

〔白蘋香〕《前题》云：

属稿未须凤纸，兜罗稳称琼肌。宣文艳说女宗师，不数便便经笥。　　玉抱香词惯倚[1]，珠胎消息还疑。画眉也不合时宜，约略檀奴风味。

原注：

①词名有〔玉抱肚〕。

〔减字浣溪沙〕《美人脐》云：

可可珠容半寸余[1]，麝薰温腻较何如。带罗微勒惜凝酥。　　酒到暂能酡绛齏[2]，药香长藉暖琼肤[3]。梦中日入叶祯符[4]。

原注：

①《杂事秘辛》："脐容半寸许珠。"

②《世说》："桓温有主簿善别酒，好者谓青州从事，恶者谓平原督邮。青州有齐郡，言好酒到脐。平原有鬲县，言恶酒在鬲上住。"陆游诗："且泥杯中酒到脐。"

③苏轼诗："留气暖下脐。"自注："今药肆有暖脐膏。"

④《晋书》："南燕慕容德母，梦日入脐生德。"

前调《美人肉》云：

丝竹平章总不如，屏风谁列十眉图[1]。收藏惯帖是郎书。　　似燕瘦才能冒骨，如环丰却不垂腴。鸡头得似软温无。

原注：

①杨国忠冬日令美姬环之，名曰肉屏风。

〔减字木兰花〕《美人骨》云：

阳秋皮里，何止肉匀肌理腻[1]。玉莹（去）冰清，无俗偏宜百媚生[2]。　银屏读曲，药店飞龙为谁出[3]。坦腹才难，消得文章比建安[4]。

原注：

①杜甫《丽人行》：“肌理细腻骨肉匀。”

②王贞白诗：“念予无俗骨。”苏轼诗：“俗骨变换颜如葩。”

③宋《读曲歌》：“飞龙落药店，骨出只为汝。”

④李白诗：“蓬莱文章建安骨。”

〔金缕曲〕前题云：

画笔应难到，称冰肌，清凉无汗。摩诃秋早[1]，妙像应图天然秀[2]，难得神清更好，怜璅子掌中娇小。不把画场双眉斗，恰青衫未抵红裙傲。论高格，九仙抱。　嗤他皮相争颦笑，漫魂销，花柔疑没[3]，肉匀足冒[4]，可奈相思深如刻，瘦损香桃多少。怕玉比玲珑难肖，知己半生除红粉，莫艰难市骏金台道。祇无俗，是同调。

原注：

①东坡〔洞仙歌〕词："冰肌玉骨，自清凉无汗。"〔歇拍〕云："但屈指西风几时来，又不道流年，暗中偷换。"乃足成蜀主孟昶与花蕊夫人摩诃池避暑之作。

②《洛神赋》："骨像应图。"《神女赋》曰："骨法多奇，应君之像。"应图，应画图也。

③《宣和画谱》："黄荃有《没骨花枝图》。《图画见闻志》：'徐崇嗣画《没骨图》，以其无笔墨骨气而名之。但取浓丽生态。'"

④《杂事秘辛》："肉足冒骨。"

〔满庭芳〕《美人色》云：

倚醉微赧，佯羞浅绛，相映妒煞桃花[①]。艳名增重，颦莫效西家[②]。旭日觥窗穿照，光艳射，和雪朝霞[③]。东风里，红红翠翠，生怕绣帘遮。　嫌他[④]，脂粉污（去），蛾眉淡扫[⑤]，芳泽无加[⑥]。更佳如秋菊[⑦]，鲜若晨葩[⑧]。任尔芙蓉三变，浓和淡，莫漫惊夸。兰闺静，秀餐长饱，相对茜窗纱。

原注：

①崔护诗："人面桃花相映红。"

②王维诗："艳色天下重，西施宁久微。"又："持谢邻家子，效颦安可希。"

③《杂事秘辛》："时日昝薄晨，穿照觥窗，光送著

莹面上，如朝霞和雪，艳射不能正视。”

④方言读若塔，平声。

⑤张祜诗：“却嫌脂粉污颜色，淡扫蛾眉朝至尊。”

⑥《洛神赋》：“芳泽无加，铅华弗御。”

⑦陶潜诗：“秋菊有佳色。”

⑧束皙补白华，鲜侔晨葩，莫之点辱。

已上各阕，置之《茶烟阁体物集》中，允推佳构。《寸琼词》未经印行，故录之。

二六〇　京师名伶梅巧玲轶事

京师名伶梅巧玲（住韩家潭，曰景和堂）色艺冠时，丰姿侠骨，都人士称道弗衰。今日声名藉甚之梅兰芳，其父曰竹芬，巧玲其大父也，殁于光绪壬午冬，先桑尚书文恪一日。文恪寿逾八秩，梅年仅四十耳。京曹某撰挽联云：“陇首一枝先折（宋词句），成都八百同凋。”殊典雅工切。相传某省孝廉某，以下第留京师，与梅昵，罄其资，长物悉付质库，几不能具饔餐。唯一仆依恋不忍去。会春闱复届，竟不能办试事，方踌躇无措间，俄梅至，仆愤懑，摽之门外，且谓之曰：“为汝兔故，虽典质亦无物，即功名亦何望矣。汝兔胡为乎来，岂尚有所希冀耶?”梅婉言逊谢之，至于再三，仅乃得见。则袖出百金遗孝廉，嘱屏当赴试，并尽索其质券，及中空之行箧，郑重别去。比孝廉试毕返寓，梅则以箧至，而向之珠者还，璧者归矣。榜发，孝廉捷，壹是所需，梅独力任之，若李桂官之于毕灵严也。孝廉感且愧，仆尤感激涕零，鞠跪亟谢，称之如其主，且谓之曰：“曩唐突，谬兔君，诚吾过。幸恕吾，兔吾可。”梅仍逊谢之，欿然无得色。此事梅固难能，此仆亦岂易得耶。又某太史，亦以昵梅故致空乏，顾举债于梅数百金，旋逝世，无以敛。诸同乡同官集而为之谋。久之，殊无绪。俄传梅至，以谓理债来也。梅入，哭甚哀，出数百金券，当众焚之，并致赙二百金，叙述生平，声泪俱下。闻者多其风义，为之感动，咸慨慷脱骖，咄嗟而成数集，得举殡返妻孥焉。梅之轶事，类此尚多，此尤荦荦者。

二六一　集六朝文为联

曩集六朝文为联云：“翡翠笔床，琉璃砚匣（徐孝穆《玉台新咏序》）；芙蓉玉碗，莲子金杯。”（庾子山《春赋》）又集王子安文贺某友新婚联云：“花鸟萦红，蘋鱼漾碧（《山池赋》）；芝房叠翠，桂庑流丹。”（《乾元殿颂》）两联皆艳绝。友所居，院中有丛桂，尤妙合。

二六二　扬州美人红莲

余客扬州三年，闻艳异之事二。其一即前所述琼花艳遇。又红水汪某巨宅，常见怪异，主人弗敢居，旷废已久。花佣某僦其后圃居之，杂莳群芳，两年来竟无恙。有方塘阔亩许，遍种红莲。戊戌夏，花尤繁密。每瓣上皆作美人影，勾勒纤致，若指甲掐印者然。一时倾城往观，或诧为妖异，或惊为艳迹，有形诸歌咏者，余闻之某分司云。

二六三　兰陵美酒郁金香

兰陵酒，出常州，比绍兴酒稍浓酽。郁金香酒，出嘉定南翔镇，色香味并佳，略似日本红葡萄酒。两种酒名，恰合“兰陵美酒郁金香”之句。

二六四　重次《千字文》祝张之洞寿

梁周兴嗣《千字文》，后人多仿之者，错综组织，极勾心斗角之妙。光绪丙申，南皮张相国文襄六秩寿辰，黄冈令杨葆初（寿昌）重次千文为祝云：

盛绩若虚，旧弦斯改。海内龙门，朝端凤彩。
吹垢巨卿，钓磻大老。化赞巩衡，身真国宝。
羲农御宇，岳牧效忠。要荒遐服，罔敢不同。
冠弁百僚，凌驾万物。迹迩陶桓，道遵羊叔。
鉴操人伦，慕者神往。周甲筵欢，见丙星朗。

孝达张公，八州制府。尹切匡时，荣能稽古。

皇都近邑，世宙植槐。璇楼笃祜，玉燕投怀。

光禄封君，贵阳霸宠。伯舍棠贻，庭阶兰拱。

英姿俊颡，实育令仪。五事作乂，四箴慎宜。

少侍父诫，祇受母言。清席暑退，眠床冬温。

劭弟恭兄，余力游艺。读典玩坟，笋束鳞次。

疑意杷疏，辨释泾渭。昼昃匪餐，夜寂寡寐。

性耽丸墨，秦莽唐妍。纸笔驱遣，隶邈草颠。

累叶组缨，易犹取芥。绮岁调笙，名场获解。

骧举鹍招，仙裳聚会。当空扶摇，唱传殿陛。

独对廊垣，霜严白简。属稿藏箱，射的持满。

抗奏论嫡，嗣位则正。伏阙悚惶，两宫动听。

讥彼挈楹，笑颦随俗。史牒照垂，晦微洞烛。

川楚临安，使輶历税。灵隐禅心，剑南驴背。

耳熟钟琴，瑟居想汉。浴色染蓝，面执羔雁。

浮辞息韩，徘体诮几。爱士等李，逸群立稽。

仁主躬劳，孰荷巨任。适被旁求，羸车入晋。

户伤索漠，饭饫沙糠。条黜纳贡，察薄亩粮。

秉节领表，俯字象郡。青犊凋散，野黎绥定。

法羌短发，厥貌甚殊。藉途伐虢，律罪必诛。

璧恐毁赵，将恃廉颇。巾扇指顾，千营济河。

文渊既克，贼渠縻焉。矢翦灭此，飞信遥宣。

圣慈量恻，谓且姑容。新飘翠羽，答女之庸。

方城寥旷，宅市纷罗。假通驰路，坟益终多。

密陈庙堂，帐帷即止。惠政始闻，外惧续起。
日本处东，臣节素守。壹旦肆叛，竟甘祸首。
兽逐鸟骇，奄覆高丽。陪京啸逼，邙洛振基。
维王特命，催履建业。辇毂无惊，知囊有策。
寓笺比得，潜资默助。说妙转环，伊吕相傅。
和戎魏绛，更辱亲行。枝梧侈口，溪谷难盈。
训语煌乎，尺寸勿让。委土奈何，师丹善忘。
画约夕出，率与设盟。孤军深壁，谁似田横。
感戚悲鸣，上弗云可。非直是矜，尽其在我。
西塞鱼肥，回轲过再。轻盖徊翔，水曲如带。
薪积常虞，汤热思去。莫以逍闲，而亡远虑。
昆岫沉冥，气烝杳郁。鼓运洪钧，良金载跃。
悬机左斡，抽绵纺丝。男丁妇巧，纨布靡亏。
厌造银圆，弊矫疲弱。致富阜民，于兹俶落。
磨利用长，饱腾所据。欲曜声威，刻兴火器。
谈兵每精，戚果推最。武学豫修，承平攸赖。
杜夏池房，乐并贰省。广匹实归，尊经并永。
商务亦详，竭理充极。分骸别毛，诸音坐习。
流离困殆，禹稷已饥。劝穑增稼，施食及衣。
盗发禽捕，淑问审刑。养目治翳，恶竹斩根。
鸡黍念友，石贞漆坚。侠肠夙具，优孟岂烦。
宾从雨集，亭皋欣践。桐门阴凉，鞠寒华晚。
陟吊升严，寻碑摩碣。铭眺岱阿，歌聆敕勒。
恬静谦畏，悦淡耻咸。糟姜烹菜，膳佐杯盘。

义庄洁祀，木枇幸存。祭尝足给，敦睦故园。
儿号宁馨，家驹誉好。右启后昆，贤书登早。
庶美合观，德猷交祉。佳矩景林，茂规超阮。
中秋初吉，酒奉觞称。辰晖映炜，月魄生明。
九重露沛，珍异竞来。云章写福，诗咏孔皆。
帝曰康哉，功惟嘉乃。赏紫图形，为天下宰。
蒙也列职，自谢愚贱。地摄黄冈，仕志赤县。
泰仰宗工，霄澄珠宿。夫子墙瞻，卑官才陋。
引爵接步，愿结因缘。诚倾元礼，情移成连。
拜手谨顿，敬庆松季。

又相国门下士姚汝说集《汉书》句为寿序，尤工巧典重，为相国所击赏云。

二六五　郑板桥戏题佛像

定远方莲舫（士淦）《蔗余偶笔》云："李复堂（蝉）、郑板桥（燮）书画精绝。复堂为人题大士像云：'巧笑倩兮，美目盼兮。'或讶其不伦，复堂窘甚。板桥曰：'何不云：彼美人兮，西方之人兮。'"按：宋庞元英《谈薮》云："甄龙友云卿，永嘉人，滑稽辩捷，为近世冠。尝游天竺寺，集诗句赞大士，大书于壁云：'巧笑倩兮，美目盼兮。彼美人兮，西方之人兮。'孝庙临幸，一见赏之。诏侍臣物色其人。或以甄姓名闻曰：'是温州狂生，用之且败风俗。’上曰：‘唯此一人，朕自举之。’甄时为某邑宰，趋召登殿。上迎问曰：‘卿何故名龙友？’甄罔然不知所对，既退乃得之曰：‘君为尧舜之君，故臣得与夔龙为友。’由是不称旨，犹得添倅。后至国子监簿。”方氏所记李、郑二公之事，殆与昔人暗合耶？抑板桥曾见《谈薮》，值复堂词窘，遂举以相语耶？

二六六　某女子再嫁轶闻

兰陵先生言，江阴旧俗敦尚节义，女子或在室丧所夫，虽未经纳采问名，但有片言婚约，亦必矢死靡他。有巨室某氏女，早失怙恃，仅依兄嫂。已聘未字，俄闻婿讣，誓守不字之贞。经婿族婉谢，兄嫂谆劝不为动。稍强之，则以委身江流、毕命缳索为言，自是无敢以不入耳之言相劝勉者。女婉娈明慧，固扫眉才子也，咏絮无惭谢女，颂椒不数臻妻。日唯闭阁焚香，游思竹素，消遣岁月。会郡城创立女校，重女才德，聘为教习。女谓吾斯能信，欣然税驾，遂拥皋比。甫及半年，而向之风骨棱棱者，今则言笑晏晏矣；向之凛然难犯者，今则温然可即矣。嫂氏窥之于微，微语其兄，谓可因势利导也。适同邑某明经方谋胶续，姑试婉商于女，女则不置可否，嫣然一笑而已。则亟托蹇修为之作合，匝月而嘉礼告成，改岁而宁馨在抱矣。慨自廉耻道丧，纲常弁髦。明达士夫，不幸而丁易姓改步，往往回迹心染，首阳之节不终，而托为一说以自解。矧考之《礼经》，妇未庙见无守谊，虽宋儒亦谓然；女之改弦易辙，即谓礼亦宜之可也。唯是学堂之变化气质，神奇朽腐，开通闭塞，何其神速一至于斯也。其诸明效大验，可以举一反三，有移风易俗之责者，当知所先务矣。

二六七　四言函书

近于某友处见某校书寄某君函稿，词旨清丽，尤有风格，亟录如左：

某君足下：瀛□判□，弦柱眴更。驰跂依依，兴怀昔柳。伏维荩画，管钥雄□（此字及“江”字上□字，原稿未晰）。丹霞白云，并峙芳誉。谢岩只赤，春草未歇。公暇舒啸，宜多遥情。猥以蒲姿，曩承青睐。落红身世，托护金铃。香桃刻骨，未喻衔感。近状乏淑，途穷多艰。六月徂暑，婴疢垂绝。叨荫慈云，仅续残喘。蚕丝未尽，鲋辙滋甚。顾影自悼，画眉不时。乌衣薄游，宁少王谢。玉钟彩袖，难为殷勤。空谷足音，益复岑寂。有帖乞米，无人卖珠。夕薰不温，年矢复促。蹙蹙末路，高高□台。百思相煎，半筹莫展。支离病骨，诚何以堪。遥夜易凄，怨魄流照。俯仰今昔，悲从中来。卷尽蕉心，谁复知者。言念君子，文章巨公。情生于文，自极斐声。不揣葑菲，辄呼鞠穷。宁忘非分，所恃过爱。贻书付雁，损惠舒凫。鸪□□音，若望云霓。歇浦□江，程不五日。孱躯粗适，甚愿趋侍。襜帷莅止，弥切忭迎。清冬沍寒，伏冀珍摄。

末署“沐爱某名肃拜”。清时军府末弁，对于所隶自称“沐恩”，此“沐爱”二字仿之，殊新隽。

二六八　赠彩云校书联

某君赠彩云校书联云：“风采南都卞赛赛［一名赛今（金）花］，旧游京雒李师师。”

二六九　泰山帝字碑

近人某笔记云：“道光二年，山东某县令登泰山，观没字碑，剔藓摩挲，忽于碑肋见一‘帝’字（是否小篆，未详），笔画古秀，拓数十纸，流传京师。后甘泉谢佩禾（堃）曾目验之，故有句云：‘偶读一碑惟帝字。’”按：此说信然，则与中岳嵩高庙石人顶上“马”字同为瑰宝矣。又江苏上元甘家巷梁安成康王萧秀西碑，相传唯碑额及碑阴曹吏等题名尚存，碑则全泐。余尝命工精拓数纸，完整者犹数十字矣。

二七〇　外国银币铜币名称

外国银币，品类至繁，花纹各异，不下三千馀种，略举其名：英曰先令，行于印度者曰罗比；法曰佛郎，行于越南者曰比阿斯德。德曰马克，俄曰罗般，奥曰福禄林，意曰赖儿，荷曰结利特，葡与巴曰密勒，丹麦与瑞典曰列斯大拉，班曰秘西笪，秘曰沙而勒，美利坚、智利、科仑比亚等国，皆行墨西哥之秘琐。其他小国，或自铸币，或奉大国之制，弗可得而详也。银币轻重之差，较之中权，自一钱余至七钱有奇不同（亦有重逾中权九钱者）。然最以墨西哥之秘琐，重七钱二分为中制，即中国通用之鹰洋也。又铜币之名，英曰本士，法曰生丁，德曰弗尼，俄曰古贝，奥曰纽扣而哲。余未详。

二七一　卢森堡女王抗德轶闻

西国近事有卢森堡女王为俘一则。女王年甫及笄，娇艳绝伦。德人攻入卢森堡，王率其大臣数人督军过桥以阻之，德人囚之于鲁伦堡附近之某邸。夫孵石不敌，而竟敢与抗，诚美而有勇，虽囚犹荣矣。考卢森堡国与比、法为邻，为德、法往来必经之路，全国九百九十九方英里，人民二十六万，陆军一百五十人，岁入英金六十八万镑，一至小之独立国也。因忆吾国从前藩服，有坎巨提者，回疆部落也。《新疆识略》及《西域水道记》谓之乾竺特，

《大清一统舆图》谓之喀楚特，《中俄交界图》谓之棍杂，向来臣服中朝。光绪十七年，英人有事于回疆，欲假道坎中，辟一通衢，以固兴都哥士山门户，使俄人不得越帕米尔东行。坎王称兵拒战，屡经败北，率其眷属而逃，英人遂欲据其版图。适薛叔耘京卿（福成）出使英、法、义、比，屡经争辩，仅乃得存宗祏，别立新王摩韩美德拿星。自后恪奉正朔，每年入贡沙金一两五钱，例赏大缎二匹，视同霍罕安集延巴勒提拔达克之类，谓之朝贡之国。考坎巨提地仅百余里，人民一万余，更小于卢森堡十分之九。迄今时异世殊，区区徼外弹丸，当轴宜未遑措意，其得免于蚕食鲸吞与否，在不可知之数矣。

二七二　王鹏运戏谈文不对题

曩余客京师九年，四印斋夜谈之乐，至今萦系梦魂焉。半塘老人工雅谑，多微辞，尝曰："余闻文字与事之至不贯穿者有三：法越之役，媾和伊始，法人多所要求，吾国悉峻拒，不稍假借。某报纸著论有云：'我皇上天威震怒，一毛不拔。'又内阁茶人（俗称茶房）作烛笼，一面书'世掌丝纶'四字，盖直庐有是扁额也；一面苦无所仿，则率用'花鸟怡情'四字。近会典馆纂修阙员，初拟属之会稽李莼客侍御（慈铭），莼客辞，则以属之黎阳部郎。此事较之报纸之论、烛笼之字，尤为不贯穿之至者也。"

二七三　燕兰妙选首推四云

曩余客京师时，燕兰妙选，首推四云：曰秦云（小名禄儿），以娟静胜；曰华云（小名喜儿），以浓粹胜；曰怡云，以莹润胜；曰素云，以秀慧胜。秦、华早驰芳誉于光绪壬午、癸未间。怡、素稍晚出，素尤工书法，往往契合骚雅。宁乡程子大（颂万）《都门杂诗》云：

旧游闲忆道州何①，索画凭肩几按歌②。
今日四云寥落尽，更谁抛髻唱黄河。

原注：

①自注：诗孙舍人。

②诗孙工绘事。

二七四　光绪湘社诗钟断句精华

光绪辛卯春，宁乡程子大同江夏郑湛侯（襄）、长沙袁菽瑜（绪钦）、道州何棠荪（维棣）、龙阳易中实（顺鼎）、宁乡程海年（颂芳）、保山吴刓其（式剑）、益阳王伯璋（景峨）、善化姚寿慈（肇椿）、宁乡周莲父（家濂）、龙阳易芣由（顺豫）、益阳王仲蕃（景崧）结吟社于长沙周氏之蜕园，有《湘社集》四卷刻行。其第三卷，皆诗钟断句，分事对、言对二门，而言对又分各格，兹各撰录警句如左：

事对

金日磾反镜云："荣珥貂冠归汉后，巧回蟠领试妆初。"（湛侯）

曹孟德诗韵云："汉祚竟移铜雀瓦，唐文惜佚彩鸾书。"（中实）

杜甫眉云："空期骥子诗能继，谁似鸿妻案与齐。"（伯璋）

黄莺云："三辅汉图雄渭北，双文唐记艳河东。"（子大）

言对

乌鲁木齐（碎联）云："深杯鲁酒青齐道，古木斜阳乌夜村。"（赤由）

又长沙县学云："牛背学传周苦县，龙沙地接汉长城。"（中实）

《丑奴儿令》（双钩）云："丑如张载惭潘令，奴到苏家字雪儿。"（棠荪）

吴道子（鼎峙）云："铃语上皇悲蜀道，网丝西子出吴江。"（子大）

天陌（凤顶）云："天女花随病摩诘，陌头桑忆媚罗敷。"（子大）

又白漆云："白羽江东都督扇，漆灯燕北故王陵。"（子大）

热峰（凫颈）云："内热蔗浆和露啖，中峰莲瓣倚云开。"（中实）

虞书（鸢肩）云：“戈倚虞渊回赤日，诗留画壁唱黄河。”（中实）

步虚（蜂腰）云：“地穷亥步迹难遍，赋就子虚才必奇。”（棠荪）

亭古（鹤膝）云：“字考老聃亭毒义，纬传孙毂古微书。”（中实）

海年（鹭胫）云：“红泪珠明沧海月，黄昏人约去年花。”（赤由）

客星（雁足）云：“绿缫仙茧来园客，红窃蟠桃笑岁星。”（中实）

马房（魁斗）云：“马史文章迈班固，牺经术数出京房。”（中实）

又十通云：“十年学道青牛客，一代谈经白虎通。”（棠荪）

子大（蝉联）云：“徵士书年存甲子，大夫览揆降庚寅。”（赤由）

《玉台新咏》（碎流）云：“玉人病起楼台冷，愁倚新妆咏落花。”（中实）

诗钟之作，晚近极盛，樊樊山一代宗工，比应召赴春明，翊赞余闲，尤多雅集。吟坛甲乙，膺首选者十有三，樊老殊自喜，贻书沪上旧游，有“诗钟侥幸十三元”云云。而龙阳易中实为昔年湘社俊侣，与樊山工力悉敌，比亦□簪京国，犹角逐于钟声烛影间矣。

二七五　易中实词警句

易中实著作，以最初所刻《眉心室悔存稿·鬘天影事谱》戊己之间行卷为最佳。余最赏会者，《春明惜别》词云“负汝惊鸿绝代姿，朝朝博得他人醉”，最为沉痛。又云：“累侬刻骨相思处，是尔颦眉不语时。”又《无题》云：“再从翡翠帘前过，唯见红襟掠地飞。”又《凤凰台上忆吹箫》词云：“向绿波低照，怜我怜卿。”曩余戏语中实：“读君此词，直令我海棠开了，想到如今也。”

二七六　儒士呆绝三例

明莆田学士陈公音终日诵读，脱略世故。一日，往谒故人，不告从者所之，竟策骑而去。从者素知其性，乃周回街衢，复引入故舍，下马升座曰：“此安得似我居？”其子因久候不入，出见之。曰：“渠亦请汝来耶？”乃告以故舍，曰：“我误耳。”又尝考满，当造吏部，乃造户部，见征收钱粮，曰：“贿赂公行，仕途安得清。”司官见而揖之，曰：“先生来此何为？”曰：“考满来耳。”曰：“此户部，非吏部也。”乃出。见赵鼎卿所著《鹖林子》。又光绪初年，刑部郎某，某日入署，其御者与人哄斗于署前，闻于署。值日者呼之入，属部郎自治之。部郎谛视，弗识也。御者自言：“为主人执鞭，若干年矣。”部郎殊踌躇，则令回身相其背，曰：“是矣。”盖部郎每日乘车，御者坐车沿，视其发辫至审也。此部郎之模棱，略与明陈先生等。

二七七　以试帖诗咏闺情

作诗而至试帖，可云甚无谓矣。比余得海盐陈氏桐花凤阁所刻《宫闺百咏》，道光时，当途黄小田（富民）、乐平汪小泉（艳□）、阳湖汪衡甫（本铨）、汉军蒋紫玖（道□）、太谷温篴楼（忠彦）、上海李小瀛（曾裕）六君之作，诗仿试帖体，以宫闺雅故为题，如皇娥夜织、湘妃竹泪、伏女传经、班昭续史之类，计百题，存诗一百七十首，莫不藻思绮合，清丽芊绵。目录悉列卷端，自各有注。甄采华缛，可当奁史，诚试帖之别开生面者。袖珍精锲，楮洁装雅。姬人西河，极喜诵之，宝爱甚至，宜乎其宝爱也。又近人来雪珊（鸿瑨）《绿香馆稿》有试帖诗二卷，亦多香艳之题，诗亦熨帖可诵。

二七八　方芷生劝杨文骢死节

前话记旧曲烈媛，考《板桥杂记》，载杨龙友侍姬殉难者名玉耶，而方芷生事不具。比偶阅《谐铎》，有“侠妓教忠”一则，即芷生事，亟节录如左：

方芷有慧眼，能识英雄，与李贞丽女阿香最洽

（蕙风按：香君一称阿香，□见此）。阿香屈意侯公子，一日，芷过其室曰："媚得所矣。但名士止倾倒一时，妾欲得一忠义士，与共千秋。"阿香哂之。杨文骢耳其名，命驾过访。芷浼其画梅，杨纵笔扫圈，顷刻盈幅。芷大喜，竟与订终身约。文骢党马阮，士林所不齿，闻芷许事之，大惋惜，即香亦窃笑。定情之夕，芷正色而前曰："君知妾季身之意乎？妾前见君画梅花瓣，尽作妩媚态，而老干横枝，时露劲骨，知君脂韦随俗，而骨气尚存，妾欲佐君大节，以全末路。奁具中带异宝来，他日好相赠也。"杨漫应之。无何，国难作，马阮骈首，侯生携李香远窜去（蕙风按：南都破后，香君消息不复闻，只此略具梗概）。芷出一镂金箱，从容而进曰："曩妾许君异宝，今可及时而试矣。"发之，中贮草绳约二丈许，旁有物莹然，则半尺小匕首也。杨愕然，迟回未决。芷厉声曰："男儿流芳贻臭，争此一刻，奈何草间偷活，遗儿女子笑哉？"杨亦慷慨而起，引绳欲自缢。芷曰："止，止。罪臣何得有冠带。"急去之，杨乃幅巾素服，自系于窗棂间。芷视其气绝，鼓掌而笑曰："平生志愿，今果酬矣。"引匕首刺喉死。后李香闻其事，叹曰："方姊，儿女而英雄者也，何作事不可测乃如是耶。"乞侯生为作传，未果。而稗官野乘，亦无有纪其事者。

蕙风按：侯朝宗撰《李姬传》叙次至田仰以三百金邀姬一见，姬固却不赴而止。当是时，姬固犹在旧衏也，其于国难后携姬远窜弗详焉。据《谐铎》云云，则龙友、方芷同殉后，姬犹与侯生聚处矣。向余尝惜侯李之究竟不可得，今乃得之《谐铎》，为之大快。

二七九　侯方域骂阮大铖

嘉兴李既汸（富孙）《校经庼（文）稿》，读国初诸公文集成绝句十二首。其一云："侯生才思郁纵横，下笔千言坐客惊。一代董狐谁得并，金陵歌管不胜情。"自注："朝宗置酒金陵，戟手骂阮大铖，越五年而祸作。康熙中叶，曲阜孔东塘（尚任）撰《桃花扇》传奇，于复社诸君子，排斥马阮，形容尽致。唯是李香骂马阮则有之，殊无侯生骂大铖事，未审既汸何所本也。

二八〇　高士奇励杜讷同膺宠命

前话记乾隆朝高士奇由詹事赐同博学鸿儒科，未审他人有同受此赐者否。比阅《校经庼文稿》，书己未词科荐举目后云："全谢山吉士《公车徵士录》予曾于山舟侍讲处借阅，仅钞有一册，只中选五十人，有赐同博学鸿儒科高士奇、励杜讷，在南书房赋诗一首。"据此，知当时同膺宠命者，唯高、励二公而已，励官至刑部侍郎，谥文恪。

二八一　名医轶事

《校经顾文稿》有名医轶事记，略云：

> 雍正癸卯秋，里中金晋民，以应乡试寓虎林，临场患时疾，烦躁壮热绝食，人以伤寒目之。延老医张献夫视之，与大剂桂附，晋民从子璿玉有难色。张曰："非此不能入试矣。"日晡，张又至，曰："绍兴太守亟请渡江，此证唯闵思楼能接手也。"璿玉卜之吉，即依方频频与之，觉烦躁消而能寐也。翌晨，闵思楼至，用犀角地黄汤，人咸骇异。闵曰："非此不能入试矣。"索张先生方观之，笑曰："昨桂附唯张能下，今犀角唯某能下。安排入闱可也。"因服数剂，即举动如常，不数日入试，献夫亦不复至。

一人患疾，数日之间，桂附与犀黄并用，绝奇。

二八二　卢生名敖

《淮南子·道应训》："卢敖游乎北海，经乎太阴，入乎元阙，至于蒙谷之上。"高诱注："卢敖燕人，秦始皇召以为博士，使求神仙，亡而不反也。”按：《史记·秦始皇本纪》：“三十二年，始皇之碣石，使燕人卢生求羡门高誓（韦昭曰亦古仙人），卢生亡去。始皇大怒，使御史悉案问诸生四百六十余人，皆坑之咸阳。”史称卢生，不详其名。据《淮南子》，知其名敖矣。又秦有博士卢敖，见《唐书·宰相世系表》，亦一佐证。

二八三　塔将军战马

曩寓蜀东万县，得《小桃溪馆文钞》残本，蜀人陈某所作，名待考，有《记塔将军战马》一首，略云：

> 塔公战马，本总兵乌兰泰之马也。乌兰泰阵亡后，马为贼有。塔公为湖南都司时，与贼战，其卒得此马，不能骑，乃献之公。公命圉人畜之，马见圉人，踶蹶欲噬。强被以鞍屉，则人立而号，声若虎豹，一营皆惊。公闻往视，马悚立不敢动。其色黝润如髹，高七尺，长丈有咫，两耳如削筒，四蹄各有肉爪出五分许，遍体旋毛，作鳞之而。公曰：“此龙种也。”试乘之，疾如惊电，一尘不起。亭午时出营，行五十里回，日尚未晡。盖两时许，往还已百里矣。公大喜，自是战必乘之。公既骁勇敢战，马又翘骏倍常，每酣战时，公提刀单骑突出，马振鬣嘶鸣，驰骤如风雨，将士恐失主将也，辄奔命从之。贼愕眙失措

不能当，往往以此取胜。由是贼望见即骇曰：“黑马将军来矣！”或不战遂溃云。公一日轻骑遇伏贼百余人，追急，乃避道旁逆旅中，以马匿于芋窖内，覆以草，祝曰：“一鸣则我与尔俱死矣。”而公自易服为爨者状，坐灶前。部署甫定，而追者至。问公曰：“见黑马将军乎？”公曰：“未也。”追者遍迹屋前后，至芋窖数数，马竟无声，获免。公之卒也，马哀鸣数日乃食，然受鞍则踢蹶如故，无敢乘之者，遂令从公榇归于京师。陈子曰：“公围九江久，弗克，募卒黑夜缒城袭之，令卒粉墨涂面，为古猛将像，欲惊贼于仓卒也。卒将行矣，公唤前授机宜，一见大骇，急挥卒去，遂病，须臾卒。是日卒所涂抹者，唐鄂国公尉迟敬德像也。”或曰，公鄂国后身也，然则马亦自有由来欤？（塔将军，塔齐布，谥忠武）

二八四　搼子　钩司　盘木

《宣室志》“僧契虚”一则：“有道士乔君，谓契虚曰：师神骨甚孤秀，后当遨游仙都中矣。师可备食于商山逆旅中，遇搼子，即犒于商山而馈焉。或有问师所诣者，但言愿游稚川，当有搼子导师而去矣。”自注：搼子，即荷竹橐而贩者，搼音奉。《夷坚志》“华阳洞门”一则：“李大川，以星禽术游江淮。政和间，至和州，值岁暮，不盘术。”自注：俚语谓坐肆卖术为钩司，游市为盘术。

挳子、钩司、盘术，字皆绝新。

二八五　苏州赛神之臂香绝异

苏俗赛神，舆神而游于市（俗谓之出会），前导有臂香者，袒裼张两臂，以铜丝穿臂肉，仅累黍，悬铜锡香炉，爇栴檀其中。或悬巨铜钲，皆重数十斤，乃至数十人，振臂而行，历远而弗坠，亦足异矣。《高僧传》云："梁僧智泉，铁钩挂体燃千灯。"殆其滥觞欤？

二八六　蜀人西昆熊子力戒缠足

同治时，蜀人有西昆熊子者，著《药世》十三万言，力辟妇女缠足之非，其中引经以经之，据史以纬之，不惮苦口药石，欲以菩萨宝筏，遍度优婆尼，亦足见救世苦心矣。其家女公子三，皆能禀承父志，不屑以纤纤取容，特请自隗始。当时不免目笑，而适以开今日风气之先。惜其书未经见，未审曾梓行否。

二八七　张之洞刘恭冕痛陈缠足之害

南皮相国张文襄，撰《戒缠足会序》，论中国女子缠足之弊，最为切中。谓："极贫下户，无不缠足，农工商贾畋渔之业，不能执一。尫弱倾倒，不能植立。不任负戴，不利走趋，凡机器纺纱织布缫丝，皆不便也。与刑而刖之，幽而禁之等。”又谓：“若妇女缠足，贫者困于汲爨抱子，富者侈于修饰，资用广而疾病多。遇水火兵乱，不能逃免，且母气不足，所生之子女，自必脆弱多病，数十百年后，吾华之民，几何不驯致人人为病夫，尽受殊方异俗之蹂践鱼肉，而不能与校。”文襄此论，所谓仁人之言，不惜苦心疾口，极言弊病，以冀众民之听，凡提倡不缠足者，当称述而阐明之者也。又有极言缠足之害，据所闻见，尤为沉痛者，杨子刘恭冕《广经室文钞》有云：

当咸丰癸丑后，发逆遍扰江南北各省，吾乡以多水获免。他省之来吾邑者，率多大足妇人，而裹足者卒鲜。且必皆富贵之家，先贼未至出走者也。若贫穷之士，迁延无计，及贼大至，而男女踉跄就道。彼妇人自知不良于行，未及贼而自尽者有之，为贼追迫而自死者有之，求死不得，为贼所虏胁者有之。又或子为母累，夫为妻累，父母为儿女累，兄弟为姊妹累，骈首就戮，相及于难者指不胜屈。岁乙丑，予游皖南，每至一村，屋宇或如故，而不满二三十人，多者不过百人，就中则九男而一女焉。此一女者，非必少壮有夫能生育。是更二十年，而今所谓九男者，或无遗种焉，岂不可哀也哉？夫自古至今，妇女死于兵者，莫可殚述，而皆未有知其死之多累于裹足者。故予著之，不啻痛哭流涕言之，为天下后世仁人告也。

二八八　昔人关系缠足之载籍

昔人载籍有关系考证缠足之原始者，略具如左：

《宋书·礼志》：“男子履圆，女子履方。”

《北史》：“任城王楷刺并州，断妇人以新靴换故靴。”（按：据此，知男子妇人同一靴。）

宋张邦基《墨庄漫录》“道山新闻”云：“李后主宫嫔窅娘，纤丽善舞，以帛裹足，令纤小屈上如新月状，由是人皆效之。以此知扎脚五代以来方有之。如熙宁、元丰前，人犹为者少，近年则人人相效，以不为者为耻也。”

宋车若水《脚气集》：“妇人缠脚，不知起于何时。小儿未四五岁，无罪无辜，而使之受无限之苦。缠得小来，不知何用。后汉戴良嫁女，练裳布裙，竹笥木屐，是不干古人事。或言自唐杨太真起，亦不见出处。”

宋王明清《挥麈余话》：“建炎时，枢密议官向宗厚，缠足极弯，长于钩距。王佾戏之，谓脚似杨贵妃。”

宋张世南《游宦纪闻》：“永福乡有一张姓僧，有富室携少女求颂。僧曰：‘好弓鞋，敢求一双。’裂其底，衬纸乃佛经也。”

《宋史·五行志》：“理宗朝，宫女束足纤直，名‘快上马’。”

宋吴自牧《梦粱录》：“小脚船，专载贾客、小妓女、荒鼓板、烧香婆嫂。”

宋周去非《岭外代答》：“安南国妇人，足加鞋袜，游于衢路，与吾人无异。”（按：所谓吾人，今广西人。）

宋百岁寓翁《枫窗小牍》：“汴京闺阁，宣和以后，花鞋弓履，穷极金翠。今掳中闺饰复尔，瘦金莲方，莹面丸，遍体香，皆自北传南者。”

元陶九成《辍耕录》：“程鹏举，宋末被掳，配一宦家女，以所穿鞋易程一履。”

元沈某《鬼董》：“绍兴末，临安樊生游于湖上寺阁，得女子履绝弓小，张循王妾履也。”

元白珽湛《渊静语》：“程伊川六代孙淮居池阳，妇人不裹足，不贯耳，至今守之。”

《明史·舆服志》：“皇后青袜舄，饰以描金云龙皂纯，每舄首加珠五颗。皇妃、皇嫔及内命妇青袜舄，皇太子妃袜舄同，命妇九品青袜舄，宫人则弓样鞋，上刺小金花。”（按：据此，是贵人不以裹足入制。）

明黄道周《三事纪略》云：“弘光选婚，懿旨以国母须不束足。”

明沈德符《野获编》：“向闻禁掖中被选之女，入内皆解去足纨，别作弓样。后遇扫雪人从内拾得宫婢敝履，始信其说不诬。”又云：“明时浙东丐户，男不许读书，女不许裹足。”（按：是反以〔不〕裹足为贵，不可解。）

明胡应麟《笔丛》：“妇人缠足，谓唐以前无之。余历考未得其说。古人风俗流传，如堕马、愁眉等，史传尚不绝书，此独不著。太白至以素足咏女子，信或起于唐末，至宋、元而盛矣。（按：宋秦醇撰《赵后遗事》云：

"赵后腰骨尤纤细，善踽步行，若人手执花枝颤颤然。"此因细腰踽步而然，非因足纤。)

至诗词可资印证者，唐明皇《咏锦袜》云："琼钩窄窄，手中弄明月。"（按：见宋释文莹《玉壶清话》）

白香山诗："小头鞋履窄衣裳，天宝末年时世装。"

杜牧诗："钿尺裁量减四分，碧琉璃滑裹春云。"

北宋徐积《咏蔡家妇》云："但知勤四支，不知裹两足。"（按：宋时盛行弓足，徐诗云云，即已薄为陋俗矣。)

《花间集》词云："慢移弓底绣罗鞋。"（吴衡照《莲子居词话》云："妇人缠足，见咏于词始此。刘熙《释名》：'晚下如舄，其下晚晚而危，妇人短者著之，今人缘以为高底之制，即古重台履也。'")

宋赵德麟《商调·蝶恋花》云："绣履弯弯，未省离朱户。"（按：绣履弯弯，则是弓鞋矣。赵词演双文事，元微之作《会真记》及《古艳杂忆》《梦游春》等诗，白居易、杜牧、沈亚之、李绅，皆有酬和之作，于崔氏之一肌一容，靡不极意抚写，而略不及足。唯微之《梦游春》词有云："丛梳百叶髻，金蹙重台履。"未可据为弓足之证也。赵词云云，殆以宋时习尚例唐人耳。)

刘龙洲有《沁园春》词，咏美人足"洛浦凌波"云云。

二八九　广西妇人衣裙

汪碧巢(森)《粤西丛载》引林坤《诚斋杂记》云:"广西妇人衣裙,其后曳地四五尺,行则以两婢前携。"按:此西国妇女时装也。近沪上有仿之者,不图吾广右自昔有之。独吾居里闬十数年,殊未见曳长裙者。吾家会垣,讵省外有是俗耶?抑古有之,而今也则无耶?行必两婢携裙,非富厚之家不办。粤地贫瘠,窃意安得有是,则书之未可尽信也。

二九〇　女扮男装生活

元末四川韩氏女遭明玉珍之乱,易男子服饰,从征云南七年,人无知者。后遇其叔,始携以归。又明时金陵女子黄善聪,十二失母,父以贩香为业,恐其无依,诡为男装,携之庐、凤间。数年父死,善聪变姓名为张胜,仍习其业。有李英者,亦贩香,自金陵来,与为火伴,同卧起三年,不知其为女也。后归见其姊,姊诟之。善聪以死自矢,呼媪验之果然,乃返女服。英闻大骇,怏怏如有所失,托人致聘焉,女不从,邻里交劝,遂成夫妇。此二事,焦氏《笔乘》所载,前事甚似木兰,后事甚似祝英台。

二九一　陈迦陵狎云郎

云郎者，冒巢民家僮紫云，字九青，儇巧善歌，与陈迦陵狎。迦陵为画云郎小照，遍索题句。相传迦陵馆冒氏，欲得云郎，见于词色，冒与要约，一夕作《梅花诗》百首。诗成，遂以为赠。偶阅盐官谈孺木（迁）《枣林杂俎》，有云："屠长卿礼部（隆）求友人侍儿，令即席赋《梅花诗》百首，长卿援笔立成，因归之。"与迦陵、云郎事绝类，其作合皆癯仙（在此指梅花——编者）之力也，惜侍儿不详其名。

二九二　郑芝龙小名凤姐

郑芝龙（郑成功之父——编者）小名凤姐，见《枣林杂俎》。男人女名，如《孟子》所称冯妇，《庄子》所称嫣女，《史记·荆轲传》有徐夫人，《汉书·郊祀志》有丁夫人，夥矣，未有若是其艳者。《春秋传》之石曼姑，《三国志·陆抗传》之暨艳，庶几近之。而乃属之纵横海上之郑芝龙尤奇。又按：以姐为名者，《后周书·蔡佑传》有夏州首望弥姐。

二九三　金鸡纳尤喀利葛皆治疟疾

岁在戊戌，偶阅《彼得堡译报》，其一则云：

亚美利加洲南境产一种药材，名曰金鸡纳，专治疟疾。初时该处人民只知此树有用，恒剥其皮，而不知培其根本。后有智者至其国，移种各处，迄今二十余载，枝叶荣盛，利济无穷。又英属荷兰地有一种树，名曰尤喀利葛，高十余丈，其叶宽长。美国旧金山亦有一种树，其树身之高大相同，唯枝叶不甚荣盛，滋长时异，其木质最坚，堪为栋梁舟楫，雕镂篆刻，历久不朽。虫不能伤，火不能焜尾。或种于低洼处，颇可收地之潮湿。现英人颇得其利，并与此树为邻之民，从无疟疾，始知此树之性，与金鸡纳同为治疟之妙品。近年俄国多购此树，移种于齐业弗城乡间，日形蕃郁云。

按：金鸡纳霜已疟，夫人知之。（金鸡纳树本无名，土人名金鸡纳者，患疟渴甚，饮于涧，疟忽愈。涧上有树，叶落水中，因知树性治疟。即以金鸡纳名之。）而尤喀利葛，则未之前闻。曩录附笔记，刻笔记时汰之，兹记如右。

二九四　西洋妇女精于天文者

西儒最精天算，即其巾帼中，亦往往擅此专门之学，如英之侯氏，以西方羲和著称。自侯维廉，始驰名天算，创寻新星，其得力于臣妹者正不少也。同时英伦孀妇，有松美妃者，亦以天算格致诸学，著书立说，流布各国。尝亲诣法国大观象台，谒掌台拉哥拉斯学士。学士深为器重，隆礼相待，因谓松曰："各国才女，能解我天算者二人，哥拉斯之外，即吾子也。"松不禁莞尔笑曰："焉有二人，松美妃我也，哥拉斯亦岂异人哉。"又数十年前，美国提倪智尔氏掌大观象台。提虽善在玑衡，而亦藉助于其妹，实不啻侯氏兄妹也。夫吾国在昔，班昭续《汉书》，不过补兄所未竟，若西国侯、提两媛，或且匡兄所弗及，不尤难能可贵哉！同治十有三年，金星过日，美国钦派学士华德孙来中国北京测验，其夫人偕行，实襄推步各务，闻其精审出华上。西国妇女之于天文若是，他可知矣。

二九五　查氏旧藏写本《二陆词钞》

得《二陆词钞》，海宁查氏旧藏写本。陆钰，字真如，万历戊午举人，改名芑谊，字忠夫，晚号退庵。甲申、乙酉遭变，隐居贡师泰之小桃源。未几，绝食十二日卒。其词曰《陆射山诗余》。陆宏定，字紫度，真如公次子，高洁不仕，其词曰《凭西阁长短句》。皆清隽高浑，与明词纤庸少骨者不同。卷端各有小传，载紫度夫人周氏，名莹，字西鑫，喜涉猎经史百家，工诗词。其《别母渡钱塘》句云："未成死别魂先断，欲计生还路恐难。"《咏杏》诗："萱草北堂回画锦，荆花丛地妒娇姿。"《送夫子入燕减字木兰花》云："莫便忘家莫忆家。"皆闺秀所不能道，惜全什遗去，此册亟应梓行，姑志其略如右。

二九六　朱柏庐先生小传

《朱柏庐先生家训》（“黎明即起，洒扫庭除”云云）世或误为文公作，金坛于鹤泉《清涟文钞》有《柏庐先生传》，略云：

> 柏庐先生者，昆山人，朱氏，名用纯，字致一。父集璜，明末贡生，国变殉难。柏庐性坚挺，于书无所不读，以父故，终身不求仕，结庐山中，授徒自给。高巾宽服，犹守旧制，邑中重之，以子弟受业者几五百人。会举贤良方正，邑人有贵显者，以先生名首列上之。先生时方集徒讲《易》，或以告且贺，诸生请敛资为束装具。先生笑曰：“甚善。”讲罢入室，久之不出，排闼视之，则已自经矣。诸生大惊，解之，中夜始苏。叹曰：“吾姜桂之性，已决必无生也。”诸生乃致语邑令，追还所上姓名。令高其节，命驾见之者三，固辞弗见。一日风雪抵暮，令度先生在室，轻骑诣之。甫登堂而先生逾垣遁。或怪其迂，先生曰：“吾冠服如此，讵可见当事乎？必欲易之，吾不忍也。”以四月十三日生，及卒亦以此日，年八十余，里人称为节孝先生。

按：《清涟文钞》第二、三、四卷皆律馆纂述，备载朝会、宴飨、导迎、铙歌、祭祀各乐章，可考见一朝乐制。

二九七　“谦默”“迂阔”新解

凡一字之为用，有深求而更进一解者。《华闻修书绅要语》云：“谦，美德也，过谦者多诈；默，懿行也，过默者藏奸。”有浅解而自为一说者。桂林陈相国文恭任司道时，与上宪论事不合，上宪斥以迂阔，公谢不敢当。上宪讶问之，公曰：“迂者远也，阔者大也，宪蕲以远大，安得不谢？”（文恭语见英和恩《福堂笔记》）

二九八　汪容甫致毕灵岩书

汪容甫先生（中）经术湛深，文采焰烂，而恃才傲物，多所狎侮。灵岩毕公抚陕时，知先生名而未之见也，先生忽以尺书报之，书仅四句云：“天下有中，公无不知之理；天下有公，中无穷乏之理。”毕公阅竟大笑，即以五百金驰送其家，当时旷达之士若孙渊如（事见前话）、若汪容甫，非毕公不能罗致也。

二九九　人意好如秋后叶，一回相见一回疏

容甫夫人孙氏工诗，有句云："人意好如秋后叶，一回相见一回疏。"见阮文达《广陵诗事》。

三〇〇　随园有三

金伟军（鳌）《金陵待徵录》云："随园有二：一为焦茂慈（润生）之园。顾文庄诗云：'常忆牛鸣白下城，宋朝宰相此间行。'应在东冶亭左右。一为随（随，当作隋），织造之园，在小仓山，则袁太史所得而增饰者也。"扬州亦有随园。《广陵诗事》云："方坦庵寓扬州之随园。"汪舟次（楫）诗云："广陵秋色在随园。"

三〇一　陈其年与小杨枝

陈其年以梅花诗百首得云郎于冒巢民，绘影征题，传为韵事。《广陵诗事》云："又有杨枝，亦极妍媚。后二十年，杨枝已老，其子尤丰艳，因呼小杨枝。邵青门题其卷云："唱出陈髯绝妙词，灯前认取小杨枝。天公不断消魂种，又值春风二月时。"（按：青门所题之卷当即云郎小像，诗句连及小杨枝耳。）

三〇二　张胭脂　春柳舍人　红豆词人

张喆士（四科）《咏胭脂诗》云："南朝有井君王辱，北地无山妇女愁。"呼"张胭脂"。郑中翰（沄）《新婚北上留别闺中》云："年来春到江南岸，杨柳青青莫上楼。"情韵绝佳，呼"春柳舍人"。吴园次（绮）工词，有毗陵闺秀日诵其"把酒祝东风，种出双红豆"二语，谓秦七、黄九不能过也，因号"红豆词人"，皆韵绝。

三〇三　汪容甫窃汉碑

汉石阙二，在宝应。其一为汪君容甫以钱五十千募人窃归，石刻孔子见老子，及力士、庖厨等物象。容甫自榜其门曰："好古探周礼，嗜奇窃汉碑。"亦旷达者之所为也。其一为宝应县令某沉之水中，不知其处。

三〇四　扬州梅蕴生轶事

扬州梅蕴生孝廉（植之）能诗，又善琴。方弱冠，琴已擅名，喜夜深独坐而弹。一夕，曲未终，见窗纸无故自破，觉有穴窗窃听者，俄而花香扑鼻，已入室矣。乃言曰："果欲听琴，吾为尔弹，吾固不愿见尔也。"急灭其灯，曲终乃寝云云。蕴生藏唐田府君侁竝夫人合祔两志石，吴让翁为撰楹联云："家有贞元石（田志贞元间刻石），人弹叔夜琴。”对句亦纪实也。

三〇五　厉鹗姬及女尼皆名月上

《广陵诗事》云：“厉樊榭久客扬州，由湖州纳姬归杭州，名曰月上，作《碧湖双桨图》，扬州诗人多题之。”又《众香集》云：“尼静照，字月上，宛平人，曹氏良家女。泰昌时选入宫，在掖庭二十五年，作《宫词》百首。崇祯甲申，祝发为尼，有〔西江月〕词云：

> 午倦恹恹欲睡，篆烟细细还烧。莺儿对对语花梢，平地把人惊觉。　　有恨慵弹绿绮，无情懒整云翘。难禁愁思胜春潮，消减容光多少。

又按：《五灯会元》：“舍利弗尊者，因入城，遥见月上女出城，舍利弗心口思惟，此姊见佛，不知得忍不得忍否。”樊榭姬人之名，殆用梵夹语，与明宫媛暗合耳。

三〇六　叠韵双声自相为对

钱竹汀先生《潜研堂文集》记先大父逸事云：“有客举王子安《滕王阁诗序》‘兰亭已矣，梓泽丘墟’二句，对属似乎不伦。先大父曰：‘已矣叠韵也，丘墟双声也，叠韵双声，自相为对。古人排偶之文，精严如此。’”按：

《宋史》梅溪寿《楼春词》："几度因风飞絮，照花斜阳。""风飞"双声，"花斜"叠韵，于词律为一定而不可易，填此调者，必当遵之，近人罕有知者。（按：嘉定钱氏《艺文志略》："竹汀先生大父，名王炯，字青文，号陈人，诸生，著有《大学各本参考》《字学海珠》《苏州府志辨正》《振铎》等书。"）

三〇七　牛蹄突厥国

昔人载籍往往不可尽信，五代胡峤《陷北记》云：

> 契丹迤北，有牛蹄突厥，人身牛足。其地尤寒，水曰瓠卢河，夏秋冰厚二尺，春冬冰彻底，常烧器泮冰乃得饮。又北狗国，人身狗首，长毛不衣，手搏猛兽，语为犬嗥，其妻皆人，能汉语。生男为狗，女为人。自为婚嫁，穴居食生，而妻女人食。常有中国人至其国，其妻怜之，使逃归。与其箸十余只，教其走十余里遗一箸，狗夫追之，见其家物，则衔而归，则不能追矣。

言之似甚确凿者。迄今中外邕通，山陬海澨，电辙飚轮，无远弗届，殊未闻牛蹄狗首其人者。岂其种族不蕃，历久乃底灭亡耶？抑或人禽之间（按：《白虎通》："禽，鸟兽总名，言为人禽制也。"又《五行大义》："十二时凡三十六禽，子为燕鼠蝠，丑为牛蟹鳖，寅为狸豹虎，卯为猬兔貉，辰为龙蛟鱼，巳为鳝蚓蛇，午为鹿马獐，未为羊鹰雁，申为猫猿猴，酉为雉鸡乌，戌为狗狼豺，亥为豕蜼猪。”则无论羽毛鳞介蠕蛰之属，皆得谓之禽矣)，屡变而臻纯备耶?

三〇八　除莽公

上海乔鹭洲（重禧）《陔南池馆选集》有《除蟒公传》，事绝奇伟，节其略如左。

除蟒公，姓氏里居皆不传。少年任侠，好击刺，父为人陷死，除蟒公年十六七，逃去，学于少林僧，十年而成。归，手揕仇人，抉其首，告父墓，遁居吴会空山中。久之，徙居松之峰泖间，筑草屋两楹，佣山民之田以自食。郡之南，朱泾者，巨镇也，属华亭辖。时天久旱，不雨者七阅月。天马横佘之间，深山大泽，故有巨蟒二，数百年伏处，未尝为人害，至是一蟒忽自山中出，至镇之野，戕鸡犬、婴儿无算。蟒巨甚，盘伏农人田，禾苗尽偃，鸟枪击之不能中，反为蟒毙，官民惶窘无所计。邑令悬千金募力者斩之。邻以公告，令乃具礼诣公。公年已六十余，发秃尽，见人不知寒暄，口讷讷若无所能者。次日，手一杖以出，至蟒所，蟒方仰首喷毒树间，鸟皆堕落，公伺其不备，击其首不中，急跃至百步外，蟒已及两肘间，肘后衣寸寸裂矣。又回击之，中其背，而蟒已绕公身六七匝，缚若巨絙，幸一手向外，亟扼其颈。有顷，公狂呼一声，手足划然开，蟒骨节皆裂，歼矣。令具千金为寿，造其庐，而公已不知所往。于是人始相传诵为除蟒公云。后廿年，雌蟒出求其雄，复至故所，噬人畜尤多。人争思除蟒公，顾虑公年愈高，当不复在人间，或龙钟非蟒敌。会有贩湖绵者，言湖州中客状，侦之，果公，聘不至。时泾民数百诣山中，环其居，日夕号，若申包胥之泣秦庭者。公曰："吾服气炼形，无求人世，冀百龄从赤松子游。今若此，不复归矣。"乃出。手不持寸铁，询蟒所在，遽跃近蟒，蟒盘旋缠缚如前，仍以手握其颔，腾跃去地寻有咫，居民皆闭户惕息不敢出，但闻砰訇跳跃一昼夜。视之，人与蟒皆死。居民感其德，醵金肖公像，立祠祀之，题曰"除蟒公祠"。

按：除蟒公英勇冠世，可与晋周子隐杀长桥蛟事并传，矧得之手毙父仇之孝子，尤足增重。据乔氏传赞云，稽之郡邑志皆弗翔也。陋哉！

三〇九　秀水王仲瞿逸事

秀水王仲瞿孝廉（昙）倜傥负奇气，文词敏赡，下笔千言立就。在京师时，法梧门祭酒（式善）重其才，与孙子潇太史（原湘）、舒铁云孝廉（位）称为三君，作《三君咏》。适川楚教匪不靖，王之座师，南汇吴白华总宪（省钦）荐王知兵，且以能作掌心雷诸不经语入告，严旨斥吴归里，而王应礼部试如故，卒憔悴失意死，识者悲之（节陆以恬《冷庐杂识》）。按：钱塘陈退庵（文述）《颐道堂文钞·王仲瞿墓志》云："仲瞿好谈经济，尤喜论兵。嘉庆初，川楚不靖，总宪云间吴公，君座主也，倚某相国。相国怙势败，惧罪及，因荐君知兵，以不经语入奏，冀以微罪避位，非爱君也。"此说直抉其隐。某相国者，和珅也。《墓志》又云："君性豪逸，尝于除夕携眷属，泛舟皋亭梅花下度岁。"（有诗云："旧日林和靖，当年郁太玄。为花间一世，招我当三贤。有地能逃俗，无家不过年。人烟山野里，忙煞五更天。"见《烟霞万古楼诗选》）

又尝建琵琶馆于吴门，延海内善弹者，品其高下。（有诗云："苏老登场屋，琵琶有中兴。而今贺怀智，当日郑中丞。佛国门楼近，庭花玉树能。不期天宝后，犹有佛传镫。"首句自注："华亭俞秋圃为吴下琵琶十一人之冠，盖苏达子之高足也。""而今"句自注："苏达子，康熙中人，生长西哉，遍访天方回部诸国，其声始备。吴门得衣钵者，俞秋圃一人而已。""庭花"句自注："玉树后庭花，所谓陈、隋调者，秋圃传之苏老，余之私淑者无传也。"）

其逸事大率类此。

三一〇　幺妹征苗

舒铁云《瓶水斋诗集·幺妹》诗有序，略云：

水西土千总龙跃，其先以从讨吴三桂有功，世袭斯职。狆苗之畔，幕府檄调领土兵来赴。适跃卧疾，惧逗挠，乃遣其幺妹率屯练二百人，驰诣军门从征，前后凡二十余战，禽馘最夥。岁除蒇事，奖以牛酒银牌，令还本寨，而加跃军功一级。妹年十有八，形貌长白，结束上马，出没矢石间，指挥如意，亦绝徼之奇兵也。凡苗以行第最稚者为幺云。

陈裴之撰《舒君行状》云：

君客黔西观察王朝梧幕，会南笼苗反，大将军威勤侯勒保檄观察从征，君为治文书，侯大赏之，数召至军中计事。苗女从征者曰龙幺妹，欲以归君。君辞曰："非所堪也。"侯益深器之。夫幺妹诚奇女子，附铁云而名益显矣。

偶阅王仲瞿诗（《奉和舒铁云姨丈见赠》之作），自注："南笼之役，妖巫黄囊仙旗鼓最盛，时檄调云南土练中，有龙土官之幺妹者，美丽善战，冒其兄品服，矛枪所及，槊一毙十，黄氏所部遂不能成军，乃至成禽。囊仙者，蛮语谓姑娘也。”

据此，则当日幺妹所献之俘，亦一女子，尤奇。

三一一　中三元者考

有清一代，得三元二人。一长洲钱湘舲（棨），一临桂陈莲史（继昌），传为科第盛事。常熟孙子潇（原湘）以乾隆乙卯二名乡举，以嘉庆乙丑二名登礼榜中式，殿试二甲二名进士，舒铁云、王仲瞿赋诗赠之，同用“臣无第三亦复无第一”之句，窃疑三元尚有二人，若孙原湘者，殆未必有二。

三一二　逢五即有庆

嘉兴沈匏庐（涛）《交翠轩笔记》云：

> 宋何执中微时，从人筮穷达，其人云：“不第五否？”曰：“然。”其人拊掌大笑，连称奇绝。因云：“公凡遇五，即有嘉庆，何以熙宁五年乡荐，余中榜第五人及第，五十五岁随龙，崇宁五年作宰相。每迁官或生子，非五年即五月，或五日。见《梁溪漫志》及朱彧《可谈》。金田彦实，所居里名半十，行第五，

以五月五日生，小字五儿，二十五年，乡、府、省、御四试，皆中第五，年五十五，八月十五日卒。见《困学斋杂录》。”

句吴钱梅溪（泳）《履园丛话》云：

有杨沂秀者，贵州定远人，嘉庆甲戌进士，幼时应童子试，县、府、院考俱列第五，后乡会榜亦俱中第五，挑选陕西鄠县知县，制签亦第五名，人称为“杨第五”。

三事相符，古今如出一辙，尤奇。

三一三　会试每科必膺简命者

清制：凡乡试主考、会试总裁，皆硃笔亲除。（硃签款式，如请简江南主考，阁臣票拟云：“江南正考官着某去，副考官着某去。”两“去”字上各留空白三字许，备硃笔填写。）乾隆末年，有满洲京卿名八十者，每科必膺简命。时纯庙耄期惓勤，取其名仅四画，便于宸翰也。

三一四　吴昌硕刻乐乐乐名章

吴缶庐言，十数年前，有湖南廪生乐乐乐（名取“与寡乐乐，与众乐乐”句义），曾嘱缶庐刻印。此印姓名三字皆同，章法殊难布置。

三一五　刘幼丹勘妒妇虐婢案

今湖南巡按使刘幼丹，前于光绪中叶由翰林一麾出守，领袖益部，政号廉平。有妾虐婢案，尤脍炙人口。先是，州别驾某，侨寓蓉会，箧室某氏，某官执拂妓也。官死，某纳之，恃宠而骄，权侔女君焉。蓄一婢，姿首明丽，惧夺己宠，日凌虐之。辄鞭扑以百数，火针烙之无完肤（按：《增韵》：“火针曰烙。”），死而密瘗诸野。事闻于邻，邻白诸官，往验之，鳞伤宛然。太守闻之怒，将拘氏穷治之。适氏有身，弗即谳。既免，坐堂皇，廉得其情，掴之二十。（按：《韵会》：“掴，掌耳也。”）饬别驾领归管束。按：《南史》：“豫章内史刘休妻王氏甚妒，帝闻之，赐休妾，敕与王氏二十杖。”太守执法，毋乃类是。一时舆论所归，谓夫五马之威能伏六虎。（按：《遁斋闲览》：“延平吴氏，姊妹六人皆妒悍，时号六虎。”）其风力得未曾有，而拄杖落手者流或感恩托庇于无形云。

三一六　王惕甫夫人像印

吴县王惕甫（芑孙）夫人曹墨琴像印，椭圆形象牙印，直径八分，横径六分强。左方刻时装闺秀小像，右近边刻

“墨琴”二字，朱文。边款云：“墨琴淑妹小影，赤子作。”按：陈文述撰《王井赤传》云：“继娶曹，字小琴，墨琴夫人弟梧冈女。”据此，知墨琴有弟字梧冈，而其兄不可考。

三一七　周伯甫卫河东君

近人撰述有名《绛云楼俊遇》者，专记河东君事，颇多所阙佚，虽载在《牧斋集》中者，亦弗能翔焉。偶阅昭文顾虞东（钱）所撰《周翁传》，得一事绝瑰伟，亟节录如左，以饷世之好谈河东君逸事者：

> 翁字伯甫，姓周氏，芝塘里人。形体魁硕，修八尺余，不持寸铁，以徒手搏人，出入千百群中，如无人也。然翁自谓以手攫搏，非能者事。尝拱手鹤立，而侮之者倏忽颠蹶，头肿鼻豁，若有鬼神呵之，未知何术也。又尝谓以力驾人，无力者当坐受困乎，因力于敌，而我无所用其力，斯至尔。邑中推大力者为陈氏子，能立水中，以只手迎巨舰，当风急浪涌，饱帆扬舲，如矢直注，触陈手辄止，无勇怯皆慑其力。嫉翁之能也，欲得而甘心焉。仓卒遇诸隘，避之弗及，陈遽蹑翁，致锐前扑。翁率绕陈左右，盘辟回舞。陈足蹴拳举，尽力挥斥，卒不能近。久之，翁倏攫身空际，如疾鹰急隼倒攫凡鸟。陈惊顾，目未承睫，翁已

举身撞其胸，陈遂不支，颓然就倾，乃匍匐稽首，愿称弟子。大将某者，号万人敌，闻翁名，延致之，愿与角技，翁固逊。强之，笑曰："请以数十氍毹藉地。"问何用，曰："恐公仆尔。"大将怒发，一击不中。翁复笑曰："公毋再击，再击仆矣。"大将者愈怒，再击翁。翁大呼曰："倒！"应口伏地，然未见翁之举手也。由是延为上客，欲尽其技，顾弗能，乃厚赠遣之。时钱宗伯受之负海内望，卜居红豆庄，客翁。翁止其庄者数岁。河东君者，宗伯之爱姬也，才名甚噪。宗伯故豪侈，重以文章致厚贿，投遗无虚日，所受金悉贮河东所。会宗伯适邑居，剧盗数十辈谋劫河东，因致其资。夜围庄，势张甚。顾重畏翁，欲先制之。翁方浴，闻变遽起，右足入裤中，左未遑也。浴所仄，门半掩，盗数人挺枪入，翁携尺许布捲其枪，数枪并落。徐约衣结带，持枪奋呼出。盗震聋失气，兔脱鼠窜。翁尾之，连刺数盗中要害。宅辽阔，盗众，家人伏匿不敢动。盗益猖，或抉垣毁户，直闯其室，凡四五处所，叫嚣室中，索河东急。翁舍前所追盗，还击室中盗，盗纷藉，杀一二人不止，后至益众。翁计河东倘被劫，虽强力者无能役矣。遂排闼负河东决围出，匿之善所，还逐盗。盗失河东，莫能发所藏金，胠囊衣数十箧去。值翁还，争弃掷道际，泅水脱命。盗既去，徐呼其家人收弃之，迎河东还，实不失一物。宗伯捐馆，河东缢，翁去钱氏，浮

> 沉里间，最后客虞东大父所，年九十余矣，两目尽盲，犹倔强不扶杖，每饭尽升粟。翁言初得异僧指授，积二十年乃成。尝属虞东录其法为《拳谱》一卷，后失去。又数年卒于家。无子，族子某嗣。虞东论曰："钱宗伯以文章毁誉人，顾不一及翁，或谓宗伯欲秘其盗劫之事者近是，余为表之，无使没没焉。"

蕙风曰：周翁诚大勇，其自谓因力于敌，而我无所用其力，未足为其至也。其应变之识与智，不尤难能可贵耶？翁计河东徜被劫，虽强力者无能役；负之决围出，匿之善所，而后还逐盗。当危机眉睫间，何轻重缓急之权衡至当也。夫河东信非寻常巾帼者流，其于精徒妸夫，必有以使之魄慑而不敢犯。然而挺兰玉之芳洁，万一稍激烈而遽摧陨，则后日劝忠、殉节两大端，不获表见于世，讵不重可惜哉？微翁孰拯于危而成其美也。嗟乎！岁月不居，英雄老去，翁当蔽明收视、却杖强饭时，而回首昔年喑呜叱诧、千人辟易之雄概，殆将何以为情耶？

三一八　任三杀虎

又《虞东文录》有书任三杀虎事，亦瑰伟可喜，略云：

> 岁壬戌，余馆大台庄黎氏。一夕，主人饮客，客

皆短衣科跣，箕踞作牛饮，撞搪号呶，如沸羹焉。有任三者，年七十许，头秃齿缺，犹胜酒数十斗。酒中，自言滦州杀虎事。滦猝有虎入村舍，自晨至食，杀十九人，或折手足断颡破腹出肠，旋弃去。复择人噬，咆哮篱落间。民键户窜伏，道无行者。三适有约，将过其里，亲故咸尼之。三慨然曰："虎为患若此，虽无事，犹当赴之，况与人约而更为虎避耶？"遂挟二矢往。遇虎，发一矢中足。时虎方蹲大树下，被矢怒甚，奋牙爪扑三。三竦踞树巅，虎昂首望树吼，叶堕地如密雨。三两足帖树枝，以手撩去其翳，徐抽矢注射，志其喉，镞出喉间者数寸，虎揞地陷尽余毙。三跃下树，操空弓过所约者。门闭不得入，亟叩之，大呼虎已毙，始启门。备言杀虎状，不即信。其邻里数十辈，相约执械觇虎所。见虎伏地，犹惴栗莫敢前。一二悍者稍即之，辄反走。已而侦其果死，因共舁至隙地，刳其皮，脔分之。于是知三之能杀虎也。

方三言时，客共屏气注目，属耳于三。三掀髯抵掌，且饮且谈。余壮之，且喜其静客喧也，为之浮一大白。

三一九　中书舍人赵再白行状

《文录》又有《中书舍人赵君行状》：

赵君讳森，字再白，一字素存，籍常熟，雍、乾间人。卖文长安中，来乞者肩踵相望，新故纸积几案间以千计，岁用墨丸数斤。有欲罗致门下者，啖以好语，笑不应。尝大书榜其壁云："圣贤豪杰，是我做出来的，不干命事；功名富贵，是命生成就的，不干我事。"

三二〇　历代卖文趣话

昔人卖文，托始子云、相如。相如得千金，售《长门赋》；子云作《法言》，蜀富贾人赍钱千万，愿载于书，子云不听，曰："夫富无仁义，犹圈中之鹿，栏中之羊也，安得妄载。"见《论衡》。又《潜居录》云："子云以卖文自赡，文不虚美，人多恶之。及卒，其怨家取《法言》益之曰：'周公已来，未有汉公之懿也，勤劳则过于阿衡。'"云云。自唐已还，卖文获财，未有如李邕者。邕早擅才名，尤长碑颂，虽贬职在外，中朝衣冠，及天下寺观，多赍持金帛，往求其文，前后受纳馈遗，多至巨万，见《旧唐书》本传。杜少陵诗《闻斛斯六官未归》云："故人南郡去，去索作碑钱。本卖文为活，翻令室倒悬。荆扉深蔓草，土锉冷疏烟。"何斛斯翁之生涯寥落，一至于此。其无当于圈鹿栏羊，视子云殆有甚耶。若韩退之谀墓中人得金，则訾次如苴何难矣。

三二一　二侠孙据德周翼圣

萧山汤纪尚《槃过文甲集》有书二侠，略云：

> 侠者孙据德，芜湖人，工画山水，与萧尺木为友。少偕某客扬州，某以事系狱。据德思脱其罪，无资，悬所画于市，连不售，愤甚，裂焚之。有过者于烈焰中攫一幅，委金而去，据德追还之。徒步归芜湖，尽斥产，得千金，卒出某于狱。遂焚笔砚，终身不复画。同时歙人周翼圣亦工画，居芜湖，少负技击。尝独行泰山，遇盗，行且及，周飞跃乔仆盗堕水。纵之，投邸店。夜剥扉急，启门，盗也。盗固逆旅主，周念无可逸，出劳之。盗喜，置酒，请为弟子。酒酣，周剌剌述生平任侠事。盗益喜，出金为周寿。晨熹微，周辞盗□履去，盗尾送数十里，喜极而悲，泣请曰："某无赖，幸遇君，不然死矣，自今愿易行。"周与指陈大义，且曰："大豪杰无他，不讳过耳。"盗竭诚听受，郑重而别。

向来侠士皆勇夫，若孙据德者，独能以艺事行其侠，乃至斥产脱友罪，近于敦励庸行者所为。即以侠论，亦加人一等矣。若夫周翼圣所遇之盗，何其迁善改过之果且速也。人孰生而为盗，甘心为盗者，往往老死不闻德义之言，乃至陷溺，终其身而不克自拔，讵不重可哀哉！

三二二　名妓妙玉儿赛金花义行

偶阅《延绥志》，有云："崇祯癸未仲冬，闯贼陷延安城，留贼将河南人张某据守。明年五月，张某叛，闯遣悍贼名小瞎子者，率兵万余围城。城破，将屠之，令已下矣，则索故所狎妓妙玉儿出，告之故。玉儿泣请收回成命，弗许，因尽出其所赠绣襦珠瑙，蓬发囚首，匍匐以死请。贼意解，乃得免屠，城赖以全，坐罪张某一人而已。"此与光绪庚子联军之役，吴娘赛今（金）花，自达于德帅瓦德西，保全东南宦族及厂肆书籍事略同。国变后，赛犹沦落沪滨。甲寅六月，婴疾几殆，方沉顿间，其老母年逾七十矣，为祷于某女巫。巫托神语决无患，谓夫夙种善因，事在十数年前。巫固驵妇，绝不省北都事，漫为无稽之言，乃与事实暗合。未几，赛亦竟占勿药，绝奇。

三二三　沤尹言诗

沤尹言，有人传诵宗室瑞臣（宝熙）近作诗钟句，帝时燕颔云："高帝子孙龙有种，旧时王谢燕无家。"何言之沉痛乃尔。又沤尹旧作《黄山谷蠹鱼分咏》云："特派纵横不羁马，书丛生死可怜虫。"亦浑雅。

三二四　某方伯任诞

相传吴郡某方伯，清之季年，开藩江右。一日，在签押房接见僚属。值春阴，室稍暗，见方伯两足一靴一鞋，咸骇异。明日再见亦如之。或审谛，则非一靴一鞋，乃袜一黑一白耳，顾袜黑特甚。微询之侍者，则数日前甚雨初霁，方伯散步后圃，误插足泥淖中，泥污其袜及胫，尚未经更易也。辛亥已还，方伯避地沪上，僦居一楼。方伯不轻下楼，非位望与方伯若，亦毋庸上楼。某日卓午，某巨公过访，值方伯晨兴，近案坐，着袜未竟，案陈寒具二。客至，方伯辍袜，起迎客，随手置袜寒具上。客坐定，方伯从容着袜竟，自手一寒具，而以其一属客，客亟敬谢弗遑云。

三二五　翁叔平孙文恪同科殿试

常熟相国翁叔平，相国文端公子，济宁大司寇孙文恪，大司徒文定公子，翁孙固通家，谊夙厚。同治壬戌，两公子同捷礼榜。文端以状头期相国，顾文恪，劲敌也。方意计间，俄文恪造谒，文端亟出见，礼貌弥殷恳。因语文恪："世兄寓京日浅，于廷试规则或未尽谙悉。小儿幸同谱，曷暂移寓敝斋，俾晨夕互切琢。老夫公余获暇，亦贡愚一二也。"于是文恪移居翁邸，与相国共砚席，每日练习殿试卷，或作试帖诗。文端辄奖藉指陈，不遗余力。

未几，殿试期届。先一日，辍课休息。既夕，相国入内寝，文恪宿外舍。甫就枕，则文端出，与深谈试事逾时许，始郑重别去，文恪又就枕。顷之，则又出，问笔墨整饬未，笔堪用否耶。则就所书殿试卷余幅，亲为试笔，蝉联若干行。每毕一行，辄自审谛，谓老眼幸无花也。久之，试笔竟，又从容久之，乃曰："明日试期，当及时安息矣。"匆匆竟去，则夜已逾丙矣。文恪仍就枕，稍辗转反侧，俄闻传呼，促庖人进馔矣，促圉人驾车矣，傔从祗伺者皆起，语声纷然。文恪竟不得寐，匆匆遽起，食毕，登车而去。是日以精神较逊，弗克毕殚能事。洎胪唱，得第二人，而相国以第一人及第矣。

清之季年，朝野竞尚科第，尤醉心鼎甲，乃至耆臣硕望为继体策显荣，不恤诡道达胜算。晚近世风不古，不亦甚可慨哉！

三二六　少目岂能观文字，欠金切莫问科名

乾隆壬子科，侍郎吴省钦典试江西。榜发，士子有"少目岂能观文字，欠金切莫问科名"之联。见高安朱铁梅《江城旧事》。

三二七　刘大刀轶事

《江城旧事》引《续表忠记》云：

刘綎家居（按：綎字省吾，南昌人。明神宗朝名将。所用镔铁刀，重一百二十斤，天下称刘大刀，战死于清风山），尝乘画舫，将之旁郡。岸上有少林僧自矜拳勇，索敌无偶。綎船尾一老妪呼僧曰："吾船上第七娘子来。"忽少妇帕首绔褶，面微紫，年可十八九，登岸与僧周旋者三。僧舒左臂从后高举少妇，聚观者大噪。妇曰："少下。"僧如其言；妇曰："再少下。"语未毕，忽旋身以足尖蹴僧喉，仆地几死，少妇神色不动。綎在船中凭几大笑。妇从容回船，解缆去。有识者咋舌曰："此南昌刘大刀也，门下多蓄异人，秃鹫乃敢捋虎须耶。"

又引《明季北略》云：

无锡秦灯，力举千斤，闻滁州武状元陈锡多力，往与之角。将柏木八仙台，列十六簋，果盒悉具，设酒二爵。秦灯只手握案足，能举而不能行，陈锡则能行，力较大矣，然仅数步而止耳。唯刘綎绕庭三匝，而爵簋如故，其力更有独绝者。

又自注有云：

綎姬妾二十余，极燕赵之选，皆善走马弹械。綎每出巡，诸姬戎装，着小皮靴，跨善马为前导，四勇士共举刀架继之，綎在其后。旁观者意气亦为之豪。

据此，则岸次蹴僧之少妇，属虎帅拥纨之列矣。莺燕导前，貔貅拥后，求之古名将中，得未曾有，而莺燕即貔貅，尤奇。

三二八　叶节母以诗择婿

《江城旧事》又有“叶节母以诗择婿”一则，尤雅故也。略云：

汪辇云（轫）《鱼亭集》有《纳征》诗，自序云：轫孤且贫，卖文无所售，有南昌节母叶孺人者重予诗，延课二子。予病疫濒死，命二子谨护予，获更生焉。越一岁，察予之恪也，托媒氏字予以女，且曰：“吾以诗择婿，请仍以诗为仪，他无所需。”于是敬赋《纳征》诗二章，因盛水师熊浣青往聘焉：

镂金作凤凰，两两张奇翼。欲尽兹鸟神，颇费工人力。
相许在高枝，桐花为结实。好风万里来，文彩共相惜。

东南有嘉木，上生连理枝。云中有好鸟，息此育华姿。
朱阳深照耀，锦翰互参差。请看双飞翼，翱翔度天池。

世人择婿多计家资，故贫士往往不得妻。若其破庸俗之见，别具藻鉴，虽丈夫难之，况妇女乎？轫为一时名下士，而贫不自振，怜才如叶母，可谓巾帼中之绝特者矣。

三二九　以数理推算泥胎寿命

钱塘戴文简（敦元）数理最精，满屋列小泥人，暇则为之推算，云其成毁，亦如人生死也（见韩泰华《无事为福斋随笔》）。相传明万历间，内廷造观音像大小各一，命日者推算：大像寿命不甚绵长，小像合受数百余年香火。神宗敕大者供养禁中，小者龛置前门外市庙。迨崇祯甲申，大像为闯贼所毁，而市庙之像，俗传签卜最灵。（按：《说文》：“签，验也。”《玉篇》：“竹签，用以卜者。”）乃至清之末年，犹香火甚盛，膜拜者踵相接也。则推算泥人，明人有能之者，不自戴文简始。

三三〇　前门城楼居狐仙辨

北京前门城楼，相传有狐仙居之。楼前窗槅，今日此开彼阖，明日彼开此阖，累日未有同者。曩余常用入直，前门为必由之路，留心觇之，诚然。窃意地高风劲，窗槅未经牢闩，自必因风开阖，无庸故神其说也。

三三一　礼自上行

有清一代，天泽之分綦严，往往繁文缛节，近于苛细，然亦有礼行自上者。故事：虽内臣奏事，主上不冠，则不进见。盛暑除冠，则有小内侍捧立于旁，见臣下亦不用扇。俟一起毕（召见一人为一起），稍挥数扇，仍纳于袖，再见一起。

三三二　内阁扁“攀龙附凤”考

内阁汉票签处，壁悬横幅一纸，为“攀龙鳞附凤翼”六字。字径三尺，而不署款，白纸黑字，印画甚真。阅蒋苕生《忠雅堂集》，知为虞永兴书。碑二片，在赵州栴林寺，列东西墀。寺壁尚有吴道子画水，赝笔也（节许善长《碧声吟馆谈麈》）。又“攀龙附凤”四大字，在今西安贡院，为虞世南书，系明时所翻。原刻四川中江岩上，曾访之未得（节《无事为福斋笔记》）。按：已上二家所记，未知是一是二，当是永兴此书，翻抚不止一处。韩氏云云，或误夺“鳞、翼”二字耳。

三三三　随园有四

金陵随园有二，扬州亦有随园，见前话。又关中罗贤亦有随园。其自记云：

余辟地诛茆，偶有怪石，便叠为山；偶临水，便浚为池；偶折柳，植而环之。有草不除，落花不扫。读《易》其中，喟然叹曰：“随之时义大矣哉，随地而安之，亦随地而乐之。孔子曰：‘乐亦在其中矣。’”遂自号曰随园云。

见《无事为福斋随笔》，则随园有四矣。

三三四　杨九娘以孝而死

昆山朱以载（厚章）《多师集·杨九娘庙歌自序》略云：“《嘉定县志》：杨九娘性至孝，父命守桔槔，苦为蚊啮，不易其处，竟以羸死。土人立庙祀之。”按：此与露筋祠事绝类，彼以贞，此以孝，后先辉映矣。

三三五　诸葛亮制木牛流马新说

诸葛武侯在隆中时，客至，嘱妻治面，坐未温而面具，侯怪其速。后密觇之，见数木人斫麦，运磨如飞，因求其术，演为木牛流马云。此说绝新，见明谢在杭（肇淛）《五杂俎》，不知其何所本也。

三三六　汪伯玉夫人洁癖

名士有洁癖者，至米海岳、倪云林，殆蔑以加矣。闺阁中人亦多有洁癖。其尤甚者，《五杂俎》云：“汪伯玉先生夫人，继娶也，蒋姓，性好洁，每先生入寝室，必亲视其沐浴，令老妪以汤从首浇之，毕事即出。翌日，客至门，先生则以唏发辞，人咸知夜有内召矣。”似此洁癖，殆复不能有二。设令易钗而弁，庶几驾米、倪而上之矣。

三三七　清与两汉卖官比较

《五杂俎》云：“汉卜式、司马相如皆入资为郎，则知古者鬻爵之制其来已久。盖亦当时开边治河，军国之需不足，而取给于是也，然止于为郎而已。至桓、灵时，始卖至三公。”按：清制，捐纳一途，京官亦至郎中止，庶几媲美西京，贤于东汉末造远矣。然而桓、灵时之三公，特诵言卖耳，君子谓其直道犹存也。

三三八　古代机器制造

机器制造，吾国古亦有之。璇玑、玉衡，以齐七政，万世巧艺之祖，无出历山老农矣。皇帝之指南车，周公之欹器，其次也。公输之云梯，武侯之木牛流马，又其次也。南齐祖冲之因武侯有木牛流马，乃造一器，不因风水，施机自运，不劳人力；又造千里船，于新亭江试之，日行百里，及欹器、指南车之属，皆能制造。北齐胡太后使沙门灵昭造七宝镜台，三十六户各有妇人，手各执锁，才下一关，三十六户一时自闭；若抽此关，诸门皆启，妇人皆出户前。唐马登封为皇后制妆台，进退开合皆不须人，巾栉香粉，次第迭进，见者以为鬼工。元顺帝自制宫漏，藏壶柜中，运水上下。柜上设三圣殿，腰立玉女，按时捧筹。二金甲神击鼓撞钟，分毫无舛。钟鼓鸣时，狮凤在侧，飞舞应节。柜两旁有日月宫，饰以金乌玉兔。宫前飞仙六人，子午之交，仙自耦进，度桥进三圣殿，已复退，立如常。今广州犹有铜壶滴漏，亦元人制，第略仿其意，不能如宫漏之精美耳。

三三九　狂生杜奎炽之死

上元梅伯言先生《柏枧山房文钞》有标题曰《记闻》者，事绝奇伟可传，文尤简重，足以传之，移录如左（稍删节）：

> 杜奎炽，昌黎狂生也，以狂死。嘉庆戊辰应乡试，书策后千余言。言直隶官吏不能奉宣德意，旗民买汉人田，免租，汉人买旗民田，没其田，且治罪，非普天下王臣王土之意。又民遇饥馑，毋得携族过山海关，非古人移民移粟之道。又言后之人君不以一权

与人，大小事必从中覆，臣下皆无所为作，委成败于天子；不能给，则委之律例，故权之名出于天子，而其实则出于吏。与其权出于吏，无宁分其权于臣。书闻，大臣讯之曰："当年少，不知为此。"言指使者免罪，奎炽大言曰："奎炽所言，皆忠孝事。天生之，孔孟教之，何者为指使？奎炽生十八年，今乃知孔孟为千古忠孝讼师。"讯者皆噤且怒，或叱曰："汝沽名耳，何知忠孝？"奎炽曰："然。奎炽诚沽名，然奎炽今死矣。公等为宰辅受大恩，万一树牙颊，论列是非，朝廷念大体，当不死。轻者罚一岁俸，至款段出都门，极矣。公等爱一岁俸不沽名，奎炽以性命沽名，奎炽诚沽名。"遂罢讯。

按：杜生之论，得之百数年前，虽朝阳鸣凤曷逮焉。

三四〇　清有两张国梁

清有两张国梁，一雍正朝，云南提督赠右都督张国□梁，谥勤果。一咸丰朝，江南提督帮办军务张国梁，谥忠武，见《谥法考》。（按：两公之名，并用俗"梁"字，作"樑"。）

三四一　陈都督义马

前话记塔忠武战马，又有陈都督义马，亦可传也。道光辛丑，英舰犯广州，都督陈建升御之沙角之炮台，死之。马为英军所得，饲之他顾不肯食；乘之，蹶踶弗克上；弃之，悲鸣跳掷而死。三水欧阳双南为赋《义马行》云：

有马有马，公忠马忠。公心唯国，马心唯公。
公歼群丑，马助公斗。群丑伤公，马驮公走。
马悲马悲，公死安归。公死无归，马守公尸。
贼牵马怒，贼饲马吐。贼骑马拒，贼弃马舞。
公死留锜，马死留髁。死所死所，一公一马。

三四二　愚园有长短人各一

沪上愚园有长短人各一，短人非甚短，长亦未足为长。按：宋岳珂《桯史》云："姑苏民唐姓者，兄妹俱长一丈二尺。"又《五杂俎》云："明时口西人，长一丈一尺，腰腹十围，其妹亦长丈许。"倘愚园之长人见之，殆犹不敢望其项背矣。

三四三　僧人可娶妻生子考

欧洲各国，僧皆娶妻生子，与常人无异。吾国亦有之。《五杂俎》云："天下僧，唯凤阳一郡，饮酒食肉娶妻，无别于凡民，而无差徭之累。相传太祖汤沐地，以此优恤之也。（按：明太祖曾入皇觉寺为僧，宜其优礼僧人独异）至吾闽之邵武汀州（按：谢在杭，闽人），则僧众公然蓄发，长育妻子矣。寺僧数百，唯当户者一人削发，以便于入公门，其他杂处四民之中，莫能辨也。按：陶穀《清异录》谓僧妻曰梵嫂。《番禺杂记》载广中僧有室家者，谓之火宅僧，则他处亦有之矣。又《百粤风土记》云："僧多不削发，娶妻生子，名曰在家僧。"

三四四　西洋人利玛窦

《四库全书总目存目·交友论》一卷，明利玛窦撰（按：明时西人入中国者，皆自称欧罗巴人）。万历己亥，利玛窦游南昌，与建安王论友道，因著是编以献。有云："友者过誉之害，大于仇者过訾之害。"此中理者也。又云："多有密友，便无密友。"此洞悉物情者也。自余持论醇驳参半。西洋人入中国，自利玛窦始。利玛窦所著书，又有《二十五言》一卷。西洋宗教传中国，自《二十五言》始。

三四五　东坡创咏足词

东坡乐府〔菩萨蛮〕《咏足》云：

途香莫惜莲承步，长愁罗袜凌波去。只见舞回风，都无行处踪。　偷穿宫样稳，并立双趺困。纤妙说应难，须从掌上看。

按：诗词专咏纤足，自长公此词始，前乎此者，皆断句耳。

三四六　古神工巧匠趣谈

吾国人精建筑学者，尝汇记之得数事。宋时木工喻皓以工巧盖一时，为都料匠，著有《木经》三卷，识者谓宋三百年一人而已。皓最工制塔，在汴起开宝寺塔，极高且精，而颇倾西北，人多惑之，不百年平正如一。盖汴地平无山，西北风高，常吹之，故也。其精如此。钱氏（吴越王）在杭州建一木塔，方两三级，登之辄动。匠云：“未瓦，上轻，故然。”及瓦布，而动如故。匠不知所出，走汴，赂皓之妻，使问之。皓笑曰：“此易耳，但逐层布板讫，便实钉之，必不动矣。”如其言，乃定。皓无子，有女十余岁，卧则交手于胸，为结构状。或云《木经》，女所著也。

明徐杲以木匠起家，官至大司空，尝为内殿易一栋，审视良久，于外别作一栋。至日断旧易新，分毫不差，都不闻斧凿声也。又魏国公大第倾斜，欲正之，计非数百金不可。徐令人囊沙千余石置两旁，而自与主人对饮。酒阑而出，则第已正矣。以伎俩致位九列，固不偶然。

又唐文宗时有正塔僧，履险若平地，换塔杪一柱，不假人力。倾都奔走，皆以为神。宋时真定木浮图十三级，势尤孤绝，久而中级大柱坏欲倾，众工不知所为。有僧怀丙，度短长，别作柱，命众维而上，已而却众工，以一介自随。闭户良久，易柱下，不闻斧凿声也。明姑苏虎丘寺塔倾侧，议欲正之，非万缗不可。一游僧见之曰："无烦也，我能正之。"每日独携木楔百余片，闭户而入，但闻丁丁声。不月余，塔正如初，觅其补绽痕迹，了不可得也。三事极相类，而皆出游僧，尤奇。

至于浙人项升，为隋炀帝起迷楼，凡役夫数万，经岁而成。楼阁高下，轩窗掩映。幽房曲室，玉阑朱楯，互相连属；回环四合，曲屋自通；千门万牖，上下金碧。金虬伏于栋下，玉兽蹲于户旁。璧砌生光，琐窗射日。工巧之极，自古无有。人误入者，虽终日不能出。帝大喜，因以迷楼目之云云。则虽失之导淫逢恶，然其经营缔造之穷工极致，要亦迥乎弗可及矣。

窃意西人之于建筑，唯是高坚巨丽，是其能事；若夫五步一楼，十步一阁，钩心斗角，藻周虑密，则吾中国古之良匠，殆未遑多让焉。乃至喻皓、徐杲辈之神明变化，不可方物，不尤古今中外所难能耶？

三四七　十八般武艺

世俗称美人之材勇，辄曰十八般武艺，无一不精。斯语也，传奇演义家多用之，盖在百年或数十年前。迄今沧桑变易，火器盛行，往往一弹加遗，乌获孟贲无能役，快剑长戟失其利，即斯语亦等诸务去之陈言矣。考明英宗正统乙巳夏，诏陈怀井源等练京军备瓦剌，招募天下勇士。山西李通者，行教京师，试其技艺十八般，皆无人可与为敌，遂膺首选。十八般之名，一弓、二弩、三枪、四刀、五剑、六矛、七盾、八斧、九钺、十戟、十一鞭、十二简、十三檛、十四殳、十五叉、十六杷头、十七绵绳套索、十八白打。

三四八　于阗贡大玉重二万余斤

平南黎谦亭（建三），乾隆戊子举人，官泾州知州，著有《素轩诗集》梓行。其《瓮玉行》有序云："于阗贡大玉三，大者重二万三千余斤，小者亦数千斤，役人畜挽拽，率以千计，至哈密有期矣。嘉庆四年，奉诏免贡，诗以纪事。"诗云：

于阗飞檄驰京都，大车小车大小图。

轴长三丈五尺咫，堑山导水堙泥途。
小玉百马力，次乃百十逾。
就中瓮玉大第一，千蹄万靷行踟躇。
日行五里七八里，四轮生角千人扶。

又云：

诏书宝善不宝玉，嵯峨巨璞轻锱铢。
所到之处即弃置，毋重百姓罹无辜。

又云：

大玉雕琢镌其瑜，小玉铲凿为龟趺。
大书己未恤民诏，金寒石泐玉不渝。

按：贡玉大至二万三千余斤，殆古昔所未有。此诗足备掌故，因节录之。

三四九　吃醋考

俗谓妇妒为吃醋。按“吃醋”二字见《续通考》：“狮子日食醋酪各一瓶。”世以妒妇比河东狮吼，故有此语。尝闻北地橐驼嗜盐，日必饲以若干斤，否则远行弗健（余闻之清河公子。公子畜马三、骡田、驴二、橐驼一，亦异闻也）。以橐驼吃盐例之，则狮子吃醋，亦事所或有。

三五〇　秦桧夫妇像

临桂倪云癯（鸿）《桐阴清话》：

> 阮文达平蔡牵，得其兵器，悉镕铸秦桧夫妇铁像，跪于岳忠武庙前。好事者戏撰一联，制两小牌题之，作夫妇二人追悔口吻，其一系秦桧颈上曰："咳，仆本丧心，有贤妻何至若是。"其一系王氏颈上曰："啐，妇虽长舌，非老贼不到今朝。"公谒庙时见之，不觉失笑。

按：《檐曝杂记》："李太虚，南昌人，吴梅村座师也。明崇祯中为列卿，国变不死，降李自成。本朝定鼎后，乃脱归。有举人徐巨源者，其年家子也，尝撰一剧，演太虚及某巨公降贼后，闻大清兵入，急逃而南。至杭州，为追兵所蹑，匿于岳坟铁铸秦桧夫人胯下，值夫人方入月，追兵过而出，两人头皆血污。此剧已演于民间，稍稍闻于太虚。"云云。据杂记，则岳坟铁像明末清初已有之，倪云阮文达所铸，未详何本。

三五一　教坊规制及妓女名称

《桐阴清话》又云："秦淮旧院教坊规条碑，余尝见其拓本。略云：'入教坊者，准为官妓，另报丁口赋税。凡报明脱籍过三代者，准其捐考。官妓之夫，绿巾绿带，着猪皮靴，出行路侧，至路心被挞勿论。老病不准乘舆马，跨一木，令二人肩之。'"云云。此碑入金石话，绝新。(妓之假母俗呼为爆炭，衰退之妓或私蓄侍寝者，不以夫礼待，号为庙容。曲中诸妓多为富豪辈，日输一缗于母，谓之买断。见《北里志》注。又宋时平江里巷传习，呼营妓之首曰丁魁、朱魁。见陈藏一《话腴》。又武林行院，名翠锦社，见《月令广义》。已上各称谓，亦甚新，附记。)

三五二　秦淮名妓小五宝

某观察号凤楼，行五。光绪乙巳、丙午间，薄游江南，参某督幕。公暇陶情丝竹，为秦淮名妓小五宝脱籍。其友某赠联云："小楼一夜听春雨，五凤齐飞入翰林。"署名"凤倒鸾颠客"。扁云"二五为偶"。按：宋陈藏一《话腴》："昌黎伯《和裴晋公东征》诗云：'旗穿晓日云霞杂，山倚秋空剑戟明。'盖以我之旗，况彼云霞；以彼之山，况我剑戟，回鸾舞凤格也。"凤倒鸾颠，略与回鸾舞凤，体格暗合。又小五宝之姊名小四宝，亦擅艳名，或赠以联云："小南强，大北胜。"（按：《十国春秋》："南汉僻远，颇轻傲中国。周世宗遣使臣至，适使馆有茉莉。使臣问之，馆伴对云：'小南强。'后银被宋擒，见牡丹，询其名，或戏之曰：'此名大北胜。'"）四美具，二难并（见王子安《滕王阁诗序》）。亦工巧典雅。

三五三　张勤果"目不识丁"印

钱塘张勤果（曜）由军功起家，官至河南布政使，为御史刘宝楠（河南人）所劾。疏有"目不识丁"语，竟对调潮州镇总兵，旋擢广东提督，转山东巡抚。勤果夙工书法，抚《圣教序》，得右军神髓，自被劾后，刻"目不识丁"小印，凡为人作书，辄于署名下钤用之。

三五四　李仙根戏刻"自成一家"印

江宁诸生李仙根，名光节。咸丰间，阖门殉发贼之难，仅以身免。仙根工诗词，擅丹青，跌宕饶风趣。有小印，文曰"自成一家"。凡绘事惬心之作，辄钤用之，殊忍俊不禁。

三五五　舒翁父女工瓷玩具

宋时庐陵永和市，有舒翁以陶器著称，工为玩具。翁女尤善，号曰舒娇。其垆瓮诸色几与柴哥等价。（今景德镇陶工多永和人）。按：专书谈瓷故者，世不多觏，间见数种，亦不具舒娇之名，亟记之。

三五六　巨型元宝

前话载清乾、嘉间，于阗国贡大玉，重二万三千余斤。自来玉之大者，殆无逾此。相传内廷节慎库有大银（即俗所谓元宝），犹为明代遗物，其重几何，弗可得而考也，陟其巅必以梯。曩余客京师，闻之友人云云。

三五七　花枝嫁接趣谈

黄伐檀集《妒芽说》："客有语予，人有以桃为杏者，名曰接。其法断桃之本，而易以杏。春阳既作，其枝叶与花皆杏也。桃之萌亦出于其本，蓊然若与杏争盛者。主人命去之，此妒芽也。"（见查悔余《得树楼杂钞》）又《蜀语》："七夕渍绿豆令芽生，名巧芽。"（见《香海棠馆词话》）妒芽、巧芽，语并绝新。

蕙风曰："吾广右花匠最擅接花之技，如以樱桃花接垂丝海棠，则先植樱桃于盆，其本必蟠倔有姿致，仅留一二枝条，壮约指许。届清明前，则就海棠选其枝气王者，壮相若者，与樱桃之本姿致宜称者，审定长短距离，削去其半，约寸许，同时于樱桃枝近本处，亦削去其半，亦寸许，速就两枝受削处，密切黏合，以苎皮紧束之，外用海棠根畔土，调融涂护，勿露削口。若所接海棠枝距地较高，则植木为架，支樱桃盆，务令两花高下相若，无稍拗屈强附。迨至夏初，两枝必合而为一，苎皮暂不必解，于海棠枝削口稍下，徐徐锯断。俾两花脱离，即将削口稍上之樱桃枝锯弃，则本樱桃而花叶皆海棠矣。他花接法并同。比见日本樱花绝佳，窃意可以中国海棠之本接之。

三五八　阁中　少房

宋人称他人妻曰阁中，孙觌《鸿庆集·与惠次山帖》云："忽闻阁中卧病，何为遽至此也。伉俪之重，追恸奈何。"元人称妾曰少房，黄溍为义门郑氏撰《青樵居士郑君墓铭》云："娶傅福，字世昌，少房徐伟，字妙英，皆前君卒，同葬县东金村。"又宋濂撰《宣政院照磨郑府君墓志》云："越四年，夫人吴氏卒。越一十五日，少房劳氏又卒，祔葬府君之穴。"

三五九　李沧溟宠姬卖饼为生

渔洋山人《诗话》云："李沧溟先生身后最为寥落，其宠姬蔡，万历癸卯，年七十余矣，在济南西郊卖胡饼自给。叔祖季木考功见之，为赋诗云：'白雪高埋一代文，蔡姬典尽旧罗裙。'沧溟清节可知矣。"《西山日记》云：

“李于鳞解组后，构白雪楼，楼三层，最上其吟咏处，中以居一爱姬，最下延客。四面环以水，有山人来谒，先请投其所作诗文，许可，方以小舴艋渡之；否者，遥语曰：‘亟归读书，不烦枉驾也。’”山人所记卖饼蔡姬，岂即第二楼中人耶？又于源《灯窗琐话》云：“嘉兴张叔未解元（廷济），尝寓西埏里酒肆，其姬人母家也。后寓饼店内翟氏别业，有句云：‘不妨司马当垆客，来寓公羊卖饼家。’”是亦雅故关于卖饼者，而于鳞蔡姬事，尤令人枨触。

三六〇　徐东痴

徐东痴隐君（夜）居系水之东，高尚其志。李容庵（念慈）为新城令，最敬礼之，与相倡和。李罢官，侨居历下。继之者东光马某，亦知东痴之名，然每有诗文之役，辄发朱票，差隶嘱其结撰，稍迟则签捉元差限比。隶畏扑责，督迫良苦，东痴亦无计避之。时傅彤臣侍御里居，数以为言。马唯唯，然终不悛也。容庵知之，乃遣人迎往历下，及马罢官始归。此与周青士（篔）馆嘉善柯氏园，月夜吟诗，被郡丞季某杖逐事绝类。雅流遇伧父，冰炭龃龉，率非情理可喻，思之令人轩渠（青士事见前话）。

三六一　《别号舍文》

清时以科举取士，往往文人遣兴，棘闱游戏之作，或诗词散曲，虽备极形容，太半俚词滑调，不足登大雅之堂。偶阅《柳南随笔》，载陈亦韩《别号舍文》，吐属雅近名隽，风趣亦复乃尔，其辞曰：

> 试士之区，围之以棘。矮屋鳞次，百间一式。其名曰号，两廊翼翼。有神尸之，敢告余臆。余入此舍，凡二十四。偏袒徒跣，担囊贮备。闻呼唱喏，受卷就位。方是之时，或喜或戚。其喜维何，爽垲正直。坐肱可横，立颈不侧。名曰老号，人失我得。如宦善地，欣动颜色。其戚维何，厥途孔多。一曰底号，粪溷之窝。过犹唾之，寝处则那。呕泄昏忳，是为大瘥。谁能逐臭，摇笔而哦。一曰小号，广不容席。檐齐于眉，墙逼于跖。庶为僬侥，不局不脊。一曰席号，上雨旁风。架构绵络，藩篱其中。不戒于火，延烧一空。凡此三号，魑魅所守。余在举场，十遇八九。黑发为白，韶颜变丑。逝将去汝，湖山左右。抗手告别，毋掣余肘。

陈作是文之年，丁雍正癸卯，是科受知北平黄昆圃少宰，联捷礼部试，偶病足未与廷对而归。益读书讲学，肆力古文辞云。（按：陈亦韩，名祖范，曾读书寒碧斋，慕卢宗伯高弟也。)

三六二　斋面奇闻

《带经堂诗话》又云："朱相国平涵《涌幢小品》载其尝馆一贵人家，其人奉斋。一日怒厨人，凡易十余品，俱不称意。朱笑谓之曰：'何不开斋?'"（《诗话》止此）兹语诚足解颐。相传乾、嘉间，京师某大丛林方丈某僧，以高行闻于时，尤善围棋，某枢相亦有棋癖，过从甚密。其香积所供素面，风味绝佳，枢相食而甘之，辄命庖丁仿制。弗若也，则扑责之，屡矣，庖丁窘且愤，变姓名佣于僧。久之，乃得其法：则选鸡雏肥美者，擘析其至精，缕而屑之入面中，故汁浓而无脂，味鲜弗腻，盖自是而高僧之誉骤衰矣。又挚下诸宅眷，一日，集某尼庵，为礼佛诵经之举，虔诚斋洁。庖人以馔蔬至，经婢妪辈露索（搜检也，见《大金国志》），然后入，虽涤器之布，亦必易其新者，而不知此新布之两面，即满涂鸡脂。入厨后，沃以沸汤，可得最浓厚之鸡汁，盖非此则笋菌瓜瓠之属，不能使之悦口。凡兹之类，皆甚可笑也。

三六三　权奸多奇女

金陵张可度，字罽筏。《庐山》诗云："父居黄阁女崆峒，流水桃花石室中。多少男儿沦落尽，神仙却让李腾空。”见《渔洋诗话》。腾空者，林甫之女。李太白有《送内之庐山访女道士李腾空》诗。相传李林甫有女六人，各擅姿态，雨露之家，求之不允。于厅事壁间，拓一窗棂，障以茜纱，日使六女戏于窗下。每有贵族子弟来谒，即使诸女于窗中，自择当意者，托蹇修焉。若腾空固得道者，当不在此六女之列，其殆鸡群之鹤耶。又茆山有秦桧女绣大士像甚灵异，居人不敢托宿，见《蒋说》（清蒋超撰）。又王安石女最工诗，见《觉范》诗云云，此浪子和尚耳，见《能改斋漫录》。又蔡卞妻，亦安石女，工文词。何权奸之多奇女子也？

三六四　烟草短话

烟草名淡巴菰，又名金丝薰，明万历时始有之。崇祯严禁弗能止，《樊榭山房词》（〔天香〕《咏烟草》）序云：“自闽海外之吕宋国移种中土。”按：“姚旅露书，关外人相传本于高丽国。其妃死，国王哭之恸，夜梦妃告曰：‘冢生一卉，名曰烟草，细言其状，采之焙干，以火燃之，而吸其烟，则可止悲，亦忘忧之类也。’王如言采得，遂传其种。”云云。烟草之生，其事绝韵，后人更美其名为相思草云。

三六五　程长庚与恭亲王善

前话载梅巧玲义侠事，兹又得程长庚轶事一则，亦可以风励薄俗，愧当世士夫，亟记之。方长庚之掌北京三庆班也，有道员某，以非罪被劾，当褫职，旨将下矣。某愤不欲生，兼仰事俯蓄，唯一官是恃，挽回乏术，则冻馁随之，实亦无以为生也。戚友来慰问者，为之百计图惟，殊未得一当。友人某，尤踌躇久之，忽拍案而起曰："道在是矣！"则群起亟问之，友曰："兹事回天大不易，非枢府斡旋不为功。方今黜陟大柄，操之恭王。唯程长庚，为王所最赏识，最信任。得其片言，冤可立白，曷姑试求之？"某亦瞿然曰："诚然。幸尝与长庚通郑重。"则亟偕友往，婉切白长庚。长庚曰："仆溷迹软红，唯曲艺进身是愧，自好益复断断，向于王公大人，虽促膝抵掌，未尝干以私，尤不敢与闻官事。矧人微言轻，言之亦未必有济，敢敬谢不敏，幸原谅，勿以诿卸为罪也。"某固请不已，友亦为之陈恳，至于再三。长庚曰："幸被劾诚非罪，差可措词，当勉效绵薄，视机会何如耳。"则亟谒恭邸，值王憩寝，良久，仅乃得达，王则诃谒者（启事官之职，如古谒者），谓将命胡迟迟也，并为长庚道歉仄。长庚白来意，王始有难色，谓旨已交拟，恐不易保全。既而曰："尔固不轻干人，事虽难，吾当尽力图之。"长庚称谢肃退，王曰："少休，勿亟，吾正欲与尔闲谈也。"诘朝，谕旨下，竟无某道褫职事，则参折已留中矣。某德长庚甚，赍厚币，自诣谢。长庚拒弗见，馈物悉返璧，命侍者出传语曰："请某官还以此整顿地方公事，毋以民脂民膏作人情也。"且从此不与某道相见。有人问此事者，长庚力辩其必无云。长庚字玉山。

三六六　梅巧玲祖孙并名芳

梅巧玲名芳，其孙名兰芳。按：王右军父子，名并用之，例可通矣。

三六七　《赌卦》

《赌卦》，清初王先生（官学博，名待考）戒子弟之作：

> 赌凶，无攸利。彖曰：赌，妒也。妒人之有，而先罄其藏。胜者偶而败其常，获者寡而失不可偿。是以凶，无攸利。君子赌而业隳资亡，小人赌而离于桁杨，赌之为殃大矣哉。象曰：上慢下贼赌，后以严刑惩慝。初九，童蒙之嬉吝。象曰：童蒙之戏，渐不可长也。义方有训，用豫防也。六二，诱赌以迷，往即于泥凶。象曰：诱赌，朋之伤也，往入其类，自戕也。六三，燕乐衎衎，乃赌乃战，士以丧名亏行。象曰：燕乐衎衎，赌起争也。丧名亏行，大无良也。六四，

迷赌，晡不食，赀亡有疾。象曰：迷赌，夜以为明也，既亡其赀又疾，无常也。六五，夫迷不复，妇嗟于屋，良友弗告。象曰：夫迷不复，妇用伤也；良友弗告，不可匡也。上九，鉴赌有悔，出涕沱若，戚嗟若吉。象曰：自鉴其祸，断用刚也，中心有悔，易否为藏也。正义曰：赌者，小人之事，阴之类也。童蒙之嬉，阴未甚盛，有义方之训以豫防之，则初吝可以终吉。鉴赌有悔，来复之象，故初上皆阳爻。

三六八　弓鞋唐时已有说

西藏灯具，状如弓鞋，俗传为唐公主履，见《卫藏图识》（马扬、盛绳祖同辑）。夫曰俗传，则其由来亦已久矣。是亦谓唐时已有弓鞋，不自南唐始也。

三六九　人有专长，则众长为所掩

凡人有专长，则众长为所掩。右军善画，而唯以书名；李白工书，而仅以诗显。至如朱紫阳画，深得吴道子笔法（见《太平清话》），则尤世所罕知矣。

三七〇　巫山神女为王母之女说

巫山神女朝云暮雨之说，向来词赋家多用之，艳矣，然而亵甚。按：《路史·集仙录》云：“云华告禹曰：‘太上愍汝之志，将授灵宝之文，陆策虎豹，水□蛟龙，馘邪检凶，以成汝功。’因授上清宝文，又得庚辰虞余之助，遂导波决川。奠五岳，别九州，天锡元圭，以为紫庭真人。”虞余庚辰，据《楚辞》，乃益稷之字。云华者，云王母之女，巫山神女也。据此，则巫阳之灵，上清庄严之神，讵可以亵语厚诬之？曩余作《七夕》词，用银河鹊驾等语，端木子畴前辈（埰）见而规诫之，评语云：“牛主耕，女主织，建申之月，田功告毕。织事托始，故两星交会，明代谢以成岁功。世俗传讹，以妃偶离合为言，嫚渎甚矣。”余佩服斯言，垂三十年未尝赋《七夕》词也。（畴翁《碧瀣词》“湘月”有序，略云：“埰十三岁时从韩介孙师读，因讲‘湘灵鼓瑟’诗，告以英皇事，心敬而悲之。是年冬仲，月明如昼，梦至一处，水天一碧，明月千里。有神女风裳水佩，踏波而行。厥后此景时在心目。童丱无知，亦不解所以故，但觉馨洁之气可以上通三灵，下却百邪。迨弱冠读《楚辞》，见《湘君》诸篇，愈益向往，五十年矣，兹心不易。今老矣，愧未能以其芳馨之性发而为事功，有所裨于世。兹和白石《湘月词》，适与之合，遂缅述之，词云：‘水天澄碧，见风裳雾帔，飞步清景。为想神娥游历处，渺渺湖光如镜。泪洒斑筠，声传拊瑟，月照江波冷。儿时向往，梦魂欲访仙境。　兹后诵法灵均，澧兰沅芷，对遗编生敬。老去何裨，空赢得皎皎，慈心清净。但值凉宵，青天皓月，便欲前身证。何时真个，听来搏拊新咏。'" 畴翁刻《楚辞》，仿袖珍本绝精，无注，谓非后人所敢注也。)

三七一　购汲古阁书者非王永康

阮吾山《茶余客话》云："毛氏汲古阁藏书甚富，模刻亦多。王驸马以金钱辇之去，其板多在昆明。驸马者，平西婿也。"按：王名永康，苏州人，钱梅溪《履园丛话》云："初，三桂与永康父同为将校，许以女妻永康，尚在襁褓。未几父死，家无担石，寄养邻家。比长，飘流无依，年三十余，犹未娶也。有亲戚老年者知其事，始告永康。时三桂已封平西王，声威赫奕。永康偶检旧箧，果得三桂缔姻帖，遂求乞至云南，书子婿帖诣府门。越三宿，乃得传进。三桂沉吟良久，曰：'有之。'命备公馆，授为三品官，供应器具立办，选日成婚，奁赠甚盛。一面移檄苏抚，为买田三千亩，大宅一区，在齐门内拙政园，相传为张士诚婿伪驸马潘元绍故宅也。永康在云南，不过数月，即携新妇回吴，终未接三桂一面。永康既回，穷奢极欲，与当道往来，居然列公卿间。后三桂败，永康先殁，家产入官，真如邯郸一梦矣。按：据钱氏云云，永康在滇仅数月，阮云书板多在昆明，殆未必然矣。

三七二　亡灵现形

杭县徐女士（新华）《彤芬室笔记》云："长沙芙蓉镜照相馆曾为柳某摄照，其已故之妾，亦现影身侧，形容宛肖。十年前，芙蓉镜尚重摄以出售，湘人类皆知之。"兹事绝奇，其信然耶，则古者李少君（为汉武帝致李夫人）、杨通幽（临邛道士，为唐玄宗致杨太真）、稠桑王老（为李行修致亡妻王氏，见《续定命录》）、赵十四（为许至雍致亡妻某氏，见《灵异记》）辈召亡之术，何难能可贵之有？

三七三　蔡中郎原形为唐进士邓厂

明高则诚（明）撰《琵琶记》，演蔡中郎赘入牛府，属假托非事实，前人辨之详矣。或谓其骂王四，因琵琶二字有四王字，亦臆说，无确据。按：唐卢仝《玉泉子》"邓厂"一则略云："厂初比随计，以孤寒不中第。牛蔚兄弟，僧孺之子，有气力，且富于财，谓厂曰：'吾有女弟，未出门，子能婚，当为展力，宁一第耶？'时厂已婿李氏矣，有女二人皆善书，厂之行卷，多二女笔迹。厂顾己寒贱，私利其言，许之。既登第，就牛氏姻，不日挈牛氏归。将及家，绐牛氏曰：'吾久不到家，请先往俟卿。'洎到家，不敢泄其事。明日，牛氏奴驱其辎橐直入，列庭庑间。李氏惊曰：'此何为者？'奴白夫人将到，令某陈之。李曰：‘吾即妻也，又何夫人？’即拊膺哭顿地。牛氏至，知其卖己也，请见李氏曰：‘吾父为宰相，兄弟皆在郎省，纵不能富贵，岂无一嫁处？其不幸岂唯夫人乎？夫人纵憾于邓郎，宁忍不为二女计耶？’时李氏将列于官，二女共牵挽其袖而止。后厂以秘书少监分司。黄巢入洛，避乱于河阳，其金帛悉为群盗所得。”据此，则再婚牛氏，实邓厂事。而院本以诬中郎，其故殆不可知。

三七四　苏颋少时聪悟

唐苏颋聪悟过人，才能言，有京兆尹过父环，命颋咏“尹”字。乃曰：“丑虽有足，甲不全身。见君无口，知伊少人。”（见郑处诲《明皇杂录》）即灯迷之拆字格也。

三七五　神授廉广五色画笔

江淹梦五色笔事，自昔艳称。按：马总《大唐奇事》：“廉广者，鲁人也。因采药于泰和，遇风雨，止大树下。及夜半雨晴，信步而行，逢一人若隐士，问广曰：‘君何深夜在此？’仍林下共坐。语移时，忽谓广曰：‘我能画，可奉君法，与君一笔，但密藏焉。’即随意而画，当通灵，因怀中取一五色笔授之。广拜谢讫，此人忽不见。尔后画鬼兵能战，画龙能致云雨，画大鸟能乘之而飞，寻复见神还笔，因不复能画。”云云。此又一事也，特彼文笔此画笔耳。

三七六　“律吕调阳”考

《千字文》“律吕调阳”，“吕”当作“召”。按：唐《南卓羯鼓录》云：“玄宗洞晓音律，由之天纵，凡是管弦，必造其妙。若制作调曲，随意即成，不立章度。取适短长，应指散声，皆中点指。至于清浊变转，律吕呼召，君臣事物，迭相制使，虽古之夔旷，不能过也。”律召，即“律吕呼召”谊。

三七七　穆相提携曾文正

道光季年，京师有人制联云：“著、著、著（北音，陟牙切），祖宗洪福穆鹤舫（穆彰阿），是、是、是，皇上天恩卓海帆（秉恬）。”扁曰“如何是好”。盖二相饶有伴食之风，造膝时绝鲜献替，唯阿容悦而已。然穆相尝汲引曾文正，每于御前称曾某遇事留心，可大用。一日，文正忽奉翌日召见之谕，是夕宿穆相邸。及入内，由内监引至一室，非平时候起处。逾亭午矣，未获入对，俄内传谕，明日再来可也。文正退至穆宅，穆问奏对若何，文正述后命以对，并及候起处所。穆稍凝思，问曰：“汝见壁间所悬字幅否？”文正未及对，穆怅然曰：“机缘可惜。”因踌躇久之，则召干仆某，谕之曰：“汝亟以银币四百两，往贻某内监，属其将某处壁间字幅，炳烛代为录出，此金为酬也。”因顾谓文正，仍下榻于此，明晨入内可。洎得觐，则玉音垂询，皆壁间所悬历朝圣训也。爰是奏对称旨，并谕穆相曰：“汝言曾某遇事留心，诚然。”而文正自是骎骎向用矣。

三七八　曾文正与江南人契合

曾文正初入翰林，僦居绳匠胡同伏魔寺，自颜所居之室曰藏云洞，盖寓出山为霖之意，及何桂清丧师失地，江南京僚联衔请公督师，卒成伟业。故文正于江南人至为契合云。

三七九　曾文正遣仆无术

曾文正官翰林时，亦日书小楷，以备考差。适介弟忠襄读书京邸。一日，有友荐仆至，文正不欲留用，而仆固求不已。文正曰：“此仆殊纠缠，吾竟无术遣之。”忠襄曰：“但以所书白折示之，彼必恝然舍去也。”文正怒之以目，所谓善戏谑兮，此固无伤怡怡之雅。

三八〇　左文襄受知于骆文忠

咸丰初年，左文襄以在籍举人就张石卿中丞（亮基）

之幕。张公去位，骆文忠继之，信任文襄尤专。文忠每公暇适幕府，值文襄与幕僚数人，慷慨论事，援古证今，风发泉涌。文忠静听而已，未尝置可否。世传文忠一日闻辕门鸣炮，顾问何事。左右对曰："左师爷发军报折也。"文忠颔之，徐曰："盍取折稿来一阅？"当缮发之前，未尝寓目也。当时楚人或以"左都御史"戏称文襄，意谓文忠官衔不过右副都御史，而文襄权尚过之也。文襄练习兵事，智深勇沈，感激文忠国士之知遇，为之集饷练兵，选用贤将，两败石达开数十万之众。复分兵援黔、援粤、援鄂、援江西，而即以为屏蔽吾圉之至计。文忠得以雅歌坐啸，号为全楚福星。天下不患无才，患知才不能用，用才不能尽，若文忠之用文襄，信乎能尽其才者矣。

三八一　骆文忠平川

咸丰初年，蜀中童谣云："四川军务恶，硝磺用不着。若要川民乐，除非马生角。"未几，朝命萧启江、黄熙先后筹办防剿，迄无成绩。萧黄、硝磺同音，所谓"硝磺用不着"也。迨骆文忠开府，内而蓝朝鼎、李短衲成擒，外而石达开授首，星周甫易，而全蜀肃清。骆字从马从各，蜀音各与角同，所谓"马生角"也。华阳王息尘廉访云："文忠之薨也，先数日寝疾，息翁之居，距督署咫尺。某夕深坐，俄闻灵风飒然，声振屋瓦，若龙阵之骤惊也。顷之，闻节辕鸣炮九，知骖鸾腾天矣。"生为屏臣，殁为明神，可知传说骑箕，讵谬悠之说耶。相传文忠督川时，蜀民见其摧陷廓清，用兵神速，以为诸葛复生。其后双目失明，僚属来谒者，或手扪其面目，耳听其声音，辄辨识为某人，与之谈论公事，百不失一云。

三八二　骆文忠鸩杀石达开幼子

石达开，广东花县人，与骆文忠同县。相传达开被擒，有幼子，求文忠宥之。文忠留养署中数年，虽教诲备至，颇桀骜露圭角。或与之言志，则曰："唯有为父复仇耳。"或以告文忠，乃挥涕密鸩之。达开固英物，擅文武才，甚可念。（曾文正尝致书劝其归降，石答以诗五首，见前话。）文忠之未能恝然，非必推情桑梓也。

三八三　李文忠生平未膺文柄

合肥相国李文忠，生平未膺文柄。光绪乙未春，由直督召入，寓贤良祠。令人于厂肆购《讲义》《制艺》等书，为会试总裁之预备。乃竟未得简，亦缺憾也。

三八四　李文忠得先辈积善之荫

李文忠之封翁，讳文安，道光戊戌进士。官刑曹时，为提牢厅坐办，著有《提牢纪事诗》，盖旨在恤囚也。吴县潘尚书文勤为开板于京师。论者谓文忠位极人臣，为积善之余庆云。

三八五　李文忠谢边寿民之劾

李文忠督直隶时，某年，以“麦秀两歧”入告，御史边寿民（宝泉）劾之，有“阳为归美于朝廷，阴实自誉其政绩”之语，文忠致函谢过焉。

三八六　李文忠雅谐

李文忠任直督时，某年寿辰，僚属制锦称祝，天津守某领衔所撰寿文，先呈文忠阅定，文集葩经，用“我公东归”句，误作“我公西归”，文公戏作公牍语批其后云：“本部堂何日西归，仰该守查明禀覆。”太守见之，主臣无已。

三八七　潘蔚如一艺成名

苏州潘蔚如中丞（霨）初以巡检需次保定，每衙参，恒以市车往，有御者某姓辄受顾，习矣。某日，值某御者不在，潘遂顾用他车。越日见而问之，御者言：“因妻病，弗遑执鞭也。”问何病，则绊恋愆期。（按：《群碎录》云：“绊恋，妇人有汗也，一作姅变。”《汉律》云：

“见姅变不得侍祠。”田子艺云：“幼女未通，老媪当绝，故字从半女。”）圜的不施（按：繁钦《弭愁赋》：“点圜的之荧荧。”一作“元的”，王粲《神女赋》：“施元的兮结羽钗。”《释名》：“以丹注面曰的。的，子药切，灼也。天子诸侯有群妾者，以次奉御。有月事者，重以口说，故注此于面，灼然而识也。”《艺文类聚》作“华的”。），数阅月矣，于妇科为险证，往往弗治。潘固夙谙歧黄家言，谓御者：“我善医，曷御我往诊？”御者亟鞠跪谢，御潘至家，为诊之。方再易而病愈。明年，潘补芦沟桥巡检，时那文诚（清安）总督直隶。一日，潘忽奉五百里札调，大惊，不解其故。星夜晋省，面谒首府探询，亦不知所为。第为先容，则立予传见。盖文诚之女公子，已拴婚恭邸为福晋（满大臣女，奉懿旨指婚王公贝勒，谓之拴婚），嘉礼将届，乃婴疾，与某御者之妻同，坒历诸医，悉穷于术。适某御者执役督署，知潘之善医也，辄称道弗去口，辗转达于文诚，故亟札调。洎入诊，益复澄思研虑，竭尽所长，盖未几而霞侵鸟道，月满鸿沟，女公子当浣濯矣（按：语见《尧山堂外纪》，陶穀《谢韩熙载书》）。及既为福晋，德潘甚。旋恭邸枋钧，潘蒙不次迁擢，竟开府贵州，所谓一艺成名者矣。

三八八 汤贞愍谐讽幕僚

武进汤贞愍（贻汾）由荫生起家武职，工诗善画，笃嗜风雅，著有《琴隐园集》。咸丰初年，官江宁副将，日与赵桓者处。有寅僚某，好读《三国志演义》，自诩知兵。一日谈次，谓贞愍曰："凡人作善，子孙亦必善人。故孔子之后，生孔明也。"忠愍微笑曰："或亦未必尽然。孔子下便是孟子，何孟子之后，乃有孟德耶?"闻者为之忍俊不禁。

三八九　胡文忠与官文释怨

相传胡文忠抚鄂，长白文恭（官文）领兼圻，两公稍不相能。既而文恭欲媾解，顾未得当。会文忠太夫人板舆就养，文恭亲自督队郊迎，文忠感其礼意，成见冰释。由是事无巨细，悉锐身任之，遂成中兴大业云。

三九〇　薛生善追魂术

王逋《蚓庵琐语》云："崇祯甲申，有吴江薛生号君亮者，能李少翁追魂之术，又善写照。其法书亡者生殁忌日，结坛密室，悬大鉴于案南，设胡床于案下，床黏素纸，持咒焚符七七日。视鉴中烟起，则魂从案下冉冉而升，容貌如平生。对魂写照毕，魂复冉冉而下。亡四十年外者，不能追矣。此可与长沙芙蓉镜照相事（见前话）消息互参。

三九一　陆稿荐熟肉奇闻

沪上熟肉店不下数十家，无一非陆稿荐者。相传陆氏之先设肆吴阊，有丐者日必来食肉，不名一钱，主人弗责偿也。后竟寄宿店庑，亦不以为嫌也。丐无长物，唯一稿荐，一日，忽弃之而去。久之，店偶乏薪，析荐以代，则燔炙香闻数十里，因以驰名。继此凡营是业者，即非陆姓，亦假托冀增重云。

三九二　奇文《弥子之妻题》

从沤尹假观秀水王仲瞿（昙）《烟霞万古楼时文》，奇作也。其《弥子之妻题》一首尤藻采斑连，如古蕃锦。（题下自注"其二"，又云："先有《嘉耦也》一篇，在京师为蜀中某孝廉取去。"）甚惜。福州梁氏《制艺丛话》中乏此珍秘，亟录如左：

幸臣得其女妻，怨耦也。盖弥子嬖人，而妻则颜氏子也。妻者齐也，何其遇人不淑耶。尝谓妇人从夫，淑女而竟适弄臣，亦闺房不幸事哉。腐木不可以为柱，卑人不可以为主，侲子狡童，袒腹而登丱女之床，君子读《诗》至"雉鸣求牡"，鲜不叹静女仳离，而乃有东家之子，且为蛩蛩駏虚，负而走者。卫灵公，炀灶之君也，狎比狡童，老而好色，爱弥子瑕者，一朝众蔽。而其时颜雠由，实有季妹，待年未嫁，瑕一美丈夫也。矫驾君车，入门布币，爰是御轮三周，居然牢食，终成妇礼。卫人丑之，以为聘则为妻。弥子瑕之乡里也，男子而行妇道，则淫而不交，人笑其臀无肤也。弥子私后车之情，岂不曰与为鸡口，宁为牛后耶？妇人吉而夫子凶，君子不与艾豭庆家人之卜。丈夫而荐男欢，则女而不妇，人笑其尻益高也。弥子恋前鱼之爱，岂不曰与为雄飞，宁为雌伏耶？子南夫而子晳美，君子且与娄猪伤归妹之穷。夫弥子，以色事人者也，万岁千秋之后，且乐得身蓐蝼蚁，于妻何爱。则鱼网鸿离，安知为弥子者。不巽在床下，而弥子妻者，不鹣鹣鲽鲽，东家食而西家宿也。乌鸟宠雌雄之爱，马牛奔臣妾之风，此狡兔三窟，所谓高枕而卧者，亦弥子莫须有之计，而妻亦危矣。拔茅茹以其汇征，使二难可并，何不贯鱼而并宠？况鳏梁笱敝，君妃亦爱少男，则尤物移人，臣敢独修其帷薄。而妻则愀然忧曰："是谓我不祥人也，妾自明诗习礼以后，绝未尝私遗狐绥，岂今日履两绥双，忽欲乞国母禁脔，分骊姬之夜半乎？"密云不雨，命蹇而遇其配主，则怒呼役夫,一与齐而终身不改，此贾氏如皋，三年不笑者也。太甲戒比顽之箴，而女欢尝不敝席，食含桃以其余进，使两美可合，何妨啮臂而同盟。况宋野人歌："君淫又多外嬖，则鸡晨家索。"臣敢不献其袒衣。而妻则戚然悲曰："彼何其不丈夫也。妾自施衿结缡以来，绝未始偷干厖吠，岂今日苕黄桑落，复欲托雌兔迷离，续枯杨之衰稊乎?”童牛不牿，色荒而见此金夫，则泣讪良人。吾见怜而何况老奴，此息妫生子，三年不言者也。丹朱为朋淫之祖，而鸟兽犹不失俪。噫，连称媵仲妹于宫，而颜氏弃其良娣，则当日鸩媒不好，亦宜如向姜绝莒而归，而何以鹑雀无良，必欲同偕其老。声伯嫁从妹于人，而颜氏爱其脔婿，则当日刲羊无衁，亦宜如纪姬宁鄟而去，而何以髧髦难弃，不能自下其堂。由此观之，宋司徒女赤而毛，尚得自求佳配；徐吾犯妹喜而艳，犹能自择良姻。颜非敝族，何至使静女包羞，失身箕帚，反不如婴儿子至死不嫁，为北宫氏之老女也？向使弥子瑕者，色不衰，爱不弛，灵公虎欲逐逐，蒙辇归闱，则亦若齐懿公纳阎职之妻，命其故夫骖乘，而弥妻脱簪珥待罪永巷，速蒯聩操刀之祸，乱岂不自婢子始哉？故曰：“幸臣得其女妻，怨耦也，非嘉耦也。”或曰：“弥子，贱臣也。室有伉俪，俨然与鸡冠剑佩之大贤，争良娣袂，夫亦何幸。”《诗》云：“琐琐姻娅，则无朊仕。”妇人从夫，而后人伤其失身，此士君子不求巷遇，大丈夫不肯枉尺而直寻。（自识云：按《史记》：“颜雠由浊邹为子路妻兄，则弥子之妻自是颜公季妹，其明诗习礼何疑。然所适非人，士大夫出入门下，与女子从人一般，贵贱诡道遇合，即是弥郎眷属。）

三九三　朱一贵以兵法牧鸭

康熙六十年辛丑，台湾民朱一贵作乱。先是，一贵于康熙五十二年之台湾，居母顶草地，饲鸭为生。其鸭旦暮编队出入，愚民异焉。相传一贵能以兵法部勒其鸭，此视虾蟆教书、蝇虎舞凉州，尤为奇绝。

三九四　包神仙退太平军

咸丰辛酉十月，贼陷诸暨。有包立身者，县之包村人，倡集义团，远近附之。贼屡以大队击之辄败。同治壬戌三月，伪侍王约湖州贼伪梯王，由富阳进攻包村，环数十里为营。立身善以少击众，相持数月，先后杀贼十余万人。是夏大旱水涸，汲道为贼所遏。村中人众，食不继，贼又绝其粮道，势危甚。然主客万余人无一降者。七月朔，贼由隧道攻之，村陷，立身与妹美英率亲军溃围出。贼追及之，立身中炮死。美英手刃数贼，知不免，自刎死。中兴以来，世多知有包立身之名，乃诸暨人所传，则其事甚怪。立身本农家子，形体甚长，高于常人者几二尺许，有膂力，且善走。年二十许时，往往兀立田间，若有所思，见者咸以为痴。咸丰庚申六月，夜宿场圃，闻有呼其名者，视之，一老翁也。翁问："识我乎？"曰："不识。"翁曰："某年月日，汝甫七龄，为墙所压不死，我救汝也，颇忆之乎？汝他日当为大将，我汝师也。某日迟明，我待汝于绍兴昌安门外石桥上，毋爽约。”言已别去，行数武，忽不见。明日，询之父母，则幼时墙压不死事固有之。届期，立身欲赴约，父母不可，是夜转展不成寐。同榻者闻之，曰：“欲至绍兴访友，苦无舟资耳。”其人探枕底钱予之。鸡初鸣，携钱去，至山阴刘龚溪，适有小舟，遂乘之往。至昌安门，天未明也。自包村至绍兴郡城，地近百里，亦不知何以迅速如此。而老翁已待于桥上，曰：“俟子久矣。”拉之行，至一山中，有庐，导之入，有二少年在焉。老翁出酒肴共食，酒色赤，肴则皆白。食毕，延入后堂，见西阶下有大刀。翁曰：“试举之。”力弗胜也。翁命一少年举刀舞，光闪闪如电绕室，寒风肃然。翁曰：“余初授彼刀，彼亦如汝恇怯。天下事苟不畏难，自能胜之，汝曷再试一举乎？”立身如其教，果轻如一钧金矣。翁乃授以刀法及咒语曰：“此先天一目斗咒也。”立身辞归，则父母已遣其兄往寻之，至刘龚溪，问舟子，咸曰：“今晨无放棹者。”兄乃返，而立身已在家中矣。具道其事，共怪之。越日，又失立身，次日而返。询之，谓翁引至诸暨南乡斗子岩，楼阁院宇，迥非人世。有数儒士读书堂上，数武士角力堂下，皆翁之徒也。翁以香与之，曰：“焚此可降上界真仙。”又曰：“吾白鲎仙人也。明初助战有功，受封金井。上帝使我掌雾于此，又使至岩巅望气，见诸暨一邑，四面皆黑气，惟东面稍淡。曰，此杀气也。淡处当小减耳。汝归，宜劝世人勉为善事。”自是邑人皆呼为包神仙，遂缘此起义兵，临阵白衣冠而出，贼辄披靡。战前一夕，必焚纸钱，曰犒阴兵也。又或贼至不出战。曰："天香未发，非战时也。"俄而曰："可矣。"各乡兵亦如闻异香，勇气百倍。故战无不胜，贼中讹传包神仙能飞竹刀断敌人头云。

三九五　九重开曙色，万户动春声

咸丰初年，大考翰詹，诗题《半窗残月梦莺啼》。万文敏（青藜）时官编修，有句云："九重开曙色，万户动春声。"拔置第一，盖题近衰飒，而句殊兴会也。

三九六　集经句为试帖

临川李小湖侍郎（联琇）著有《好云楼集》，尝集经句为试帖，绝工巧，《卖剑买牛》题句云："又求其宝剑，谁谓尔无牛。"《善旌谏鼓》题句云："见羽毛之美，毋金玉尔音。"

三九七　陆羽洗南零水

前话载水洗水之法，谓水之上浮者轻清，下沉者重浊。按：《水经》（唐人撰，阙名）云："太宗朝，李季卿刺湖州，至维扬，遇陆处士鸿渐。李曰：'陆君善茶盖天下，扬子江南零水又殊绝，今者二妙，千载一遇，何旷之乎？’命军士信谨者挈瓶操舟，诣南零取水，陆挈器以俟。俄水至，陆以杓扬水，曰：‘江则江矣，非南零，似临岸者。’使曰：‘某棹舟深入，见者累百人，敢绐乎？’陆不言，既而倾诸盆至半，陆遽止。又以杓扬之，曰：‘自此南零者矣。’使大骇，驰下曰：‘某自南零赍至岸，舟荡半，惧其少，挹岸水以增之。处士之鉴神鉴也，其敢隐欺乎？’”据此，则又以下沉者为佳。二说未知孰是，然而陆说古矣。

三九八 “大江风阻，故尔来迟”

常州府属县八，唯靖江介在江北。清之初年，某亲贵出守常州，声势烜赫，僚属备极严惮。一日，以寿演剧，七邑皆来称祝，靖江令独后至，惧甚，嘱阍者为画策，遂重赂伶人。时方演《八仙上寿》剧，七人者先出，李铁拐独后，七人问曰：“来何暮也？”铁拐曰：“大江风阻，故尔来迟。”阍人即于是时，以靖江令手版进。太守大喜延入，尽欢而罢。（按：八仙姓名，见《潜确类书》。“拐”字见《唐韵》。）

三九九 庄存与智投骰子

常俗有摇会之说，其法数人醵钱，取决于琼畟（骰子也，见《古诗》注。又名穴骼，见房千里《骰子选格》

序），色胜者得之。相传庄殿撰存与，将计偕入都，苦乏资斧，不得已，纠合一会。届期，戚友咸集，仆告主人有疾，不可以风，请诸客先掷，而主人于帐中掷之。盖殿撰仿狄武襄两面钱故智，预置一骰盆同式者，布置六赤（见《李洞集》），俟移盆帐中，故为一掷，俾众闻声，则亟易预置之盆，出以示客，弗疑也，咸称贺，遂得资。洎客散，视顷间故掷之盆，则亦六色皆绯，殊自喜。是科以第一人及第。

四〇〇　将错就错

萍乡文道希学士（廷式），夙负盛名。壬辰廷对，误书“闾阎”为“闾面”，经读卷大臣签出。而常熟翁叔平协揆言：“‘闾面’二字，确有来历。”或犹稍争曰：“殆笔误耳。”协揆曰：“曩吾尝以闾面对檐牙，讵误耶？”廷式竟以第二人及第。

四〇一　薛福成荐吴杰

宁波招宝山为浙海形胜地，中法之役，敌舰来犯，知府杜冠英、参将吴杰施巨炮击中之，并有歼其大将孤拔之说。当是时，朝命旌二臣功，得画像紫光阁。未几，吴为某营统领，而提督欧阳利见，竟劾罢之。适宁绍台道薛福成奉召入都，将出使，力言吴之功，得旨送部引见，赏还游击，荐升总兵，终于管带宁波炮台之任，不竟其用，时论惜之。杜亦未闻通显。

四〇二 北京仓场廒变异闻

瓷器之有窑变，旧矣。曩北京仓场，有廒变之说，亦异闻也。南漕供各官食俸，而京仓红朽实多。相传御膳房所供玉食，或为某廒某仓所变，则一廒之米，悉成洁白圆匀。仓丁白坐粮厅，粮厅白仓督，取以进御。而各官于此廒中演剧称庆，相沿为故事。盖廒之变屡矣，非若窑变之偶然也。或曰："直隶玉田县所产米，较南漕所运，实更粲美，先期储跱廒中也。"

四〇三 左书妙手

世传张文敏（照）晚年右臂不能书，易以左臂，书尤遒劲。又高西园能左手书，大抵皆行草耳。唯张泾南司寇，方奉敕书《落叶倡和诗》，俄坠马伤右臂，遂用左手作小楷，极端凝蕴藉之致。张南华学士赠以诗云："骤马天街一蹶中，险将折臂兆三公。翻身学士疑成瓦，擎掌仙人不是铜。漫笑庄生虚攫右，早夸杜老妙书空。断碑半截浑难补，天遣重完赖国工。"（时得蒙古良医，百日痊愈。）

四〇四　万文敏雅量

万文敏官尚书时，自起宅第，高其闬闳。其对门旗人某所居殊卑隘，惑于风水之说，嫉万宅轩峻，势若凭陵己也，日必詈于其门。公子辈欲与校，文敏则设几门内而坐镇焉，谕阖宅人等毋许出外与人争。久之。詈益肆，语侵及所生。公子曰："至是宁尚可忍乎！"文敏曰："彼所詈者若而人，我非若而人，则彼非詈我也。何不可忍之有？"公子辈闻之释然，所谓非义相干，可以理遣者也。

四〇五　唐懋功妒三子入翰林

吾广右灌阳唐氏，薇卿（景崧）、文简（景崇）、禹卿（景崶）当同治朝，同怀昆季，先后入翰林。其封翁（懋功）犹应礼部试，屡下第，辄愤懑无已。每值考试试差，封翁则几于门而坐焉，尼公子辈毋许赴试，恐获分校会闱，则亲父须回避也。未几，遇覃恩，膺诰命，封翁则盛怒（清制：凡膺封诰者毋得乡会试），索大杖，杖三太史。亟走避，并浼同乡数辈为之缓颊再三，仅乃得免。

四〇六　阎文介自比王安石

朝邑相国阎文介，光绪初年告归里门，屡征不起。其谢折中有云："宋臣王安石，小官则受，大官则辞，况臣不及安石万一乎？"名臣引退，在昔多有，乃以拗相公自况，绝奇。（按：宋人称王安石为拗相公。）

四〇七　以拽大木罚庶士

明初，秀才襕衫，飞鱼补，骑驴，青绢伞。永乐朝，教习庶士甚严，曾子启等二十八人不能背诵《捕蛇者说》，令拽大木。何秀才之幸，而翰林之不幸也（见《香东漫笔》）。按：明祝允明《猥谈》云："谚语起于今时者，永乐中取庶吉士，比二十八宿，已具。周文襄公乞附列，时称挨宿，遂迄今名强附丽者。"曾子启等二十八人，殆即上应列宿者非耶？乃拽大木，何前荣而后辱也。彼附列之周文襄，容亦不得免焉，不甚悔多此一乞耶？

四〇八　女子男装

比年沪上行院中人竞效男装。按：《路史后纪》云："帝履癸伐蒙山，得妹嬉焉。一笑百媚，而色厉少融，反而男行，弁服带剑。"此女子男装之初祖也。

四〇九　瓯香馆非恽南田自有

洪北江《外家纪闻》：“瓯香馆为颖若字启宸从舅氏宅中临溪小筑，恽南田居士贫时常赁居之，故所作书画，多署瓯香馆。余幼时曾于外祖父乱书帙中，得南田居士《乞米帖》，今尚存。字仿褚河南，古秀入骨，故世传南田三绝。”云云。据此，则瓯香馆并非南田所自有。近人江浦陈亮甫撰《匋雅》，谓馆名瓯香，是瓯香（瓯是香瓷），非茶香，殆未必然矣。《乞米帖》可与雅宜山人借银券并传，惜未得见。（按：北江外家姓赵氏。）

四一〇　王仲瞿奇行怪迹

王仲瞿以“烟霞万古”名所居楼，楼无梯，饮馔皆缒而上。客至，则仲瞿跃而下，与立谈；稍不入耳，耸身遽上，不复顾客，客逡巡自去。或片言契合，则掐臂挟与俱升，必倾谈屡日夕，然后得去。去亦仲瞿挟与俱下。仲瞿之兴未尽，客欲去，末由也。相传顾梁汾（贞观）诣纳兰容若（成德）登楼去梯，深谈屡日，两事皆可喜。容若款深，仲瞿豪宕。

四一一　以小姐称宦女

小姐非宦女之称，说见前话。以小姐称宦女，不知始自何时。按：明杨循吉《蓬轩吴记》："孟小姐，校官澄女，尝过慧日庵访某女冠，书其亭曰：'矮矮围墙小小亭，竹林深处昼冥冥。红尘不到无余事，一炷香消两卷经。'此诗殊雅。"云云。则明时有此称矣。

四一二　咸丰戊午科场案始末

咸丰戊午科场案，诸家记述详略不一，兹贯穿其说如左：

> 戊午顺天乡试，监临梁矩亭（同新）、提调蒋霞舫（达），甫入闱，即以供应事，议论不合，互相诋諆。八月初十日，头场开门，蒋贸然出。各官奏参，蒋褫职，梁降调，识者已知其不祥。榜发，谣诼纷起，天津焦桂樵（祐瀛）时以五品卿充军机领班章京，为其太夫人称寿湖广会馆，大僚太半在座。程楞香（庭桂），本科副主考也，谈及正主考柏公（葰）有改换中卷事，载垣、端华、肃顺，皆不满于柏，思中伤之，以蜚语闻。适御史孟传金奏，第七名举人平龄，素系优伶，不谙文理，请推治（后瘐死狱中）。上愈疑，饬侍卫至礼部，立提本科中式朱墨卷，派大臣复勘，签出诗文悖谬之卷甚多。载垣等乘间耸动，下柏相家人靳祥于狱，旋褫柏职。特派载垣、端华、全庆、陈孚恩会讯，又于案外访出同考官浦安与新中

式主事罗鸿绎交通关节。鸿绎对簿，吐供不讳，而居间者乃鸿驿乡人兵部主事李鹤龄也，于是并逮鹤龄。时罗织颇严，都城内外，无敢以科场为言者。未几，察出程楞香子炳采有收受熊元培、李旦华、王景麟、潘敦俨并潘某代谢森墀关节事，程父子亦入狱。讯程时，程面语孚恩曰："公子即曾交关节在我手。"孚恩嗒然。翌日具折检举，并请回避。得旨逮孚恩子景彦，孚恩勿庸回避全案。孚恩以儿子事甚不乐。潘某者，侍郎某之子，孚恩知潘与程往来密，遂以危词挟侍郎自首。侍郎恐，如其教，而某亦赴狱中矣。李古廉侍郎（清凤）告病在籍，程供牵连其子旦华，解京审办，古廉忧惧病剧死。己未二月，会讯王大臣等，请先结柏与鸿绎等一案。上御勤政殿，召诸王大臣入，皆惴惴，麟公魁竟至失仪。旨下，柏与浦安、鸿绎、鹤龄同日弃西市。刑部尚书赵光偕肃顺监视行刑。是日，柏相坐蓝呢后档车，服花鼠皮褂，戴空梁帽，在半截胡同口官厅坐候谕旨。浦安等皆坐席棚中，项带大如意头锁，数番役夹视之。肃顺自圆明园内阁直庐登舆，大声曰："今日杀人了！"钱揆初中翰（勖）在直庐亲聆之。抵菜市下舆至官厅，与柏携手寒暄数语，出会同赵公宣旨，意气飞扬，赵唯俯首而已。先是，是年彗星见，长亘天，肃顺等建言必杀大臣以塞天变。及狱成，文宗流涕曰："宰执重臣，岂能遽杀耶?"肃顺言："此杀考官，非杀宰相也。"

阳湖吕定子编修（耀斗）乃道光丙午科，柏相与赵蓉舫尚书（光）同典江南乡试所取士也。赵告吕曰："皇上昨日问我，曩与柏葰同为考官，柏之操守如何？"光对："柏葰身充军机大臣，何事不可纳贿，必于科场舞弊，身犯大辟乎？"文宗颔之，方冀柏之可邀末减也，讵谈次忽接孚恩密柬，言某人骈首，朱革职（凤标，副主考），缺明日放，赵持柬恸哭，即嘱定子往为料理云云。秋七月，庭桂父子案结，载垣等以刑部定拟未平允，奏称送关节，无论已未中，均罪应斩决。孚恩先乞怜于两王，乃先开脱送关节之陈、潘、李诸人，而以程父子拟斩决。旨下，决庭桂子炳采，(或云：庭桂次子程秀所为。后秀中式丁卯乡榜。甲戌会榜，官户部主事，为朝邑相国阎文介所劾。部堂劾罢本部司员，亦仅见；盖深恶其人。）发庭桂军台效力。庭桂出狱，暂寓彰仪门外华严寺。孚恩飞舆来候，一见即伏地哭不起。庭桂曰："勿庸勿庸，你还算好，肯饶这条老命。"孚恩赧颜而去。此案主考柏正法，程发遣，唯朱仅褫职，旋即以侍讲学士衔，仍直书房，盖清名素著也。同考监试及收掌、弥卦、誊录、对读等官，处分殆遍。自是，孚恩一意谄事肃顺。及文宗升遐，端、肃等伪诏顾命，逆谋叵测。俄两宫内断，雷霆骤惊，肃顺大辟，孚恩遣戍。肃之就戮也。赵尚书仍为监斩官，遣人邀柏相之子，侍郎钟濂，载诸车中，同往菜市。俾目睹元恶授首，少纾不共戴天之恨，事之相去仅三年耳。其陈孚恩新疆遣戍之日，即程庭桂军台赐环之日，天道好还如此。

四一三　陈孚恩忘恩负义

陈孚恩之入直枢廷也，江宁何慎恪（汝霖）尝汲引之。某日同儤直，何步履稍龙钟，行时偶触铜炉，锵然作响。孚恩于慎恪固谊托师门，徐曰：“老师，只有人让火炉，火炉不能让人也。”何知陈将排己，遂伊郁遘疾。昔人有句云：“直到天门最高处，不能容物只容身。”慨乎其言之已。

四一四　九尾神龟

近人所撰新小说，有名《九尾龟》者，书中某回（章回体）自述命名所由，盖托谊罕譬。不知九尾龟，固确有是物。明吴郡陆粲《庚己编》云：“海宁百姓王屠与其子出行，遇渔父持巨龟，径可尺余。买归，系著柱下，将羹之。邻居有江右商人见之，告其邸翁，请以千钱赎焉。翁怪其厚，商曰：‘此九尾龟，神物也。欲买放去，君纵臾成此，功德一半，是君领取。’因偕往验之。商踏龟背，其尾之两旁，露小尾各四。便持钱乞王，王不肯。遂烹作羹，父子共啖。是夕，大水自海中来，平地高三尺许，床榻尽浮，十余刻始退。明日及午，翁怪王屠父子不起，坏户入视之，但见衣衾在床，父子都不知去向。人咸云，害神龟，为水府摄去杀却也。吴人仇宁客彼中，亲见其事。”

四一五　异鸟名

鸟名绝韵者，如绿毛幺凤，桐花凤，词赋家向来艳称。又桃花□出仪征，桃花盛开，辄来翔集（见《□巷丛谈》）。又有鸟长尾五色，如锦鸡而小，每于盛夏菱叶冒水时，因丛叶之凹，伏卵出雏，人谓之菱雏（见明郑仲夔《耳新》）。

四一六　明末禁烟无效

明清末季皆禁烟，特烟之品类不同耳。明王逋《蚓庵琐语》：“烟叶出自闽中，边上人寒疾，非此不治。关外人至以马一匹易烟一斤。崇祯癸未，下禁烟之令，民间私种者问徒，法轻利重，民不奉诏。寻令犯者斩，然不久因边军病寒无治，遂停是禁。”云云。

四一七　徐枋《讨虮虱檄》

长洲徐俟斋（枋）《居易堂集》有《讨虮虱檄》，典赡可诵，移录如左：

尔肤虫虮虱者，身惭蚊睫，质细蟭螟。夤缘线索以为生，依附毫毛而自大。聚族而处，岂知蛾子之君臣；迁徙不常，讵有蜂王之国邑。纪昌善射，悬之而贯心；王猛雄谈，扪之以挥麈。固垢秽之滋孽，实锋镝之余生。将军有血战之功，汝依甲胄；穷士贵蠖藏之用，尔处裤裆。厥有常居，毋宜越境；苟为曼衍，必致侵渔。故设汤镬之严刑，重捕获之功令。十日大索，五丁穷追，尔无捍兹三章，人亦宽其一面。尔乃头足方具，便尔鸱张；耳目未完，胡然作孽。惨人肌肤以为乐，吮人膏血以自肥。腹既果然，贪饕未已；形同混沌，蹒跚可憎。投隙抵纤，无微不入；呼朋引类，实烦有徒。时寻蛮触之争，罔睹蜉蝣之旦。以鹑衣为兔窟，高枕安眠；望毛孔为屠门，朵颐大嚼。但知口腹，不畏死亡。尔常噬脐，人犹芒背。遂使缊袍之士，手不停搔；伏枕之夫，卧难帖席。不耕而食，徒知膏吻磨牙；剥床以肤，自侈茹毛饮血。犹恨天衣之无缝，生憎荀令之薰香。嗜肤比于割鲜，矢口矜其食肉。蠕蠕蠢动，曾玷叔夜之龙章；点点殷红，时污麻姑之鸟爪。朗诵阿房之赋，正如苍蝇之泄赦文；僭登宰相之须，何异妖狐之升御座。罪维满贯，恶极滔天，诚罄竹难书，续发莫尽者也。兹者，渠魁既获，斧钺将施，事急求生，乞怜恨其无尾。计穷就戮，大患以我有身。或愤燃其脐，或戏切其舌。或咀其肉以雪恨，若刘邕之嗜痂；或数其罪而甘心，若张汤之磔鼠。然而未为合律，不足蔽辜。乃选五轮以为兵，排左车以为阵，敛衽成甲，褰裳作旗，巨擘若博浪之椎，利齿同斩蛇之剑。雷訇电击，风扫云驰。夫以槐安国之岩城，犹然馘丑；兜离国之形胜，尚尔犁廷。况乎乌合一旅之师，群居四战之地，裸身无蜣甲之蔽，脆弱无螗臂之挡。将视斩级功多，众拟长杨之献兽。血流漂杵，惨同云梦之染翰。仗我爪牙，穷其巢穴，无易种于新邑，必殄灭之无遗。提汤趣烹，杀之无赦。

四一八　女尼广真兴衰记

都门三闸地方，虽在软红尘中，饶有水乡风趣。每值春光明媚，游女如云。其地有灵官庙，香火称盛。道光时，住持女冠广真者，姿首修嫮，幽扃梵呗，徒侣綦繁。其居室则绣幕文茵，穷极侈丽。往还多达官贵人，而庄邸与容贝子过从尤密，物议颇滋。往往巨公宅眷，入庙烧香，辄留饫香积，罗列珍羞，咄嗟而办。尤奇者，其酒易醉，醉必有梦。庙中器具，率容贝子喜舍。相传有榻名幻仙，机括灵捷，殆出鬼工，则醉者憩焉。事秘，弗可得而详也。广真又交通声气，贿结权要，朝士热中干进者，日奔走其门，冀系援致通显。或师事母事之，勿恤也。有御史冯某，久困乌台，亦竭蹶措资，嘱广真为道地。某日通谒，适广真以事它出，其徒二尼留御史饭，意殊殷恳。酒数行，尼忽愀然曰：“以君清秩令名，而顾为是龌龊行，讵倚吾师为泰山耶。幸不可长，恐冰山弗若耳。”冯愕眙，亟请其说。尼曰：“君为言官，宁不能摘奸发伏，以直声邀主知，致卿相耶？”遂举广真奸状，及贿赂各节，均有记录，悉以付之，且曰：“止此已足，君幸好自为之，毋瞻顾。幸得当，毋相忘。”御史果幡然变计，促驾归，炳烛属稿，待旦封奏。事闻，上震怒，有旨派九门提督、顺天府尹拿问广真情实，立正典刑。庄王褫爵，容贝子圈禁高墙。御史冯某以直言敢谏，不避亲贵，得晋秩跻九列，亟辗转为二尼营脱，置少房焉。

四一九 “杜煎”考

沪上药肆，辄大书其门曰“杜煎虎鹿龟胶”，或问余“杜煎”之意，弗能答也。沤尹言，杜煎，犹杜撰，即自煎，吴语也。苏州蹋科菜有二种，本地自种曰杜菜，自常州来曰客菜。客菜佳于杜菜，以“杜”对“客”而言，可知与“自”同意。

四二〇 台湾淘金

《台湾志》言，其地产金沙，然金沙出则地必易主。曩邵筱村抚台时，金沙遍地，土人淘金者赴抚署领照，每人纳制钱二百文，岁可赢十余万云。

四二一　川民制金箔

蜀友某言，四川省城外有隙地数十亩，附近居民专以金叶锻红，槌成金箔。计金一两，可成箔阔如三亩，无论何官卤簿经过，砰訇之声，未尝或辍，唯总督过，则停让三槌以致敬。此专门工业也，亟记之。

四二二　蜀南产墨猴

蜀南产墨猴，大如拳，毛如漆，性嗜墨，置之案头，砚有宿墨，则舔咂净尽，可代洗涤。

四二三　构思巧合

相传闽县王可庄修撰（仁堪）会馆课，赋题《辅人无苟》，押"人"字韵云："危不持，颠不扶，焉用彼相；进以礼，退以义，我思古人。"触阅卷者之忌，以竟体工丽，得置一等末云云（详见前话）。按：钱塘梁晋竹（绍壬）《两般秋雨庵随笔》"四书偶语"一则，有《拄杖铭》云："用之则行，舍之则藏，惟我与尔有是夫；危而不持，颠而不扶，则将焉用彼相矣。"晋竹道光朝人，时代在可庄之前，可庄赋句，殆构思暗合耶？又某说部云，当时阅卷者，为吴县沈文定（桂芬），颇赏其寄托遥深，并无触忌之说。可庄之一麾出守，盖别有为。

四二四　王鄂与仙女张笑桃传奇

阅四川《巴州志》，载一事绝艳异：

巴州，隋之恩阳县也，县治有恩阳山，山有高低三峰，其最高峰上建一阁，环阁植梅，因名曰红梅阁。巴州刺史王，有子名鹗，读书山下，每课余游览，步至阁前，忽见阁上窗棂悉启，有一红衣女郎俯眺山下，盖绝代姝也。鹗以此阁终年扃镉，四无居人，心颇异之。潜谋移居阁中，了无所见。唯闲步山坳回时，每于窗畔，见女郎在焉，及入室则阒无其人。值梅盛开，鹗流连树下，见梅一树，花独繁密，鹗因折取，插于瓶中。一日偶自外归，见案上素纸题句云："南枝向暖北枝寒，一样春风有两般。频上高楼莫吹笛，大家留取倚阑干。"下署款张笑桃，墨沈未干，袖香犹裛。鹗讽诵再三，极意艳羡，爇香祷之。越日薄暮，鹗自外归，蹑迹登楼，果见女郎拈毫伏案，鹗突前抱持，极道爱慕。女郎亦不避匿，自道姓名为张笑桃，由是两情欢洽，再易庚蚩。某日，鹗与笑桃携手游行，俯视山下，笑桃神色忽异，顾谓鹗曰："君知黑雾弥漫者何也？"鹗谓此或云气使然。笑桃曰："嘻，吾两人情缘殆将尽矣。"鹗亟问其故，笑桃曰："此山有洞，名为巴洞，蛇精名巴潜者居之，修炼数百年矣。能幻形为人，觊觎妾貌，强委禽焉。以彼蕴毒之尤，纯阴之类。实生深山大泽，习居丰草长林。妾诚蒲柳之姿，亦何至为茑萝之托。巴潜□甚滋恚，必欲得妾而甘心。今知侍君巾栉，益复妒娼，以故喷薄妖氛，冀堕君五里雾中，因而摄妾。君以血肉文弱之躯，万不能当其狂焰，宜速下山谨避。明年大比，君必连捷成进士，外授峨嵋县令。倘不忘故剑，抵峨嵋时，暂缓赴官，迂道峨嵋山下，见铁冠道人趺坐蒲团，君以情哀告，当得援手。或使我两人破镜重圆也。”言次，雾益腾涌，蔽山谷，笑桃促鹗速行，鹗挥泪下山，数十步间，回首瞻恋，犹见笑桃凝颦伫立，凄黯如雾中花也。逾日再至，则林壑依然，人面不知何处去矣，懊丧垂绝。爰谢绝人事，闭帏攻苦，翌岁登第授官，悉如笑桃言。往访峨嵋山下，果道人铁冠者在焉。鹗陈意敦恳，道人曰：“巴潜何敢乃尔，吾念汝至诚，今付汝宝剑一，灵符三。汝即至恩阳山下，斩荆辟莱，觅得巴洞，以一符置洞门，又一符焚化吞之，仗剑入洞，必得与意中人相见也。”鹗如其教，入其洞，绵亘数里，豁然开朗，有屋舍华美，珠帘四垂，则笑桃在焉。相见之下，悲喜交集，问知巴潜外出，亟挈笑桃以行，之官四年，燕好綦笃。一日晨兴，笑桃忽谓鹗曰：“妾近屡心悸，若有奇警，恐巴潜诇知所在，未能漠然于怀也。”属鹗剑勿去身，戒阍人：“有巴潜者来，务拒勿纳。”无何，鹗在典室，有投刺者，未及置词，而客已闯然入，厉声语鹗曰：“吾巴潜也，王鹗何人，夺人之室而据为己有，久而不归，直是理乎？”鹗急起索剑与斗，而巴潜已入内室，指顾腥霾四合，咫尺不辨面目，虽傔卫毕集，举徨惑无能为力。顷之，雾消客去，而笑桃亦杳矣。鹗竟弃官再访峨嵋，则空山无人，曩道人铁冠者，亦无复踪迹。虽真真万唤，唯有空谷应声，泉咽云荒，怅惋而已。

右据州志原文，润色十之四五。窃意笑桃，其殆仙乎？其于王鹗，殆有前缘，缘到则合，缘尽则离，巴洞蛇精，峨嵋道人，举非真有，大抵仙家幻化之妙用。所以澹鹗之感恋，而振拔之情网之中也。不然，巴潜之初摄笑桃，何必待二年之后；再摄笑桃，何必待四年之后，矧笑桃固有道者，素纸题句，不昧慧根，登第授官，更能预决。何独对于巴潜，略无自卫之力，欲摄则竟摄之耶，是皆可寻之间也。夫笑桃知鹗之必感恋，而预示幻化以澹之，何情之一往而深也。事具志乘，未必为无稽之谈，梅阁之遗址尚存乎，殊令人低徊欲绝已。

四二五　妒妇笑谈

光绪中叶，吏部有二雷：一名天柱，陕西人，一名祖迪，广西人，皆官文选司主事。陕西雷之夫人奇妒，常恐外子或有藏娇谬举，别营金屋，爰是外而仆御，内而婢妪，日必屡谆饬。稍有可疑，必诇以闻。仆媪辈夙严惮之，微特罔敢徇隐，或犹欲因缘以为功。广西雷早断弦不复续，一妾随侍京邸，寓城西羊肉胡同。都门旧习，曹司揭红笺于门，题曰某署某寓。二雷之门，则皆曰吏部雷寓也。陕西雷之仆某，不知其主同官别有广西雷也，偶过羊肉胡同，见门笺而疑焉。亟询诸比邻，则曰："吏部雷老爷亦太太之居也。"则亟归报夫人。夫人震怒，趣驾车往。广西雷之如夫人，以谓女宾至也，亟整衣出迎。讵来者一见即痛掴之（《韵会》"掴，掌耳也。"），重之以辱詈，绝愕眙不知所为。来者益敎豀叫呶，弗容辩，辩亦弗闻，沸腾久之。俄广西雷自署归，来者觉有异，稍镇静，因谘白得其情，始自知误会，窘怍几无所容。如夫人者徐曰："夫人幸息怒，主人固在是，请皀叙伉俪情。继自今，贱妾不敢当夕。"则垂首至臆弗能仰，汗出如沈，继之以泣。广西雷尤局促难为情。俄陕西雷衣冠至，盖亦甫自署归，门者以告，遽踉跄奔赴，欲更衣未遑也。二雷寅好故款洽，而是时相见，不无强颜，道歉仄者，觉向来无此歉仄；致逊谢者，觉兹事难为逊谢。情至不平，不能怒，不怒何以堪；事堪发噱，不能笑，不笑不可忍。幸如夫人者谨而愿，客至敛抑遽入，夫人者亦为佣妪牵挽登车。陕西雷稍从旁促之行，第声色弗敢厉也。既媾解，二雷复枝梧数言。洎客去，广西雷仍门送如仪焉。尤足异者，陕雷妻之始肆也，粤雷妾颇顺受。盖粤雷妾，固量珠燕市者，性又近温婉，颇疑粤雷旧有嫡室，向或匿不以告，今乃至自南中，其忍辱弗与较，盖亦由于误会。然而贤矣，倘并事白之后，揶揄之数言，而亦无之，讵不更厚而庄乎？唯是绿衣抱衾之俦，何能以纯特之行为责备也。此事绝新奇，当时传播殆遍，软红香土中，往往茶余酒半，资为谈柄云。

四二六　都门三绝

同治朝，吴文节（可读）直谏垣，以乌鲁木齐提督成禄纵兵戕戮平民数千，具折严劾，有“请斩成禄之头，以谢无辜百姓；并斩臣头，以谢成禄”等语。廷议以谓讦刺时政，饬回原衙门行走，而此折为时传诵，朝野想望风采。同时有云南举人谢焕章，年逾六十，甫捷乡闱，入都会试，其复试题“性相近也”二句。谢文理垸深奥，阅卷者李某几不能句读，以为文理欠通，竟坐褫革。谢固滇中名宿，有及门八人，同上公车，咸愤不与试，群起揭控。事闻于朝，特派大臣复阅，谢得开复，作为本应罚停会试一科，而开复已后试期，应无庸再议，然谢之文名由是盛传日下。人言李某诚疏陋，适以玉之于成焉。而菊部名伶十三旦者，亦于是时以色艺特闻。时人为之语曰：“都门有三绝：吴侍御之折，谢焕章之文，十三旦之戏也。”

四二七　咸丰帝自号且乐道人

清文宗之季年，东南沦胥于太平，京津见逼于英舰。内忧外患，宵旰靡宁，驾幸热河，以“且乐道人”自号，帝王处境一至于斯，自古罕有。

四二八　部院衙门当直次序

清时“宫门钞”，有“某日推班”云云。考旧制，部院衙门当直日，堂官各将衔名书牌进呈（牌木质，长九寸，宽一寸，厚不及半分，绿头粉身，揩以油使光泽，谓之膳牌，以牌随膳上也），是日召见何人，即将其牌提出，奏事处即遵照名次宣入。直日次序：首吏部翰林院侍卫处，次户部通政司詹事府，次礼部宗人府钦天监，次兵部太常寺太仆寺（当时戏称“兵太太”也），次刑部都察院大理寺，次工部鸿胪寺，次内务府国子监，次理藩院銮仪卫光禄寺。每九日一转，若奉旨推班，则本日当直者，推下一日。翰林院直日，侍读学士递牌，缘掌院学士，乃兼官也。满称翰林院为笔帖黑衙门，称侍读学士为笔帖黑答，翰林院之长也。

四二九　丁宝桢斩安得海秘闻

同治初年，丁文诚（宝桢）抚山东，俄内监安得海由都南下，在德州登陆，仪从喧赫，并有女乐一部，载之以行。时德州知州为赵晴岚（新），具禀以闻。时安已过东昌，文诚飞檄截留，并专折纠参，有“查例载凡内监出京六十里，即斩罪。该太监如此喧赫，水陆登程，公然南下，显违祖制。必矫诏所为，可否由臣拿获，就地正法，抑解回内府，请旨办理”等语。时恭邸暨相国文忠（文祥）枋枢要，奏入，亟请示慈宫。玉音第云：“如所奏。”殆竟欲杀之耶。则遽出拟旨，着山东巡抚及江督苏抚一体截拿，就地正法，如有疏虞，惟该抚等是问。旨下，安已行抵泰安。知县何毓福，诡词诱之到省，其辎重凡大车八辆，轿车二十辆，均留泰安。安至省，谒文诚，仅立谈数语。文诚曰：“吾已具奏，汝第归寓所候旨可耳。”文诚以月之初八日拜折，十五日奉批，中间一来复，寝不安席，食不甘味，虑或奉谕解京，则安固侧媚工谗，充其造膝之陈，切肤之诉，其为祸殆不可测。时德州赵牧密晋省，夕诣节辕，为文诚谋：“安若奉谕解京，则文诚三月内必乞退，万不可留。”文诚曰：“汝将奈何？”赵言：“新一小知州，渠未必介意，唯是除恶务尽，宁我谋人，任彼跋扈飞扬，不容越山东一步。”盖赵已决策，不即枭者，必鸩之矣。文诚嘉其能断，与赵约为昆季，迨就地正法之旨下，则亦以侥天之幸交相庆也。初，安之至德州也，索供张无厌，且呵斥官吏。赵禀有云：“其在舟中，品竹传歌，连宵达旦。尤敢陈设龙衣，招摇震炫，两岸观者如堵。其自泰安至省，何令躬伴送之；在逆旅中按牙谱曲，宴饮甚欢，并言回京后当令超迁不次。”又言：“渠曾求帝御书，帝书‘女’字与之。‘女’乃‘安’字无头，意者非佳谶耶。”而不知即应于目前也。安正法后，文诚并令暴尸三日，途人好事者，辄褫其下裳观之，则信蚕室之刑余也。其辎重车辆，押至省城，文诚派委员八人，在济南府署查点，宝器珍玩，多目所未睹。有良马日行六百里，身纯黑而四银蹄，其尾闾别生毛一簇，以红丝绾之，步视神骏，据称得自内厩。及其女乐一部，小内监四名，悉解回京，保镖者八人（按：《集韵》：“镖，纰招切，音漂。”《说文》：“刀削末铜也。”《集韵》：“卑遥切，音焱，与镖同，刀锋也。”北方健儿好身手，受雇长途，保卫商旅，谓之保镖，其荟萃处曰镖局，京津多有之，不知何自始也。），当地发落。是役也，文诚丰采动宇内，同时曾、李诸贤，尤极意推重云。

四三〇　谥法以“襄”字最隆重

谥法“襄”字最隆重。咸丰三年十月，寿阳祁相国文端面奉谕旨：“文武大臣或阵亡，或军营积劳病故，而武功未成者，均不得拟用‘襄’字。”自是无敢轻拟矣（见歙鲍康《谥法考》）。同光重臣，如曾忠襄，岑襄勤，左、张二文襄，皆美谥也。考《谥法·臣谥》：“辟地有德曰襄，甲胄有劳曰襄，因事有功曰襄。”

四三一　清代妇人得谥止三人

嘉庆朝，强克捷（河南滑县知县，赠知府，谥忠烈）子逢泰之妻徐氏，道光朝，方振声（福建嘉义县县丞方振声，台湾镇标千总马步衢，台湾北路协把总陈玉威，殉节台湾，均特旨赐谥，并有“览奏堕泪”之谕。振声谥义烈，步衢谥刚烈，玉威谥勇烈，凡特旨予谥，悉出睿裁，不由阁臣撰拟）之妻张氏，陈玉威之妻唐氏，均蒙特旨予谥节烈。有清一代，妇人得谥止此，方仅佐萃，陈尤末弁，夫妇双烈，诚佳话也。

四三二　清代赐谥法规

清制：内阁拟谥，旧隶典籍厅。咸丰初，卓相国（秉恬）改归汉票签，只遵饰终谕旨褒嘉之语，每谥撰进八字，选用二字，唯“文正”不敢拟，悉出特旨，得者以为殊荣焉。凡圈出之二字，列第二第三者居多，亦故事也。

四三三　赐谥外人之制

朝鲜国王谥号向由内阁撰拟，后因所拟之字有误用该国王先代名讳者，改由该国自行撰拟八字进呈，恭候钦定。（按：朝鲜国王赐谥凡十二世。至同治朝，李昇谥忠敬止，安南国王唯乾隆朝阮光平谥忠纯，余无考。）又凡诰敕文字，向亦阁臣所司。光绪甲午，万寿覃恩，总税务司赫德（英国人）频年宣力，屡晋崇阶，至是依例具呈，请领诰轴。内阁以无故事可循，其制词由典籍厅移请总理衙门撰拟，取其桀敦素娴，篇中命意遣词，易合客卿性质，于恩礼之中寓怀柔之旨焉。

四三四　索尼以武臣谥文忠

清制：大学士及翰林授职之员，始得谥文。至庶吉士、翻译翰林，并由部郎改官翰林者亦不谥文，盖隆重之至。按：《谥法考》："康熙朝，赐号巴克式（"式"一作"什"）领侍卫内大臣，一等公索尼，谥文忠。"有清二百数十余年，文臣谥武多有，武臣谥文，仅此一人，诚异数也。巴克式即笔帖式，为满人进身之初阶。然索尼以上公之尊，而膺此赐号，则亦郑而重之矣。又顺治朝，文馆大学士达海、额尔德尼（皆谥文成）本游击副将世职，以精通国书，追赠巴克式，后改笔帖式，亦见《谥法考》。其笔帖式夷为末秩，大约自雍、乾后矣。

四三五　乾隆朝某典籍官轶事

相传纯庙于岁暮偶微行至内阁，见一典籍官，独宿阁中，寒瘦如郊岛，彼不识圣颜也。问何不回寓度岁，对曰："薄宦都门，妻子均未至，重以档案填委，职掌乏人，惧万一疏虞，因留宿阁中耳。”纯庙颇重之，详询其籍贯科分，并志其年貌，于次日召见。某趋入，天颜温霁，知即昨与接谈者，屏营之下，蒙赐一封口函。谕云：“速持至吏部大堂，但有堂官在，即传旨面交。”某叩头遽出，亦未喻何意。将出东华门，俄腹痛奇剧，僵仆道旁，屡撦拄弗能兴，虑封函关机要，脱迟误干未便也。徬徨无策间，适同官某经过，呼而告之，托其将封函投交，千万毋误。及部堂启视，乃朱谕：“本日如有知府缺出，即着来员补授。”于是吏部遵旨铨注。越日谢恩，乃并非其人，问之，始据实陈奏，纯庙喟然曰：“《语》云，君相不能造命，其信然耶。”

右据近人笔记，润色入《丛话》，窃意兹事未必尽然，召见面交之钦件，何能付托于同官，典籍虽末曹，亦尝簪豪中秘，何至模棱乃尔。当雍、乾全盛时，此等事容或有之，中间情节或传闻异词，无庸丁确而求其必是也。

四三六　办事翰林与清秘堂

翰林院例于编检中，奏派四人办理院事（修撰亦与其选），谓之办事翰林，遇京察，皆保列一等，此道府之基也。每议派既定，掌院以名柬延请，使者曰：“请赴清秘堂，不以公牍。”尊而重之也。清秘堂，办事处也。有高尚其志不屑外任者，则先事辞之。又道、咸以前，翰林传御史，亦薄为小就，其志趣高迈者，虽掌院保送，往往考试届期，谒假弗与。晚季四五十年，绝不闻此高风。至于清秘堂，尤百计营谋不可得，亦断无不营谋而得者。

四三七　借书亦须势力

《池北偶谈》载归熙甫与门人一帖云："东坡《书》《易》二传，曾求魏八不与。此君殊俗恶，乞为书求之。畏公作科道，不敢秘也。"渔洋山人以借书亦须势力为叹，鄙意窃不直借书者，昔人有豪夺，此非豪借耶？

四三八　试题不明出处

阮文达尝教习庶吉士，大课诗题《天下太平》，皆不知出处。纳卷后，方悟是《礼记·孔子答子张问政》："君子力此二者，以南面而立，夫是以天下太平也。"又某年，金台书院开课，诗题《冰与水精比玉》，亦无知出处者。诗皆类于咏物，不知出《孟子序说》："程子曰：且如冰与水精，非不光，比之玉，自是有温润含蓄气象，无许多光耀也。"六经之文，甚非秘籍，读者往往忽略，自不记省耳。

四三九　烛台考

世俗祀神，案上正中设炉焚香，炉之两旁设台燃烛，不知何自仿也。宋人小说载司马温公在永兴，一日，国忌行香，幕中客某，有事欲白公，误触烛台，倒在公身上，公不动，亦不问，知北宋时已然矣。

四四〇　元宝之名由来

前话载北京节慎库有大银，自注："即俗所谓元宝。"以元宝字俗不入文。按：《续通考》："至元三年，杨湜上言，平淮行用白金，出入有偷盗之弊，请以五十两铸为锭（按：此锭字，通俗为文。《说文》："锭，镫也。豆有足曰锭，无足曰镫。"《广韵》："训锡属，无它谊。"）文曰元宝。"元宝之名始此，亦已古矣。

四四一　海棠木瓜

海棠木瓜，出南京明孝陵卫，花如铁梗海棠，实较寻常木瓜大者约十分之二。香淡永，微酢涩，以熏鼻烟陈干者良（见《选巷从谈》与杨花萝葡属对）。比阅《抟沙拙老日记》（不具撰人姓名，据称彭文勤为从祖，知其为南昌彭氏也）："木瓜必偕铁梗海棠对栽方茂，否则结实不繁，且易陨落，闻之曹州人说。"据此，则木瓜之于海棠，信有气类相需之雅，乃至旧京嘉植，能兼华实于春秋，几与化工而竞巧。世谓草木无知，草木无情，殆犹格致之学，有未至耳。

四四二　康熙朝有两于成龙

康熙朝有两于成龙，一字北溟，山西永宁人，官至两江总督，谥清端。一字振甲，汉军旗人，官至河道总督，加兵部尚书，谥襄勤。（按：清初总督加尚书，皆出特旨，巡抚亦加尚书，罕加侍郎者。乾、嘉后，总督加尚书，巡抚加侍郎始定为例。又雍正朝，江南河道总督孔毓珣加礼部尚书，山东巡抚袁懋功加工部尚书，则某部亦不拘定也。）古今同姓名者夥矣，两公时代官位并同，殊仅见。

四四三　绿营由来

清时各直省军府，例称绿营。缘其旗纛通用绿，唯于边际以红缯饰之。

四四四　同治甲子重开乡试盛况

同治甲子克复金陵，曾文正建议开科。于十一月中，举行乡试，上下江士子，北闱下第者悉赴试南旋。有人于台儿庄旅店见题壁诗云："万山丛里驾双□，断涧危梁次第过。落日牛羊西下急，秋风鸿雁北来多。霜余村屋留红叶，获后田园覆绛莎，此去果然归故土，年华且喜未蹉跎。"十一月初五六等日，和煦如仲春，至初八日，群集龙门下，则渐闻淅沥声，知已雨雪，至初十日晴霁。是时贡院新修，朱阑录（绿）曲，明蟾照映，多士角逐文坛，复睹承平景象。虽严寒砭骨，亦欣欣若挟纩焉，则五十年前之天时人事，固如是也。

四四五　同治顺天乡试案

同治癸酉，顺天乡试，都下喧传荧惑入文昌，科场有不利。是科中式第十九名徐景春，以策内不识《公羊》为何书，竟将“公羊”二字拆开，为广东梁伯器（僧宝）所磨勘。梁初签出，礼部查则例，徐景春应罚停会试三科，主考官降二级留任，同考官革职留任。照此办理，片咨吏部。讵吏部咨行礼部，必欲将徐景春褫革。礼部覆称，如革徐景春，则主考皆应降调。时吴县潘文勤署吏部右侍郎，一日，文勤到署，司官持稿回堂。潘怒，投稿于地曰：“吾知有人图全小汀缺耳。”盖其时全文定（庆）为协办，而宝文靖（鋆）官吏尚也。方龃龉间，文靖适至，问司官因何遗稿在地，司官以潘语质告，文靖默然。未几，景春竟斥革，同考陆编修（树宗）亦革职（景春出树宗房），主考全文定，胡总宪（家玉），童（华）、潘（祖荫）两侍郎皆降二级调用。适潘文勤管户部三库，三库印忽失落。事觉，文勤革职留任。至是又得降调处分，遂无任可留，因而革职，旋特旨赏编修，仍在南书房行走。胡小蘧总宪降调后，又因与江西巡抚刘忠诚（坤一）以田赋事互揭，部议刘革职，胡再降四级调用，终鸿胪寺少卿。

四四六　同治朝科举磨勘綦严

徐景春既因磨勘褫革，内帘各官降革有差，是科各直省试卷磨勘綦严。于是江南则革去举人杨楫，以其《春秋》题，集经为文，语欠联贯，谓为文理荒谬。而江西全榜中式墨卷，其第二开，首行之首，末行之末，皆各涂改一字。若人之名号拆开者然，谓是笔误，何以每卷皆同；以文理论，则又必无误书此二字之理，情弊显然，无可徇隐，因请旨暂行斥革。一面行文确查，实则士子与誊录生为识别，嘱其加意精写，唯恐目迷五色故也。然此事颇难斡旋，兼值功令森严，几无复保全之策。嗣监临抚臣覆称："该省试卷纸质最薄，其红格两面一式，而印卷官关防在卷后幅，士子入闱，匆遽之中，往往反写，故领卷后，即各于第二开写此二字，以别正反。历届相沿，亦不自本科始，实属无关弊窦。"云云。奏入，事乃得解。是由抚署司章奏者善于措词，否则一榜皆占泽火之象矣。

四四七　陈六舟罢官

光绪朝，扬州陈六舟京兆（彝）巡抚安徽，条陈便民如干事，有"令民称贷公家，春借秋还"一条。得旨中饬，谓直是宋臣王安石青苗法矣，以是改任浙江学政。当是时，合肥伯府族人某擅杀人，知县宋某必欲置之法，伯府大哗，宋竟罢斥。太邱适于是时改官，人咸谓得罪巨室使然，而不知其别有为也。旋内转顺天府尹，称疾南归，颇极林泉颐养之乐。

四四八　都门各衙署小禁忌

都门各衙署，旧有小禁忌。三十年前，落拓软红，犹及闻之。内阁大堂有泥砚一方，相传为严分宜物，胥役人等般弄无妨，唯官僚切忌入手。新到阁者，前辈辄申诫焉。翰林院衙门，大门外有垒培，高不逾寻，环栅以卫之，置隶以守之。相传中有土弹，形如卵，能自为增减，适符阖署史公之数，或有损坏其一，则必有一史公赴天上修文者。又有井名刘井，新到馆庶常，或俯而照影，则必无留馆之望。刑部衙门有"顺天无缝，直隶不直"之说，顺天司中门终年扃闭，司务厅每日必以纸粘之，如稍漏缝，则印稿必获处分。直隶司向不设公座，设则必兴大狱。又刑部大堂为白云亭，亭前影壁有一方孔，每早晚司务必躬自扫除之。据云，其中或留纤芥，则不利于堂官。又刑部当月司员，监管堂司各印，印各缄縢，千万不可启视。如启视，则必有监犯病毙，屡经试验，其理殊不可解。

四四九　某士人善作对联

合肥龚芝麓尚书女公子卒，设醮慈仁寺，一士人寓居僧寮，僧倩作挽对。集梵夹二语曰：“既作女子身，而无寿者相。”公询知作者，即并载归，面试之。时春联盈几，且作且书，至溷厕联云：“吟诗自昔称三上，作赋于中可十年。”乃大咨赏，许为进取计（见前话）。按：《两般秋雨盦随笔》：“魏善伯征士题范觐公中丞厕上对云：‘成文自古称三上，作赋而今遇十年。’”即僧寮士人之作，仅有数字不同耳。（按：厕屋，《汉书·李膺传》曰溷轩，名颇雅，附记。）

四五〇　邹壮节轶事

无锡邹壮节（鸣鹤）初授广西桂林知府，荐擢巡抚，以发逆之乱罢归，掌教东林书院。偶因细故与诸生龃龉。某日，忽见厅事题一联云：“部院难为为掌院，桂林不守守东林。”公曰：“是不可一日居矣。”遂出而从戎。后殉难，易名壮节，并开复原官，人谓诸生一激之力也。

四五一　无愧我心

咸丰间，有广东运使钟建霞者，起家寒微，以卖油为业。时漕运方盛，日必担油赴粮艘沽售（零卖也）。一日，以索值往，适司账者方句稽款目，盘珠格格不已，钟觇其旁久之。司账者问何人，以索油值对，并谓君账某某等处有误，故不符合。司账嘱钟代算，其数悉符，则大喜，询其姓名里居，留之舟中，相助为理，月酬辛金，视担油丰且逸矣。数年后粮艘裁撤，司账者言："吾今亦无所事，我二人盍业贾？"遂托以三千金，往来贩运，赢利倍蓰。其人欲与均分，钟不可，但计月取辛资，固与而固辞焉。因为纳粟得巡检，选授湖北副底司。未几，胡文忠驻兵新堤，饷糈支绌，钟以随办捐输，保升沔阳州同，旋擢知州，积官至广东运使，养尊移体，以精明综核见称。其余事尤兼工染翰，新堤州同署中有所书"无愧我心"四字，笔力遒劲，非寻常俗吏克办，而谓出自锥刀竞贸者流，鲜不目为齐东野人之语矣。

四五二　刘可毅因名应谶

武进刘葆桢检讨（可毅），光绪戊子会元。于会试前，自更此名，同人莫之知也。及榜发首捷，报录至青厂武阳会馆，馆人曰："吾武阳无此刘可杀也。"由是人辄以"可杀"戏呼之，刘每忽忽不乐，常揽镜自照曰："吾名讵真成谶耶？"庚子拳匪乱作，葆桢先已出京，俄复折回，乱后踪迹杳如，传闻于通州遇害矣。

四五三　王半塘应试

同邑王半塘侍御，光绪庚辰应礼部试，诗题《静对琴书百虑清》，得“清”字，乃末联用“离、尘”二字叶韵。卷经房荐（出廖縠似寿丰房），而堂批谓此卷拟中三甲，复阅诗末出韵，摈之可惜。半塘雅擅倚声，夙研宫律，四声阴阳，剖析精审，乃至作试帖诗而真庚混淆，讵非咄咄怪事耶？半塘尝曰：“进士者，器之贵重而华美者也。是有命焉，不可幸而致也。”

四五四　曾文正“内疚神明，外惭清议”

李文忠于曾文正为年家子，甫通籍，即赴曾营，文正每言李志盛气锐，思有以挫抑之，俾成大用。洎削平发逆，文正由直督调两江，文忠竟代其任。文正之督直隶也，因法教士丰大业一案，以天津守令遣戍，颇不满于众望。湘籍京官联名致书诋諆，并将湖南全省会馆中所有文正科第官阶扁额悉数拆卸，文正郁郁无如何。及调任两江，与知交书，有“内疚神明，外惭清议”语。值六旬寿诞，方演剧称觞，忽递到一封口文书，亟拆阅之，仅诗一首云：“笙歌鼎沸寿筵开，丞相登坛亦快哉。谁念黑龙江畔路，漫天风雪逐人来。”文正亦不究所从来，亟纳诸袖以入，自是目疾增剧，俄薨于位。文正笔记曾力辨泰西教堂中刳眼剖心之事之诬，著为论说，惜其稿失传。当时亦以丰大业案，有为而发也。

四五五　杨继业佘太君考

宋云州观察使杨业，戏文中称杨继业，又称业妻曰佘太君，不知何本。按：《辽史·圣宗纪》及《耶律斜轸传》俱作杨继业，镇洋毕秋帆尚书（沅）《关中金石记·折武恭公克行神道碑跋》云："折太君，德扆之女（按：德扆，周永安军节度使），杨业之妻也。墓在保德州折窝村。"折、佘殆音近传误。又《续文献通考》云："使枪之家十七，一曰杨家三十六路花枪。"《小知录》曰："枪法之传，始于杨氏，谓之曰梨花枪。"小说家盛称杨家枪法，盖亦有本。

四五六　金头朱家

无锡朱氏，相传其先世业农，偶掘地，得一人头，乃金所铸成，不知何代物也。（古时武臣效命疆场，或丧其元，往往以重宝为首，配合躯体礼葬，铸金琢玉皆有之。朱氏所得，其殆是耶。）朱氏因居积致富，族姓綦蕃，号为"金头朱家"云。

四五七　朱竹垞高见

朱竹垞《静志居琴趣·绣鞋词》云："假饶无意与人看，又何用描金攧绣。"语意刻深，令人无从置辩，罗泌《咏钓台诗》云："一著羊裘便有心。"通于斯旨矣。

四五八　杨慎九言诗

九言诗，昔人间有作者。长句劲气，于古体为宜，若作九言律体，亦如七言律之妥帖易施，则求之名人集中，殆亦廑见。明杨升庵（慎）《咏梅花》云：

元冬小春十月微阳回，绿萼梅蕊早傍南枝开。
折赠未寄陆凯陇头去，相思忽到卢仝窗下来。
歌残水调沈珠明月浦，舞破山香碎玉凌空台。
错认高楼三弄叫云笛，无奈二十四番花信催。

是诗余旧喜诵之。

四五九　赵尔巽巧用伪工

相传赵次山尚书（尔巽）开藩皖省时，访闻有伪造关防者，以象箸合并锲刻成文，无茧发踪蠡。箸凡二十一，不用，则二十一人分藏之，亦防其败露也。尚书侦得其钤用之顷，掩捕之，无一脱者，皆自知罪重，涕泣莫敢仰视。尚书第令立焜其箸，其人则发往书局，供剞劂之役，皆巧工也。

四六〇　忠敏诗

浭阳托活络尚书忠敏生平撰著，以考订金石为大宗，其它有韵妃俪之文间见一二，率工整熨帖，甚似词流藻构，不类屏臣政暇之作。《游盘山》诗云：

十万松声夕吹哀，稠云大雾一时开。
方知雨后凄凉绝，悔不花时次第来。
垒石成棋天景巧，结松如笠化工才。
田盘仙去田畴老，空见岿然般若台。

黄鹤楼集句楹联云："我辈复登临，昔人已乘黄鹤去；大江流日夜，此心吾与白鸥盟。"（按：忠敏汉姓陶，故一字陶斋。光绪年间于西山之麓筑陶氏家塾，盖托活络即陶字之三合音也。）

四六一　南书房翰林

康熙十六年，内廷始设南书房，凡供奉之员，不论官职崇卑,统称南书房翰林，内廷供奉，唯南书房翰林称之。

上书房行走者，不得同此称也。

四六二　廪饩之称

清制：各直省儒学廪膳生员岁支廪饩。翰林院庶常馆，月之所支亦曰廪饩。雍正十年，张相国文和议奏："庶吉士廪饩银每人每月四两五钱。"盖庶常未经散馆，官未真除，其隶翰林院亦犹夫肄业生也。

四六三　李臣典助曾忠襄克江宁

友人广德李晓暾（世由，原籍湖南）奉其先德忠壮公家传书后，嘱节要入《丛话》。公讳臣典，先是，从曾忠襄吉安军转战数省，每上功辄首列，屡拯忠襄于危。从攻江宁，围合，久不下。时苏、常俱复，忠襄耻独后，愤欲死之，再凿龙膊子地道，募死士先登，公与诸将誓如约。地道火发，城揭二十余丈。公冒烟火砖石直进，伤及要害，城克而病，遂死。去城破廑十许日，曾文正上公首功。奉谕："李臣典誓死灭贼，从倒口首先冲入，众军随之，因而得手。实属谋勇过人，著加恩封一等子爵，赏穿黄马褂，并戴双眼花翎。"而公已先殒，不及拜命。忠襄咨于文正，奏请优恤。有旨将战功宣付史馆，并于吉安、安庆、金陵建立专祠。一时公私记载咸无异同。云南鹤丽镇总兵朱公洪章者，先登九将之一也。后诸将死，□落不偶，与刘公联捷，为忠襄檄留江南防营，阴以报之。刘死，朱留营如故。甲午，张文襄权江督，令朱募十营守吴淞，以创发卒于军。朱在江南久，郁郁不自得，念昔与李公誓死登城，李独膺懋赏，身犹碌碌与偏裨伍，所奉主帅及同列诸将无一在者。思倾李为己地，昌言于人。谓“曩者之役，余实先登，李资高，适猝死，主帅与朝廷务张之，以励将士，故李独尸大名。李克城次日伤殒，忠襄慰己，以李列首。后谒忠襄，语稍不平，忠襄出靴刀授之曰：‘奏名易次，吾兄主之，实幕客李某所为，盍刃之？’又言王氏闿运《湘军志》乖曾氏旨，后嘱王氏定安改订，亦沿官书未改。”云云。其尽屏文正原奏，及公私纪载，为此系风捕影之词，甚可骇怪。夫攻金陵，提镇效命者甚夥，何独于公以死旌伐。文正手书《日记》云：“至信字营，见李臣典，该镇为克城第一首功。日内大病，甚为可悯。”又云：“闻李祥云病故，沅弟伤感之至。盖祥云英勇绝伦，克复金陵，论功第一。”据此，则奏名列首固忠襄意。幕客李者，中江李鸿裔也。论功之奏，核及殿最，李安敢以私见挠之。又王氏定安修《湘军记》时，忠壮子孙不在显列，无所顾忌。湘潭之志，既乖曾旨，本非官书，东湖觊再起，一意媚曾，又何不可改正之有？凡此皆不考情实之过也。

蕙风按：薛福成《庸庵笔记》：“曾威毅之围金陵也，既克伪天堡城，即所谓龙脖子者，在太平门外。高踞钟山之巅，俯瞰城中。提督李臣典与曾公密商，排巨炮三层于其上，昼夜对城轰击，此发彼贮，无一息停，城堞皆颓。贼不能立足，始下令军士各持柴草一束，掷之城下，高与城齐，若为恃此登城者，贼并力严备，不暇他顾。又隔于柴草，不能瞭望。山下旧有隧道，乃前数月所开，被贼觉察而中废者。至是，贼不复防此道，派遣千人，接续开掘，至于城下，实火药三万斤于其中。筑完以土，封固以石。口门留一穴，以大布苦干匹，包火药入粗竹为导线。竹长数丈，贯穿穴中。及期，各军严阵以待。火始入时，但闻地中隆隆若殷雷，俄而寂然，众以为不发矣。顷之，砰訇一声，震撼坤轴，城垣二十余丈，随烟直上。大石压下，击人于二三里外，死者数百人。诸军由缺口冲入。”云云。据此，则掘隧轰城，发策实由忠壮，何止奋勇先登而已。故朝廷亦有“谋勇过人”之谕，推为功首，孰曰非宜。（按：忠壮先授河南归德镇总兵，见《谥法考》。）

四六四　李晓暾嗜歌

晓暾（湖南李世由，见前则——编者）嗜歌，歌者乐得而从之游，遂亦善歌。某夕，兴之所至，竟结束而登沪滨张园之歌台。余愧非知音，幸此曲（〔朱砂痣〕）之得闻焉。宁乡程子大（颂万）赋长句赠之，有云：“有时举酒歌莫哀，酒酣还上海边台。天吴象罔作俦侣，乃自惊涛落日之中来。”晓暾之歌之声情激越，吾得而闻之，而其中之所蕴蓄，则吾子大知之矣。

四六五　明代孙文

阅近人某笔记，有“二百四十年前之孙文”一则，略云：“水月老人，姓孙，名文，字文若，水月其号也，会稽人，明末诸生。”（余不赘）盖隐逸者流而狷介之士也。见王文简《池北偶谈》及吴谷人《祭酒诗集》。按：《明外史·俞孜传》：“孙文，余姚人，幼时父为族人时行棰死，长欲报之而力不敌，乃伪与和好，时行坦然不复疑。一日，值时行于田间，即以田器击杀之，坐戍。未几，遇赦获释。”此又一孙文，嘉靖间人也。见《图书集成·氏族典》。

四六六　黄种

又《图书集成》引《陕西通志》：“黄种，隆德人，永乐中贡士，除户科给事中，资性鲠介不苟合，久居清要。及归，行李萧然。”按：今日所称黄种（之陇切），明朝人心目中，断无此等词意，当是读作种植之种（之用切）耳。

四六七　张文达激赏魏耀庭

晚季春明巨公往往有戏癖。光绪庚寅、辛卯间，户部有小吏曰魏耀庭，能演剧去花旦（俗谓之客串也，或戏呼魏要命)。似闻其人年近不惑，及掠削登场，演《鸿鸾禧》等剧，则嫣然十四五□娃也，惜齿微涅不瓠犀耳。南皮张相国文达极赏之。相国书画至不易求，有人见其赠魏耀庭精箑，一面蝇头小楷，一面青绿山水，并工致绝伦。

四六八　阎文介张文达暮年入军机

光绪初年，朝邑相国阎文介、南皮相国张文达同入军机。阎字丹初，年六十八，张字子青，年七十二。时尚书乌拉布、孙毓汶查办江皖赣豫事件未归，乌字少云，孙字莱山。有人集杜诗为联云："丹青不知老将至，云山况是客中过。"绝浑成工巧。

四六九　牡丹又名唐花

冬月所鬻之牡丹、碧桃等，宋周公谨（密）《癸辛杂识》谓之马塍塘花，今都门名曰唐花。"唐"即"塘"之本字，可通也。

四七〇　叶德辉《奂彬买书行》

癸丑、甲寅间，余客沪上，始识长沙叶奂彬（德辉）。素心晨夕，一见如故，穷不见疑，狂不为牾，是在气类，弗可强为谋也。奂彬有书癖，书在长沙，其收藏如何美富，余未得见也。所著《藏书十约》，无一语不当行。又有《书林清话》，尤瞻博精审，稿将及寸，余曾假观。当时尚未卒业，刻未审锲行否矣。阅近人某笔记，载有《奂彬买书行》一首，书痴面目，刻画妙肖。余喜诵之，移录如左：

买书如买妾，美色自怡悦。妾衰爱渐弛，书旧香更烈。
二者相颉颃，妾念颇相接。有时妾专房，不如书满箧。
买书如买田，连床抵陌阡。田荒防恶岁，书足多丰年。
二者较得失，都在子孙贤。它日田立券，不如书易钱。
吾年已半百，终日为书役。大而经史子，小者名家集。
二十万卷奇，宋元相参积。明刻又次之，嗜古久成癖。
道藏及佛经，儒者偶乞灵。藏本多古字，佛说如座铭。
百川汇巨澥，不择渭与泾。揭来海舶通，日本吾元功。
时有唐卷子，模刻称良工。新法颇黎版，貌似神亦同。
俾我肆饕餮，四库超乾隆。又有敦煌室，千年藏秘密。
忽然山洞崩，光焰烛天日。鲁殿丝竹遗，汲冢科斗迹。
疆吏诚聩聋，坐令怀宝失。西儒力搜求，传钞返赵璧。
此事颇希闻，朝士言纷纭。輶轩使者出，残篇稍得分。
我友王柯辈[①]，持赠殊殷勤。列架充远物，岂是坊帕群。
譬如豪家子，恋色拌一死。粉黛充后庭，复重西方美。
更嬖东都姬，爱听橐橐履。书中如玉人，真真呼欲起。
又如多田翁，槁卧乡井中。一朝发奇想，乘槎海西东。
胡麻获仙种，玉树来青葱。不问谁耕种，仓廪如墉崇。

买书胜买妾，书淫过渔色。朝夕与之俱，不闻室人谪。
买书胜买田，寝馈在一毡。祈谷长恩神，报赛脉望仙。
吾求仙与神，日日居比邻。有枣必先祀，有酒长先陈。
导我琅环梦，如此终其身。一朝随羽化，洞犬为转轮。
世乱人道灭，处富不如贫。买书亦何乐，聊以酬痴人。

原注：

①指王干臣、柯凤孙。

四七一　吴淞间有巨蜃吐珠之异

相传吴淞间有巨蜃吐珠之异。崇明与吴淞相隔百里，一水相望，海上屡见珠光，见则数日内必有风雨。其色紫赤，上烛霄汉，倏忽开阖，不可名状。其光若此，珠之大不知凡几，蜃之巨更不知凡几也。海舟篙师，长得见之。见光而已，不见珠与蜃也，谓之野火。见则三二年中，其地必有涨沙，成沃壤焉，屡验不失。考之志乘，唐武德中，海上巨蜃吐气成紫云，即有涨沙，名以天赐，实为崇邑所自始。夫蜃楼海市，皆幻境也，乃至涨沙，因而置邑，则真而非幻矣。龙之灵可以兴云雨，蜃之气更能拓幅员。充类至义，则夫鳌戴四维，知非谬悠之说矣。

四七二　《秋雁诗》

昔人以诗得名，如崔鹦鹉、郑鹧〔鸪〕之类，载籍多有，唯闺秀殊仅见。长洲李纫兰（佩金）著有《生香馆集》，其《秋雁》诗最佳，名李秋雁，见钱塘陈云伯（文述）《颐道堂》诗自注，《秋雁诗》二首云：

无端燕市起悲歌，带得商声又渡河。
千里归心随月远，一年愁思入秋多。
水边就梦云无影，天际惊寒夜有波。
屈宋风流零落尽，那堪重向洞庭过。

又：

谁倚高楼一笛横，凭空吹落苦吟声。
能鸣未必真为福，有迹多嫌累此生。
入世岂容矰缴避，就人终觉羽毛轻。
越凫楚□从题品，识字何曾为近名。

见完颜恽珠《闺秀正始集》。又长洲陈琳箫（筠湘）《秋雁》二首云：

洞庭昨夜逗微霜，回首天涯合断肠。
瞥眼无非黄叶渡，安身除是白云乡。
流年逝水催何速，病翮西风怯乍凉。
一宿荒池菱芡密，双栖犹得傲鸳鸯。

又：

> 一行秋影渡银河，又向沧江尾棹歌。
> 矰缴有人何太急，稻粱昔岁已无多。
> 忽惊葭苇花如雪，正是关山月始波。
> 早识天南萧瑟甚，回峰斗绝悔经过。

其第二首，用纫兰第一首韵，当是纫兰嘱和之作，诗亦工力悉敌。

四七三　古砚

《正始集》撰录钱塘汪允庄诗，有《秦沟粉黛砖砚歌》，序云：

> 皖泾某氏藏古砚，澄泥也。红白青翠，斑剥错落若珠玑，上有建业文房印，余忠宣铭注，以为秦阿房宫沟，宫人倾粉泽脂水所成，诚异物也。纪之以诗，句云："四围错落珠玑细，粉晕斑斑黛痕翠。临波想见卷衣人，玉姜艳逸文馨丽。"

曩余藏《绝妙好词》初印本，每词皆用脂粉相和圈断句，自始至终，不遗一阕。盖出闺人手笔，香艳绝伦。惜不获与此砚并陈几案间也。汪允庄，陈云伯子裴之室，著有《自然好学斋诗集》，曾选《明人三十家诗》。

四七四　顾香君诗

秦淮古佳丽地，楼台杨柳，门巷枇杷，丁明季称极盛。李香君以碧玉华年能择人而事，抗却奁之义，高守楼之节，侠骨柔情，香艳千古。康熙间，曲阜孔东塘撰《桃花扇》院本以张之。唯其兼通词翰，则向来记载，未之前闻。《正始集》有香君诗一首，亟录如左，《题女史卢允贞寒江晓泛图》：

瑟瑟西风净远天，江山如画镜中悬。
不知何处烟波叟，日出呼儿泛钓船。

四七五　张芬回文诗词

唐王之涣《出塞》诗，可作长短句读（见前话）。彼特七绝，随意读作长短句，词谱固无是调也。《正始集》有张芬《寄怀素窗陆姊》七律一首，回文调寄《虞美人》词，声调巧合，尤见慧心。诗云：

明窗半掩小庭幽，夜静灯残未得留。
风冷结阴寒落叶，别离长望倚高楼。
迟迟月影移斜竹，叠叠诗余赋旅愁。

将欲断肠随断梦，雁飞连阵几声秋。

词云：

秋声几阵连飞雁，梦断随肠断。欲将愁旅赋余诗，叠叠竹斜，移影月迟迟。　　楼高倚望长离别，叶落寒阴结。冷风留得未残灯，静夜幽庭，小掩半窗明。

芬字紫蘩，号月楼，江苏吴县人，著有《两面楼偶存稿》。

四七六　闺秀吟咏

（一）吴学素限韵诗

红闺吟咏，大都颖慧绝伦，故凡杂体之作，尤为可喜。《正始集·吴学素小传》云："字位贞，江苏娄县人，编修顾伟权室，著有《荫绿阁诗草》。位贞诗才敏捷，相传徐澹园尚书雅集东山，以《闺怨》命题，限溪、西、鸡、齐、啼韵，中用一、二、三、四、五、六、七、八、九、十、百、千、万、两、丈、尺、半、双等十八字。一时名宿均多棘手，顾太史以语位贞。援笔伸纸，立就一律，艺林传诵。诗云：

百尺楼头花一溪，七香车断五陵西。
六桥遥望三湘水，八载空惊半夜鸡。
风急九秋双燕去，云开四面万山齐。
子规不解愁千丈，十二时中两两啼。

又《正始续集》载蓝燕同题同体一首，自注见茅应奎絜吴羹，诗云：

六七鸳鸯戏一溪，怀人二十四桥西。
半生书断三秋雁，万里心悬五夜鸡。
蚕作百千丝已尽，鸟生八九子初齐。
谁怜方寸愁盈丈，刀尺抛残双玉啼。

（二）许琛八音体诗

又许琛《和闺词》八音体云：

金乌乍坠到窗西，石径清幽碧草萋。
丝管谁家风细细，竹床深院月低低。
匏尊灯下三更酒，土鼓声敲半夜鸡。
革得尘心无一事，木棉花底听鹃啼。

琛字德瑷，号素心，福建侯官人，著有《疏影楼稿》。

（三）张嗣谢闺情诗

又张嗣谢《拟闺情用花名》云：

踯躅闲庭思悄然，合欢无计只高眠。
夜残子午迷蝴蝶，花谢长春怨杜鹃。
流水空传桃叶渡，归人何处木兰船。
抽将碧玉簪头凤，卜当金钱问远天。

嗣谢字咏雪，号小韫，安徽桐城人，著有《茧松阁遗稿》，见《正始续集》。

（四）汪畹芬五平五仄体诗

又汪纫兰《晓起》五平五仄体云：

木落野鸟散，天高寒风鸣。远树日未出，重楼山初晴。
塞外雁影乱，江边芦花声。晓起有静趣，凭阑新诗成。

纫兰字佩之，号畹芬，江苏吴县人，著有《睡香花室诗稿》，见《正始续集》。

（五）黄卣一至七字体诗

又黄卣《咏愁》一字至七字体云：

愁，旅馆，吟楼。闲处惹，冷相句。曲传心孔，重压眉头。鹃啼黄叶雨，虫语碧梧秋。筚篥军中按拍，琵琶江上停舟。金钗暗卜人千里，玉杵敲残月半钩。

卣字秬香，浙江富阳人，见《正始续集》。

（六）无名氏离合体《闺怨诗》

又无名氏《闺怨》，以霜、飘、枝、结、泪、花、落、蝶、含、愁十字仿离合体，选录其二云：

雨滴空阶落井梧，木兰枝上咽啼乌。
目中愁见清秋景，霜染枫林落叶枯。

木樨花发奈秋何，十幅鸾笺写恨多。
又向红阑闲处立，枝头风露湿轻罗。

见《正始续集》。自注："见女史完颜兑《花埭丛谈》。"

（七）女史杨继端限韵诗

又女史杨继端《口占漫成》云：

十二阑干水半溪，千红万紫六桥西。

两峰黛黯三春梦，一院花飞五夜鸡。
鹤到九霄双翮健，书分四体八行齐。
道人殷七归何处，百尺高枝莺又啼。

此诗亦限溪、西、鸡、齐、啼韵，中用一、二、三、四、五、六、七、八、九、十、百、千、万、两、半、双、尺等十七字，视前吴学素、蓝燕两媛之作，仅少用一丈字耳。见《杂体诗钞》（先世父雨人比部辑）。继端字古雪，四川遂宁人。

（八）范姝集药名词

又范姝《闺怨词》调寄〔夏初临〕《集药名和周羽步》云：

竹叶低斟，想思无限，车前细问归期。织女牵牛，天河水界东西。比似寄生天上，胜孤身，独活空闺。人言郎去，合欢不远，半夏当归。　徘徊郁金堂北，玳瑁床西。香烧龙麝，窗饰文犀。稿本拈来，缃囊故纸留题。五味慵调，恹恹病，没药能医。从容待，乌头变黑，枯柳生稊。

姝字洛仙，江苏如皋人，著有《贯月舫集》。此词见《众香集》。（按：清初王渔洋、陈其年诸名辈撰录闺秀词，名《众香集》，分礼、乐、射、御、书、数六册）。

（九）汤莱集美人名词

又汤莱《春闺词》调寄〔满庭芳〕《集美人名》云：

晓雾非烟，朝云初霁，枝头开遍红红。莫愁春去，梨雪未飞琼（北音读若奇雄切）。谁控双钩碧玉，见小小，檐雀窥笼。伤情处，无知小妹，琴操弄焦桐。　东东，却浑似，琵琶抱月，箫管翾风。奈鸳莺语涩，燕燕飞慵。欲写丽春无计，正桃叶，飞下花丛。红桥畔，芳姿灼灼，清照碧潭中。

莱字莱生，江苏丹阳人，著有《忆蕙轩词》，见《众香集》。

四七七　贫女善吟诗

芝草无根，醴泉无源，即闺秀何莫不然。吴荔娘，字绛卿，福建莆田人，本庖人女，幼敏慧，有洁癖，著有《兰陂剩稿》，《春日偶成》云：

瞳瞳晓日映窗疏，荏苒韶光一枕余。
深巷卖花新雨后，闲门插柳嫩寒初。
莺儿有语迁乔木，燕子多情觅旧庐。
那用踏青郊外去，芊芊草色上阶除。

见《正始集》。又蒋氏，安徽和州人，《水曹清暇录》称氏父业缝皮匠，夫业箍桶，而氏独通文墨，殆天授也。《昭关怀古》云：

溃楚复亲仇，当年气吐不。英雄知父子，臣道失春秋。
山自无今古，祠谁定去留。不知经此者，又白几人头。

见《正始续集》。

四七八　柳汁染衣预示状元及第

《三峰集》："李固言未第前，行古柳下，闻弹指声，问之，曰：'吾柳神九烈君也，以柳汁染子衣矣，科第无疑，得蓝袍，当以枣糕祀我。'固言许之，未久状元及第。"《正始集·周瑶小传》云："瑶字蘖卿，浙江嘉善人，尚书姚文田室，文田嘉庆己未状元。蘖卿未笄时，尝梦柳汁染衣袂。于归后，姚果大魁，与古事合，亦佳话也。"蘖卿《寄外诗》云："香拨金猊冷，春深子夜中。一襟杨柳月，双鬓杏花风。鸳绣此时倦，鱼笺几日通。娇儿方睡稳，缄意托飞鸿。"殊婉丽可诵，末联尤情景逼真。

四七九　诗题有绝艳绝新者

诗题有绝艳绝新者。《正始集》录邱卷珠诗，有题云

《拾花瓣砌情字，忽被东风吹去》，诗云：

为情憔悴□言情，聊把闲情付落英。
香雨团成丝一缕，雪泥证到梦三生。
芳菲已谢空怜惜，飘泊难禁易变更。
寄语封姨更吹聚，前生元是许飞琼。

卷珠字荷香，福建闽县人，著有《荷窗小草》。

四八〇　张船山夫人妒而能诗

张船山夫人林氏性奇妒，事见前话。据《正始集》，夫人名佩环，顺天宛平人，布政使儁女，有《夫子为余写照，戏题绝句》云：

爱君笔底有烟霞，自拔金钗付酒家。
修到人间才子妇，不辞清瘦似梅花。

曩余撰《蕙风簃二笔》，一则云：

尝记某说部云，毛西河夫人绝犷悍，西河藏宋元版书甚夥，摩挲不忍释手。夫人病焉，谓此老不恤米盐生计，而般弄此花花绿绿者胡为也。一日，西河出，竟付之一炬。又云，西河五官并用，尝右手改门生课作，左手拨算珠，耳听门生背诵，目视小僮浇花，口旋答门生问难，旋与夫人诟谇。夫人告门生曰："汝辈谓毛奇龄博学乎？渠作二十八字诗，辄獭祭满几，非出自心裁也。"又西河姬人曼殊，为夫人凌虐致死，此事尤于记载中屡见之。比阅《闺秀正始集》，乃有夫人诗二首。夫人姓陈，名何，萧山人。《子夜歌》："一去已十载，九夏隔千山。双珥依然在，如何不得环。"又："白露收荷叶，清明种藕枝。君行方岁暮，那有见莲时。"夫人既能诗，何至为焚琴煮鹤之事。各说部所云，殆未可尽信耶。抑西河不止一夫人，有元妃继室之殊耶？当再详考。（二笔止此）

兹以张夫人事例之，大抵能诗自能诗，妒自妒，妒者非必不能诗，容或能诗乃益妒，未可以常情衡论耳。

四八一　龚芝麓夫妇豪而雅

《众香集·顾媚小传》云："媚字眉生，号横波，秦淮名校书，归合肥龚尚书芝麓。尚书雄豪盖代，视金玉如泥沙，得眉娘佐之，益轻财好客，怜才下士，名誉盛于往时。丁酉岁，尚书挈横波重过金陵，寓市隐园。值夫人生辰，张灯开宴，召宾客数十辈，命老梨园郭长春等演剧。酒客丁继之、张燕筑及二王郎串《王母瑶池宴》。夫人垂珠帘，召旧日同居南曲呼姊妹行者与宴。时尚书门人楚南严某赴浙监司任，逗遛居尊下，褰帘长跪捧卮，称贱子上寿，坐客皆离席伏。夫人欣然，为罄三爵，尚书意甚得也。陈其年、吴园次、邓孝威、余曼翁并作长歌纪其事，艺林传为佳话。按：朱远山夫人（中楣）有《千秋岁词》，题云《别横波龚年嫂南归》。据此词题，知横波当日，俨然敌体端毅（龚尚书谥端毅）。严某之造膝称觞，盖礼亦宜之矣。远山南昌宗媛，侍朗李元鼎室，尚书振裕母，著有《镜阁新声》。

四八二　董小宛等著述

在昔闺秀撰述，有但闻其名，而其书不可得见者，殊令人作沧海明珠之想。据《正始集》小传，如皋董小宛（白）有《奁艳》，满洲完颜悦姑（兑）有《花埭丛谈》，并裒集古今闺帏轶事。金匮杨蕊渊（芸）曾辑古今闺阁诗话，为《金箱荟说》。安岳蔡玉生（观成）选录古才媛百人，各系以诗，名《百玉映》。已上各书，世间容有传本，亦可遇不可求。比岁冒鹤亭（广生）刻《冒氏一家集》，亦未能得《奁艳》，付诸手民也（董小宛为冒辟疆少房）。

四八三　名流诗社佳话

曩嘉、道、咸、同间，往往湖山胜处，名流雅集，有西泠七子，明湖四客，撷湖十子等名目。《正始集·林以宁小传》：“以宁字亚清，钱唐人，与同里顾启姬（姒）、柴季娴（静仪）、冯又令（娴）、钱云仪（凤纶）、张槎云（昊）、毛安芳（媞）倡蕉园七子之社，执骚坛之牛耳，传彩笔于蛾眉，尤艺林佳话也。

四八四　闺秀之文武兼备者

古今闺秀以材武著称者，间见载籍，若能诗而兼有勇，则尤罕觏。《正始集·小传》云：“毕著，字韬文，安徽歙县人，布衣王圣开室。韬文年二十，随父宦蓟邱。父与流贼战死，尸为贼掳，韬文身率精锐劫贼营，手刃其渠，众溃，舆父尸还，葬金陵之龙潭。于归后，夫妇偕隐。”沈来远序其诗稿，有“梨花枪万人无敌，铁胎弓五石能开”云云。又许氏，奉天铁岭人，镇平将军一等男谥襄毅徐治都夫人，精韬钤，善骑射。偕襄毅出兵，每自结一队，相为掎角，以故战功居最。康熙十三年，吴逆犯湖南，襄毅往援彝陵，夫人驻防江口。十五年，镇将杨来嘉叛应谭洪，夫人脱簪珥犒师，晓以大义，沿江剿杀，屡却之。八月，猝犯镇署，夫人中炮殁。将军蔡毓荣等具状以闻，特旨优恤，予云骑尉世职，以次子永年袭。（按：荫袭自母氏得之，殊厪见）又高氏，四川华阳人，大将军威信公谥襄勤岳钟琪夫人，娴弓马，善理军政，亦能诗。襄勤著有《姜园蛩吟》二集，多与夫人唱和之作。考《正始集》二十二卷，《续集》十二卷，著录闺秀，最一千五百二十六家。据《小传》所称，兼精韬略，仅此三人。其确有事实可纪，尤毕、许二氏而已。盖才兼文武，求之须眉犹难，况巾帼乎？毕韬文以绿鬓韶年，手刃悍贼，舆返忠骸，孝女奇才，尤不可及。其自作纪事诗云：

吾父矢报国，战死于蓟邱。父马为贼乘，父尸为贼收。
父仇不能报，有愧秦女休。乘贼不及防，夜进千貔貅。
杀贼血漉漉，手握仇人头。贼众自相杀，尸横满坑沟。
父尸舆榇归，薄葬荒山陬。相期智勇士，慨然赋同仇。
蛾贼一扫尽，国家固金瓯。

读之凛凛有英气。徐夫人《马上吟》云：

快马轻刀夜斫营，健儿疾走寂无声。
归来金镫齐敲响，不让须眉是此行。

蜀锦征袍，桃花骏马，亦复英姿飒爽，不可一世。

四八五　断炊犹读书

闺秀王瑶娟（汝琛），汉军人，有《断炊日读书歌》，悦其风味与余略同也，亟录如左：

尘世浑浑兮俗眼茫茫，乾坤浩大兮各有行藏。
至人存诚兮不在色庄，大道昭昭兮修之吉祥。
我心自许兮坦然顺适，冰霜贞洁兮堪比圭璋。
莲葆馥郁兮名方君子，不染污泥兮岂并群芳。
谁能识我兮与我无与，不是知音兮于我何伤。
恕人责已兮能耕方寸，去短存长兮何用不臧。
境之不足兮惟富与贵，志不在此兮饥饿何妨。
包函宇宙兮人天莫测，乐我诗书兮发其古香。

诗境冲澹，求之闺阁中，未易多得。

四八六　少女诗人

闺人幼慧者，多灵秀之所钟毓也。阳湖恽清於（冰）年十三即作画，花卉翎毛，能传南田翁家学，作已辄题小诗，风韵苍秀。

桐庐殳墨姑（默），七岁通《孝经》，九岁能诗。年十五，随父母入九峰山，制《步虚词》，有“多缘误折琼枝树，谪下琼台十五年”句。

兴化李韫奁（国梅），九岁赋《落花诗》，有“莺声唤转梦中人”句。

钱塘陆缵任（莘行），七岁《同父母兄姊送呈公锦雯司李吴郡》绝句云：

自怜娇小不知诗，执手临行强置词。
盼煞归鸿传锦字，吴江枫落正愁时。

（按：缵任，陆丽京之女公子。丽京缘史案系累，晚岁祝发为僧，云游不知所终。缵任作《老父云游始末记》以志哀慕。）

钱塘顾重楣（长任号霞笈仙姝），年十二，即能应声咏梅花云："小阁月初斜，东风透碧纱。枝头应有信，春意在梅花。"

太原张羽仙（学典），十岁为《采莲赋》，兼工绘事。（按：太原贡生张佚有才女五人，学雅、学典、学象、学圣、学贤，皆工吟咏，亦佳话也。）

桂林刘智圆（如珠），十岁能背诵《全唐诗》千首。（有《集唐游仙诗》）

娄县王蕙田（芬），七岁作《夜坐偶成》诗，有"月上千峰静"句。

钱塘周吉媛（归妹），年十二，呈其戚某公《归林下》者云：

久辞荣禄赋归田，潇洒林泉志渺然。
一路云山寻胜景，小园灯火话当年。
消寒最好三杯酒，扫雪刚逢二月天。
窗外梅花开遍否，草堂今夕卧诗仙。

常熟苏纫香（季兰），知州去疾女。去疾字园公，有文名。纫香幼而颖悟，九岁时，值中秋夜月，园公抱置膝上，命即景赋诗，应声成绝句云：

秋宇极高迥，月华明且清。
琼楼在何处，昨夜梦瑶京。

钱塘孙碧梧（云凤）年八岁，父春岩出对云："关关雎鸠。"即应声曰："雍雍鸣雁。"大奇之。

德州宋素梅，乾隆十六年圣驾南巡，素梅年甫十二，迎銮献诗。召入内帐，又面试一律，赍赐甚厚。《迎銮诗》云：

海晏河清代，尧天舜日时。不辞川路远，肯慰士民思。
紫气钦皇辇，黄云护圣骑。迎銮来献颂，万寿浩无涯。

《应诏诗》云：

山左群情切，江南望幸频。九重深保大，五载举时巡。
浩荡韶光丽，葱茏物色新。彩云晴有象，瑞霭静无尘。
淑气迎仙仗，祥风绕御轮。衢歌欣击壤，共祝万年春。

吴县董绮琴（国容）十岁时，塾中以"阑中兰"属对，即应声曰："帘外莲。"顷之，又曰："篱外梨。"

钱塘汪允庄（端）著有《自然好学斋诗》，其卷首十六章，皆十岁已前作。七岁《赋春雪》云：

寒意迟初燕，春声静早鸦。未应吟柳絮，渐欲点桃花。

微湿融鸳瓦，新泥滞钿车。何如谢道韫，群从咏芳华。

吴县戈如芬（馥华），诸生载女（按：载字顺卿，嗜长短句，守律最严，著有《词林正均》，其《翠薇花馆词稿》，篇帙繁富，与湖海楼相若，独惜偏重声律，词华非所措意耳。），《咏风仙花九岁作》云：

凤在丹山穴，仙寻碧海家。
如何谪尘世，偏作女儿花。

临桂况月芬（桂珊），蕙风词隐之女兄也。年十二三，作楷仿率更，手抄《尔雅》全部，秀劲可憙。尝秋日侍先母疾，夜半起煮茗，仰见彩云如折叠扇，绕月不周半轮，赋诗云：

冰轮皎洁彩云开，疑是嫦娥倚扇才。
我欲笔花分五色，瓣香低首祝瑶台。

四八七　高其倬夫人具卓识

闺秀擅清才者夥矣，而唯具卓识者仅见。蔡琬，字季玉，汉军人，尚书谥文良高其倬夫人，著有《蕴真轩诗草》。夫人才识过人，鱼轩所至，几半天下，文良名重一时，奏疏移檄，每与夫人商定，闺阁中具经济之才者。《随园诗话》载文良与某要津不合，屡为所撼，尝咏白燕至第五句云“有色何曾相假借”，沉思未对。夫人至，代握笔云：“不群仍恐太分明。”盖规之也。

四八八　木兰身世考

明徐文长（渭）撰《四声猿》院本四折。其第三折《替父从军》演木兰事。据曲中关目，木兰立功宁家，与王司训之子（但称王郎，无名）成婚。王中贤良、文学两科，官校书郎云云。按：嘉兴沈向斋（可培）《泺源问答》云：

问：《木兰词》，说者谓唐初人记六朝事，别有事迹可征否？答曰：少闻之吾乡前辈诸草庐先生云：木兰，隋炀帝时人，姓魏，本处子，亳之谯人也。时方征辽募兵（按：院本云姓花，世住河北魏郡，父名弧，字桑之，曾为千夫长，因黑山贼首造反，大魏拓跋可汗下郡征兵，与草庐之说不同），木兰痛父耄，弟妹皆稚骇，慨然代行。服甲胄，操戈跃马而往。历十二年，阅十有八战，人莫之识。后凯旋，天子嘉其功，除尚书郎不受，奏恳省视。及还，释戎服，衣女衣，同行者骇然。事闻，召赴阙，炀帝欲纳之。对曰："臣无媲君之礼。"拒迫不已，遂自尽。帝惊悯，赠孝烈将军。土人立庙，以四月八日致祭，盖其生辰也。

据此，则院本云云，唐突已甚矣。惜沈氏所引草庐之说，未详何本。

四八九　高邮露筋寺考

吴槎客《拜经楼诗话》引初白庵主云：

高邮露筋祠，本名鹿筋梁。相传有鹿至此，一夕为白鸟所嘬，至晓见筋，故名。事见《酉阳杂俎》及江德藻《聘北道记》，不知何时始讹为女郎祠也。初白诗曰："古驿残碑幼妇词，飞蚊争聚水边祠。人间多少传讹事，河伯年年娶拾遗。"诗见《敬业堂手稿》。

按：露筋祠有米海岳所书碑（余藏有拓本，绝精整），则兹事沿讹，亦已久矣。

四九〇　香光居士有三

明时自称香光居士者有二。一董文敏，夫人知之矣。《拜经楼诗话》云：

> 明明秀上人，号雪江，嗣法于海盐天宁寺。尝与朱西村、陈句溪诸老结社唱和。予尝得其手迹《萝壁山房图诗并记》，略云："《萝壁山房图》，乃香光居士为元津济公所绘，笔法精妙。国初诸老宿皆赋咏之。若干年，为西宗意公所得，亦有纪识。复若干年，传于大云庆公。今归东启昕公，昕因号之曰萝壁，盖有慕于昔人者也。呜呼，未百五十年，此卷不知几易主，慨时异世殊，而人生犹梦幻也。然则此卷阅人，诚一传舍耳。东启聊亦坐香光之境，观诸老之言，而进于清净法性中，则斯卷之功不为少矣。嘉靖七年三月，题于嘉会堂。"记中所谓香光居士者，王叔明也。（节《诗话》止此）

按：元王蒙，字叔明，吴兴人，号黄鹤山樵，赵松雪之外孙也。素好画，师巨然、王维，秀润深至，以黄鹤山樵著称，其一号香光居士，世殆鲜有知者。

四九一　李虬更名为蠙而登第

《拜经缕诗话》云："唐诗人李蠙，本名虬，将赴举，梦名上添一画成'虱'字。（按：虬改虱，不止添一画，然俗书"虫"旁，往往作"虿"，"虬"若写作"虬"，则添一画成"虱"字。又《篇海》："虱作虱。"亦"虬"字添一画。）及寤，曰：虱者，蠙也。乃更名，果登第。可补《唐诗纪事》之遗。"按：昔人命名，取用麟、凤、龙、虎等字夥矣。即龟字，宋已前人犹多用之，不以为讳。至降而用幺眇之昆虫，若蚔鼃，范蠡、田蚡，大都近古朴质之风，即亦不甚多见。唐则仅有高蟾、韦蟾（皆诗人），宋有刘蜕（亦诗人），"蜕"从虫旁，非虫名也，此外无闻焉。更名必托意于"虱"，讵非奇绝？且必更名与"虱"同训之字，乃得登第，其理尤不可解。考今字书，"蠙"亦无"虱"训。《玉篇》云："珠名。"《书·禹贡》"淮夷蠙珠暨鱼"疏："蠙是蚌之别名，字又作'玭'。"《韵会》又作玭。《广韵》《集韵》并同《玉篇》，无它训。（《佩文韵府》注云："珠母。"未详所本）李蠙唐人，当时所据字书，容有训"蠙"为"虱"者，今其书已佚矣。

四九二　陈继昌连中三元

在昔科举之世，士子因梦兆更名，往往擢高第，记载非一，绝无理解可言。意者，适逢其会，因而故神其说，藉惊世骇俗耶。吾邑陈哲臣先生（继昌）嘉庆癸酉以第一人举于乡，名守睿（古文叡字）。迨庚辰春，更名继昌，亦以梦，是科遂捷会状。有清一代，三试皆元者，唯先生与长洲钱棨二人而已。邑故因山为城，东北曰伏波门，有山曰伏波，山下有洞濒江曰还珠。明正德二年，云南按察司副使包裕石刻诗云：

岩中石合状元征，此语分明自昔闻。
巢凤山钟王世则，飞鸾峰毓赵观文。
应知奎聚开昌运，会见胪传现庆云。
天子圣神贤哲出，庙廊继步策华勋。

后注云："伏波岩（即还珠洞）有石如柱，向离石二尺许。谶云：'岩石连，出状元。'先生大魁之岁，石果相连，盖滴乳积渐黏属也。"先生名与字之四字，见于包诗后四句者凡三，亦奇。又先生初应童子试，县府院试皆第一，时谓"大小三元"云。

四九三　王昭平与妻书

王昭平先生寄内书见《拜经楼诗话》，朴而雅，语浅而情深，读之令人增伉俪之重，离合之感。书云：

深秋离家，今又入夏，京中酷暑，五月如伏。每出门灰汗相并，两鼻如烟，黏涂满面。冷官苦守，殊可叹，殊可笑。屈指归期，尚须半载。日望一日，月望一月，身则北地，梦则家乡，言之则又可悲也。你第二封书久已收，第一封目下才到，寄物尚未收。每欲寄你书，动笔增凄楚，勉强数字，真不知愁肠几回，故不多寄，非忙也，非忘也。你当家辛苦不必言，况未足支费。我一日未归，遗你一日焦心耳。新儿安否？善视之。计我归，已周岁，可想离别之感。老娘常接过，庶慰我念。只简慢不安，夜间失被，且念及新儿之母，何况于儿，不能相顾奈何。我自拜客应酬，强亲书籍之外，唯有对天凝思，仰屋浩叹而已。近来索书者甚多，案头堆积，总心事不舒，皆成烦扰。幸我身如旧，不必念我。唯愿你善摄平安，胜于念我。八姑好否？常随你身伴，勿嬉笑无度，勿看无益唱本。

先生少倜傥，脱略边幅，攻诗古文，能书，嗜词曲，雅擅登场，举天启辛酉经魁。榜发，方杂梨园演《会真记》“草桥惊梦”出，去张君瑞，关目未竟，移宫换羽间，促者屡至，遂着戏衣冠，周旋贺客，时目为狂。见查东山《浙语》。

四九四　韩偓诗三绝

韩冬郎《香奁诗》："蜂偷崖蜜初尝处，鹦啄含桃欲咽时。"槎客谓即古乐府"宁断娇儿乳，不断郎殷勤"意。思之思之，诚艳绝腻绝致绝，非三生阅历，半生熨帖不能道。

四九五　艳诗警句

向来艳体诗，无过"束晳补白华，鲜侔晨葩，莫之点辱"二语。描摹美人姿态，无过曹子建《洛神赋》"动无常则，若危若安；进止难期，若往若还"四语。

四九六　马鸡

马鸡出秦州，大倍于常鸡，形如马，遍体苍翠，耳毛植竖，面足赤若涂朱。宋荔裳观察在北平时，署中尝畜之，为之赋诗。钱塘李考叔（颍）和作云：

珍禽元不产龙城，陇右携来司五更。
种并岐阳丹凤出，名同天厩血驹生。
耳毛削竹青骢立，距汗夭桃赤兔行。
我亦不甘终伏枥，披星拥剑待伊鸣。

按："马鸡"可对"麋鸟"。郭璞《翡翠赞》："翠雀麋鸟，越在南海。"

四九七　齣字辨误

杂剧、传奇之属，元人分若干折，后人作齣。明王伯良（骥德）校注古本《西湘记》，凡例谓："元人从折，今或作出，又或作齣。出既非古，齣复杜撰，字书从无此字。近詅《痴符传》，以为'齣'盖'齝'字之误，良是。其言谓牛食已复出嚼曰齝，音'笞'，传写者误以'台'为'句'。'齣''出'声相近，至以'出'易'齝'。"又引元乔梦符云"'牛口争先，鬼门让道'语，遂终传皆以'齝'代折。不知《字书》'齝'本作'齥'，又作'呞'，以'齥'作'齣'，笔画误在毫厘，相去更近，非直'台''句'之混已也。即用'齥'，元剧亦不经见。故标上方者，亦止作折。"云云。盖元明人制曲以通俗为得体，遣词且然，何论用字。必欲一一订正之，或词意转不可晓，声调亦复失谐，大氐梨园传读之本，讵可与若辈谈小学耶。

四九八　罗思举轶事

东乡罗提督（思举）战功见于魏默深（源）《圣武记》，详矣。相传罗公临阵不避枪炮，所服战袍为铅丸火烧圆孔无数，然卒不死。尝云：“自顾何人官爵至此，若得死于疆场，则受恩当更渥，苦我无此福分耳。”以不能死于兵为无福，诚忠勇之言也。富阳周芸皋（凯）述其逸事一则：公尝率兵入南山搜余贼，村人苦猴群盗食田粮，晨发火器惊之。公问故，令获一猴来，剃其毛，画面为大眼，备诸丑怪状，衔其口。明晨，俟群猴来，纵之去，皆惊走。猴故其群也，急相逐，益惊，越山数十重，后竟不复至。兹事颇涉游戏，然亦足征智计云。

四九九　同光五状元

同、光朝状元：戊辰洪钧、辛未梁耀枢、甲戌陆润庠、丙子曹鸿勳（按：曹名鸿勋，勋、勳虽同意，借用微嫌强合）、丁丑王仁堪。都门有人出对云：“五科五状元，金木水火土。”或对云：“四川四等位，公侯伯子男。”蜀人膺爵赏者，威信公岳钟琪、昭勇侯杨遇春、壮烈伯许世亨（先封子爵）、子爵鲍超，男爵未考。

五〇〇　查继佐案秘闻

查伊璜识吴顺恪于风雪中，迨后因史案罹祸，顺恪为之昭雪，廑乃得免，兹事艳称至今。然据伊璜所作《敬修堂同学出处偶记》，似乎并无是说。岂当日以其既贵，而故为之讳耶？记云：

己亥，余客长乐，潮镇吴葛如以厚币邀余至其军，为语南鄙夙昔艰难诸状。方在席无所指顾，而境内不轨，猝缚至阶下。告余曰：“吾征发而彼遁矣。吾密行内间，不失一矢。未几，而不轨之所恃豪，为戢它不靖几围，奉飞符报命。”葛如曰：“是又内间之转行也。吾左右尚不知之。”葛如能诗，自比武侯，故以六奇为名。大率用兵以计胜，顾名知之矣。时令其长君启晋，晋弟启丰，偕侍余座。晋字长源，启字文源。长源已登丁酉贤书生，而韶秀玉立，工诗，所至辄流连兴怀古昔，疾行五指，篇什繁富，不胜举也。余尝叙其为文，有关戢安之大者，嗣余诗可之选，凡仕宦游历所赋无不及之。专帙东粤，遂入葛如《浈阳峡》一诗。别久之，投余远问，则葛如病而长君晋已修文去矣。葛如随物故，世相传余初有一饭之德，葛如方布衣野走，怀之而思厚报，其实无是事也。（查记止此）

顺恪字葛如为它书所未见。按：某说部（清初人撰）云：

吴兴庄某作《明史》，以查伊璜列入校阅姓氏。伊璜知即检举，学道发查存案。次年七月，归安知县吴某，持书出首，累及伊璜。伊璜辩曰：“查继佐系杭州举人，不幸薄有微名。庄某将继佐列入校阅，继佐一闻，即同检举，事在庚子十月。吴令为庄某本县父母，其出首在辛丑七月。若以出首早为功，则继佐前而吴某后，继佐之功当在吴某上；若以检举迟为罪，则继佐早而吴某迟，吴某之罪不应在继佐下。今吴某以罪受赏，而继佐以功受戮，则是非颠倒极矣。诸法台幸为参详。”各衙门俱以查言为是。到部对理，竟得昭雪。遂与吴某同列赏格，分庄氏籍产之半。

据此，则伊璜连系，缘庭辨得脱，信无顺恪为力之说矣。窃意当时文网峻密，奉行者尤操切，苟非强有力者为之斡旋，虽欲置辩，讵可得乎？矧英石峰岿然尚存，是其一证矣。

五〇一　陈翠君工词

闺秀陈翠君（筠），海盐马青上室（青上工填词，有《蓬莱阁吏诗余》），工长短句。〔蝶恋花过拍〕云：“郎似东风侬似絮，天涯辛苦相随处。”为吴兔床所击赏。曩阅清初人词，有〔减字浣溪沙换头〕云：“妾似飞花郎似絮，东风搅起却成团。”语非不佳，惜风格落明已后，视翠君词句，浑成不逮也。

五〇二　徐兆奎限韵闺怨诗

前话录闺秀诗，有限溪、西、鸡、齐、啼韵，嵌用数目、丈、尺等字，作者极见巧思。检《杂体诗钞》，又有徐兆奎《闺怨》二首，亦仿此体：

万里三州百粤溪，楼台六七画桥西。
八千书寄九秋雁，十二肠回五夜鸡。
何日半帘双膝半，几时一案两眉齐。
纤纤丈室寻刀尺，散四愁怀娇泪啼。

又：

儿童六七戏前溪，二八佳人住阁西。
尺素梦来千里鲤，半床愁绝五更鸡。
九秋十稔期难定，四达三条路不齐。
百万回肠绕丈室，一抬两眼泪双啼。

五〇三　舜水轶事

明余姚朱先生（之瑜），字鲁玙，号舜水，谥文恭（当是私谥）。系出玉牒，避地日本，客于水府以殁。遗命必俟清室运终，然后归骨中土。比岁癸丑，克践斯言，卜佳城于杭之西湖。翌岁甲寅，日人犹有来拜祠墓者。北总原善公道号念斋者，彼都绩学士也，著《先哲丛谈》，专录日东耆宿嘉言懿行，先生与焉。所录凡十三条，节录如左：

舜水家世宦于明，父正，字存之，号定寰。为总督漕运军门。舜水生万历二十八年，早丧父。及渐长，从朱永祐、张肯堂、吴钟峦学，遂擢恩贡生。寻屡征不就，以故被劾，乃避之舟山，而始来此邦。移交趾，复还舟山。是时国祚既蹙，舜水知事不可为，将之安南，而风利不便。再来此邦，不久又还舟山。其意素在得海外援兵以举义旗，乃三来此邦，而援兵不可得。去复至安南，欲寻归故国，以察民情。时清既混壹四方，义不食其粟，四来此邦，终不复还，时万治二年也。（按：相传甲申鼎革，舜水避地东瀛，据此，则明之季年，舜水之东数矣，特自甲申已后，乃居留不返耳。）

又云：

至安南日，馆人供张甚盛，舜水从容不挠。安南王召见，欲令拜，而长揖不屈。其人或以为不解事至此，画沙作一“拜”字以见之。舜水即加“不”字于其上。于是怒囚之，遂将杀，而守死自誓，王终感动赦死，以嘉其义烈。此事舜水自录之，名《安南于役纪事》。

又云：

舜水冒难而辗转落魄者十数年，其来居此邦，初穷困不能支，柳河安东省庵师事之，赠禄一半。久之，水户义公聘为宾师，宠待甚厚，岁致饶裕，然俭节自奉无所费，至人或诟笑其啬也。遂储三千余金，临终尽纳之水户库内。尝谓曰："中国乏黄金，若用此于彼，一以当百矣。"新井白石谓舜水缩节积余财，非苟而然矣，其意盖在充举义兵以图恢复之用也。然时不至而终，可悯哉。

又云：

在彼与经略直浙兵部左侍郎王翊同志，偕谋恢复，而翊与清兵战败而死，实八月十五日也。数年后，舜水闻之于邑，作文祭之。从是，每岁中秋，必杜门谢客，抑郁无聊。《答田犀书》曰："中秋为知友王侍郎完节之日，惨逾柴市，烈倍文山。仆至其时，备怀伤感，终身遂废此令节。"

又云：

舜水有二男一女，长大成，字集之，次大咸，字咸一，共殉节不事清，而先舜水卒。大成亦举二男，曰毓仁，曰毓德。延宝六年（按：当康熙十七年），毓仁慕舜水而来长崎，义公遣今井宏济往通消息，然终不得与舜水相见而归。

又云：

安澹泊《湖亭涉笔》曰："文恭酷爱樱花，庭植数十株，每花开赏之，谓觉等曰（按：安积觉，字子先，号老圃，又号澹泊斋，常陆人，仕水府。）：'使中国有之，当冠百花。'乃知或者仞为海棠，可谓樱花之属。义公环植樱树于祠堂旁侧，存遗爱也。"

又云：

舜水居东历年所，能倭语，然及其病革也，遂复乡语，则侍人不能了解。

又："安东守约"（按：守约字鲁默，号省庵，筑后人，仕柳河侯）一条云：

岁在乙未，朱舜水来长崎，时人未及知其学，唯省庵往师焉。时舜水贫甚，乃割禄之半赠之，至今称为一大高谊。其详见舜水《与孙男毓仁书》中，曰：“日本禁留唐人，已四十年，先年南京七船，同往长崎，十九富商连名具呈恳留，累次不准。我故无意于此，乃安东省庵，苦苦恳留，转展央人，故留驻在此，是特为我一人，开此厉禁也。既留之后，乃分半俸供给我，省庵薄俸二百石，实米八十石。去其半，止四十石矣。每年两次到崎省我，一次费银五十两，二次共一百两。苜蓿先生之俸，尽于此矣。又土宜时物，络绎差人送来。其自奉敝衣粝饭菜羹而已，或时丰腆，则鱼鰯数枚耳。家止一唐锅，经时无物烹调，尘封铁锈。其宗亲朋友，咸共非笑之，谏沮之，省庵夷然不顾。唯日夜读书乐道已尔。我今来此十五年，稍稍寄物表意，前后皆不受。过于矫激，我甚不乐，然不能改。此等人中原亦自少有，汝当铭心刻骨，世世不忘也。此间法度严，不能出境奉候，无可如何。若能作书恳恳相谢甚好，又恐汝不能也。”

五〇四　武林陈元赟传艺日本

武林陈元赟，字义都，号既白山人，丁明清之间，亦避地日本，客于尾藩。《丛谈》云：

元赟，不详其履历，生于万历十五年，崇祯进士弗第。及其国乱，逃来此邦，遂应征至尾张，乃后时时入京。又来江户，与诸名人为文字交。初，万治二年（按：当顺治十六年）于名古屋城中，与僧元政始相识，契分尤厚。其平生所唱酬者，汇为《元元唱和集》行于世。

又云：

元赟能娴此邦语，故常不用唐语，元政诗有“人无世事交常澹，客惯方言谭每谐”句。

又云：

元赟善拳法，当时世未有此技，元赟创传之，故此邦拳法，以元赟为开祖矣。正保中，于江户城南西久保国正寺教授生徒，尽其道者，为福野七郎左卫门，三浦与次右卫门，矶贝次郎左卫门。国正寺后徙麻布二本榎，多藏元赟笔迹，燬于火，无复存者。

夫日本，以其所谓武士道雄环瀛，不图其武技，有创传自我者，出于彼都儒者之记载，是诚信而有征矣。我则放废所自有，历久而并不自知，则夫积强弱之势，匪伊朝夕之故矣。

五〇五　儒士笑谈

向来劬学嗜古之士，大都矻矻孜孜，唯日不足，其心力有所专营，其精神无暇旁骛，乃至人情物曲，辄昏然若无所知，当时传为笑谈，后世引为佳话。比阅《原氏丛谈》，不图中东耆宿，乃有异地同符者。赵鼎卿《鹦林子》云：

> 尝闻莆田学士陈公音终日诵读，脱略世故。一日往谒故人，不告从者所之，竟策骑而去。从者素知其性，乃周回街衢，复引入故舍。下马升座曰："此安得似我居？"其子因久候不入，出见之，曰："渠亦请汝来耶？"乃告以故舍，曰："我误耳。"又尝考满当造吏部，乃造户部。见征收钱粮，曰："贿赂公行，仕途安得清？"司官见而揖之曰："先生来此何为？"曰："考满来耳。"曰："此户部，非吏部也。"乃出。

《原氏丛谈》云：

> 仁斋自幼挺发异群儿（按：伊藤维桢字原佐，号仁斋，平安人），始习句读，已欲以儒焜耀一世。稍长，坚苦自励，而家素业贾，故亲串以为迂于利，皆沮之，而其志确乎不变。尝过花街，娼家使婢邀入，

仁斋不肯。婢曰："小憩而去，于事无害，郎君其勿辞。"直牵袂上楼。仁斋固不知为娼家，心中私揣："是非内交于吾，又非要誉于乡党朋友，盖轻财敷德，施及路人也。"啜茶吃烟，厚致谢而去。渠亦见其状貌，殊不类冶郎，不强留也。仁斋归，谓弟子曰："今日偶过市，一家使小女迎余途，延上其楼。则绮窗绣帘，殆为异观，画幅琴筝，陈设具趣。而妇女六七人，盛妆艳服，不知其内人耶？将其闺爱耶？出接余颇款洽。临去瞯其庖中，亦美酒嘉肴，备办宴席。不意今之世，有乐善好施如此者。"

又云：

东涯经术湛深（按：伊藤长允，字原藏，号东涯，平安人），行谊方正，粹然古君子也。尝谓集会弟子曰："昨买一匣于骨董肆，置之几侧，以藏钞册甚为便。"乃使童子取之，陈于前曰："余欲令工新制如是器者有年，不意既有鬻者也。"弟子视之，则藏接柄三弦之匣也（原注：接柄三弦，随其用舍而折接之）。于是，互相目而不答。奥田三角进曰："先生未知耶？此物娼妓藏三弦之匣，请却。"东涯正色曰："小子勿妄语，三弦柄长，奈何藏此短匣？"

原氏所述两伊藤先生逸事如此，则吾国陈先生之流亚矣。之三君者，时代不甚相远，模棱阔疏，亦复相类。设令云萍遇合，晤对一堂，则夫周旋酬答间，必有奇情妙论，超轶耳目恒蹊者。其在如今，此风已古，凡号为惺惺者，其瞶瞶乃滋甚，即彼都亦何莫不然。

五〇六　施公生祠及笥仙山亭

雍、乾间，漕督施公（世纶），靖海侯施襄壮（琅）之次子也。先是，历守扬州、江宁，子谅正直，不侮鳏寡，不畏强御，所至民怀。将去任，士民遮道乞留，不得请，乃人投一钱，建双亭以志去思，名一文亭（坊间所传《施公案》小说即附会公事）。又大兴朱竹君编修（筠）督学福建，于使院西偏为小山，号笥仙山，诸生闻之，争来，人致一石，刻名其上，凡九府二州五十八县咸具，刻名者三百余人，因名其山之亭曰三百三十有三亭，而为之记。两事相类，皆可传也。

五〇七　开源胜于节流

光绪季年，闽人某太史督学中州，卸任回京，道出保定，宴于某方伯衙斋。太史与方伯旧交也，酒间，方伯笑问："此行宦囊几何矣？"太史则据实以二万金对，盖应得之数，无庸讳者也。又问："将何所用之？"对曰："冷官清苦，回京后，十年樵米资取办于此。十年之内，或冀续放差。否则比其罄也，亦去开坊不远矣。”方伯觉怫然，摇其首者再，仍笑谓曰：“幸勿责冒昧，吾兄殆无志于大有为也。”言之，又重言之。太史瞿然请问：“如尊旨奚若？”方伯曰：“一言以蔽之，曰：花（常言费用之谓），且以速为贵。”太史曰：“奚为继矣？”方伯曰：“公独未知花之为道，与其效耳。举二万而花之，则四万至；又花之，则八万至。循是有加无已，花无尽数亦无尽。则推行尽利，左右逢源，得心应手之妙，有非可意计言诠者。第患花不胜花耳，而于为继乎何有？”语毕，仍摇其首而笑谓曰：“吾兄殆无志于大有为也。”太史生于世家，才具发皇，襟抱开展，而方伯顾不满之若是。方伯由七品官，五年而荐陟兼圻，凡其所言，皆得自躬行实践，而非漫为闳议也。唯是壶觞谈宴间，片言而心传若揭，虽曰微旧交之谊弗及此，要犹有直谅之风焉。曩张相国文襄督鄂日，尝考官僚月课，策题《问理财之道开源与节流孰优》，试卷中凡注重开源，力辟节流者悉高第，是亦以花为宗旨者也。

五〇八　陈氏安澜园，范氏天一阁

乾隆时，海宁故相陈氏之安澜园（按：园在海宁县拱辰门内，初名隅园，大学士陈元龙别业也。乾隆二十七年，纯庙亲阅海塘，驻跸于此，赐名安澜园），圆明园中，曾仿其景而构造之。迨后圆明园被外兵焚掠，安澜园亦芜废，房廊树石，为其后人拆卖几尽，论者谓园囿之兴废，关家国之盛衰。观于两园之已事，有若铜山西倾，洛钟东应，是亦奇矣。又鄞县范氏《天一阁书目》阮元序云：

> 其藏书在阁之上，阁通六间为一，而以书厨间之。其下乃分六间，取“天一生水，地六成之”之义。乾隆间诏建七阁（按：乾隆朝，命儒臣编辑《四库全书》，凡三万六千册，特建文渊、文溯、文源、文津四阁藏庋，又于扬州大观堂之文汇阁、镇江口金山寺之文宗阁、杭州圣因寺行宫之文澜阁，各缮一份安贮），参用其式。乾隆三十九年六月奉上谕：“浙江宁波范懋柱家所进之书最多。闻其家藏书处曰天一阁，纯用砖瓷，不畏火烛，自前明相传至今，并无损坏，其法甚精。著谕寅著（杭州织造）亲往该处，看其房间制造之法若何，是否专用砖石，不用木植，并其书架款式若何，详细询察，烫具准样，开明丈尺呈览。”云云。

当时尚方营缮，取裁于阀阅旧家，盖建筑胥关学术，丘壑别具胸襟，乃至缥缃藏弆之精，尤非悉心研究不办。若夫名园如梦，杰阁廑存，则右文稽古之流泽孔长也。

五〇九　两宋宗室命名绝奇

古今人命名绝奇，无过两宋宗室。尝阅《宋史·宗室世系表》，其命名所用字，属字书所无，不可识无音义者，尤触目陆离，指不胜偻矣。即以其命意审之，亦多反常触讳，微特无当于雅训，抑且大拂乎世情。姑略举如左，不具十之一二也。如希茔、希恕、希伪、希吝、希褥，伯迫，师仆、师裙、师桌、师枪、师辱、师崽，与驼、与挤、与拚、与谥，善诅、善讣、善眚、善俘、善拐、善龙、善斫、善终，孟逝，崇俘、崇垩、崇扒、崇掠，必跛、必扯、必滚、必垩，汝坑、汝惛、汝花、汝龛、汝臭、汝怼、汝扑，儓夫、鄙夫、否夫、闹夫、诳夫、怒夫、溷夫、诅夫、莠夫，若溲、若逃之类，皆甚足异也。盖当时玉牒宗亲，子生，则入告宫府而赐之名，大氐幡帑字书，随检一字与之，而于字义奚若，未经斟酌选择耳。

五一〇　名奇绝者

宋叶梦鱻，建安人，应聘赴临安，少帝北行，遂隐于西瓯，以讲学为事。有《经史旨要》及文集（见《尚友录续集》）。明董轰，字文雷，奉化人，博通经史。永乐朝为承天门待诏，有集三卷（见《千顷堂书目）。此二名亦甚新。（按：《广韵》："鱻，鱼怯切，音业。"《玉篇》："鱼盛貌。"）

五一一　四梦剧有二组

《玉茗堂四梦》，明临川汤若士（显祖）撰，曰《牡丹亭》、曰《荆钗记》、曰《邯郸记》，曰《南柯记》，蜚声曲苑久矣。明上虞车柅斋（任远）亦有“四梦”，曰《高唐》、曰《邯郸》、曰《南柯》、曰《蕉鹿》（见明吕天成《曲品》），特玉茗“四梦”系传奇，而柅斋所作杂剧耳。

五一二　日本倭歌者

日本有所谓倭歌者，彼都人士能为之。《原氏丛谈》中不一见，而曾经自译者二首。“鸣凤卿”一条云（按：凤卿，字归德，号锦江，又号芙蓉道人，陆奥人）：“锦江又善倭歌，传自冷泉公，其集名曰《密郁讷捺密》，言三代波也。盖历泉家三代点定，故以名云。屋木歇独木，肸笃讷袜蘧昵袜，葛及栗遏栗，质葛剌屋速谒郁，遏蔑赀质讷葛密。（自注：译曰：“涯人做业，呵护仰神祇。”）斯枯捺儿屋，僿木儿笃吉结跋。捺匿鞑笃木，葛密匿僿葛斯儿，密谷速鸦斯结列。”（自注：译曰：“闻神也正直，一任此身安。”）移录如右，备洽闻者参考焉。

五一三　妓马湘兰名砚名印

在昔狭斜才女，铜街丽人，其香奁中物流传至今，令人摩挲想望不置。据余所见闻，以马湘兰之物为最多。一阿翠像砚，高六寸七分（宋三司布帛尺），宽四寸四分，厚一寸五分。背面刻阿翠像，左方题“咸淳辛未阿翠”六字，分书。（按：阿翠，乐籍，工分隶墨竹，姓苏氏。咸淳辛未，宋度宗七年。）右侧题云：“绿玉宋洮河，池残历劫多。佳人留砚背，疑妾旧秋波。己丑三月得此砚，墨池鱼损去之，背像眉目似妾，面右颊亦有一痣，妾前身耶?阿翠疑苏翠，果尔当祝发空门，愿来生不再入此孽海，守贞记。”“马”字朱文椭圆小印，余藏有拓本。一薰炉，铭曰：“薰透鸳衾，香添凤饼，一点春犀管领。”回环刻于盖侧，贵池刘葱石藏，余有词咏之，调〔绿意〕（见《二云词》）。一“听鹂深处”印，石方径一寸弱（此依今尺），高一寸七分强，白文，边款：“王百谷先生索篆赠湘兰仙史，何震。”今年五月，吴遁庵购得于杭州，余有词咏之，调〔眉妩〕（见《餐樱词》）。一星星砚，砚背有双眼，并王百谷小篆“星星”二字。湘兰自铭云：“百谷之品，天生妙质。伊以惠我，长居兰室。”钱塘项莲生（廷纪）《忆云词乙稿》有《高阳台》咏之。一“浮生半日闲”印，寿山石，方径寸四五分，厚三分余，瓦纽，白文，边款“壬子榖日，偕蓝田叔、崔羽长、董元宰、梁千秋社集西湖舟中，女史马湘兰索刊，雪渔（按：何震字）。”见南昌彭介石《搏沙拙老笔记》。一牙印，佘侣梅（文植）以唐兰陵公主碑宋拓本，就赵晋斋（魏）易马湘兰牙印，钱塘陈云伯（文述）有诗赋其事，见《颐道堂集》。至湘兰所画兰花，近人书画记著录非一，兹不具述。

五一四　石家侍儿印

南陵徐积余得小铜印，文曰“石家侍儿”，白文方式，以拓本见贻。报之以词，调《四字令》：

石家侍儿，绿珠宋祎。当年毕竟阿谁，捺银笺紫泥。香名未知，乡亲更疑。（绿珠，广西博白人，余旧有“绿珠红玉是乡亲”小印。红玉，陈文简侍儿，墓在临桂栖霞山麓。）愿为宛转红丝，系裙腰恁时。

五一五　陈无已却半臂

宋陈无已宿斋宫骤寒，或送绵半臂，却之不服（见吴旦生景旭《历代诗话》）。按：宋子京不敢着半臂事，人皆知之，此事罕有知者。